À PROPOS DE L'AUTEUR

La notoriété de cette passionnée d'histoire médiévale dépasse aujourd'hui largement les frontières américaines. Ses romans, publiés dans le monde entier, figurent régulièrement parmi les meilleures ventes du prestigieux *USA Today*.

Le chantage du Viking

MICHELLE STYLES

Le chantage du Viking

Traduction française de
FLORENCE BELLOT

Les Historiques

HARLEQUIN

Collection : LES HISTORIQUES

Titre original :
PAYING THE VIKING'S PRICE

Ce roman a déjà été publié en 2016

HARPERCOLLINS FRANCE
83-85, boulevard Vincent-Auriol, 75646 PARIS CEDEX 13
Service Lectrices — Tél. : 01 45 82 47 47 - www.harlequin.fr
ISBN 978-2-2804-4877-2 — ISSN 1159-5981

Composé et édité par HarperCollins France. Achevé d'imprimer en février 2021.
par CPI Black Print - Barcelone - Espagne
Dépôt légal : mars 2021.

FSC www.fsc.org
MIXTE
Papier issu de sources responsables
FSC® C159065

Pour limiter l'empreinte environnementale de ses livres, HarperCollins France s'engage à n'utiliser que du papier fabriqué à partir de bois provenant de forêts gérées durablement et de manière responsable.

Chapitre 1

Début mars 876, nord du Yorkshire

Sa terre. La sienne, et celle de personne d'autre. Gagnée à la force de l'épée, attribuée par la grâce de son roi.

Brand Bjornson s'agenouilla sur la terre brune et en soupesa une poignée chauffée par le soleil. Il la serra entre ses doigts pour en éprouver la richesse. Après plus d'une décennie de guerres et de batailles, c'était là tout ce dont il rêvait : une terre où prendre racine et créer son propre paradis.

Enfin ! Finie, la vie le mercenaire sans foyer avec une mort prématurée pour seule perspective. Il était désormais un *jaarl*, un chef, avec un grand domaine qui le prouvait. Halfdan, le chef du *felag*, le groupe de Vikings lancé à la conquête de la Northumbrie, était aujourd'hui sur le trône et avait tenu parole en lui octroyant de belles terres, l'un des plus beaux domaines de toute la contrée.

Brand eut un sourire désabusé quand la terre lui macula la main. Honorer une promesse ancienne était chose rare en matière de politique viking, où allégeances et alliances se nouaient et se défaisaient à la pointe d'une épée ou par le biais d'une bourse bien pleine.

Il scruta les ondulations douces des collines où l'herbe

nouvelle du printemps avait commencé à empiéter sur les touffes de graminées roussies par l'hiver. Une rivière y déroulait ses méandres. Tout cela était à lui, aussi loin que portait le regard. Il avait durement combattu pour l'obtenir, depuis Constantinople jusqu'aux contrées sauvages de la Northumbrie. Il l'avait gagné, et se montrerait bon suzerain. Il en avait rencontré suffisamment d'épouvantables pour remplir toute une vie, et ne se comporterait pas comme eux.

— Est-ce qu'on brûle les granges vides pour leur donner une leçon ? lui demanda Hrearek, son compagnon d'armes et homme de confiance, en lui montrant des bâtiments délabrés. Il y a de riches récoltes, ici, qu'ils essayent de nous cacher, comme leurs troupeaux, leurs moutons et leurs chevaux. Ils sont toujours pareils, ces Northumbriens ! Les mêmes ruses, les mêmes tromperies ! Ils pensent que nous sommes stupides parce que nous ne révérons pas le même dieu qu'eux et n'avons pas les mêmes coutumes. Mais moi, je peux renifler les réserves et l'or de très loin. Et il y en a, ici, en dépit de ce qu'ils ont prétendu.

— Nous sommes venus pour nous établir, pas pour piller. Mon épée a fait son temps.

Brand se releva et essuya sa main terreuse sur ses braies. Le vent était encore frais en ce mois de mars, mais on sentait que le printemps n'était pas loin. Il voulait regarder l'avenir, et non plus son passé entaché de sang. Il comptait prendre un nouveau départ, modeler cette terre afin qu'elle s'accorde à ses besoins.

— Il est temps de planter et de penser aux récoltes à venir. Ils apprendront qu'il est sage de se soumettre à leur suzerain. Quand ils me connaîtront, ils seront heureux de m'avoir pour *jaarl*.

— Et tu crois qu'ils vont céder comme ça, sur un claquement de doigts ? rétorqua Hrearek en accompagnant ses propos du même geste. Le foyer de la rébellion se trouvait juste ici. Il faut leur donner une leçon qu'ils ne seront pas près d'oublier.

— Ils n'ont pas le choix. Les rebelles ont perdu. Ma lame a exterminé leur chef et sauvé ta vie, dit Brand en haussant les épaules.

Si on y réfléchissait bien, la guerre n'était qu'un jeu. Quand elle était terminée, le vainqueur remportait tout. C'était ainsi qu'allait le monde, et les Northumbriens le savaient. C'est pour cette raison qu'ils s'étaient rebellés, plutôt que d'accepter la perte de tous leurs pouvoirs, quand les Scandinaves avaient vaincu leurs pères et leurs frères à Jorvik dix ans plus tôt.

— Halfdan est leur roi, désormais. Tout rebelle sera puni, et sa terre confisquée, reprit Brand.

— Et vas-tu te marier ? Aller faire chercher la ravissante lady Sigfrieda au pays ? Tu as tant parlé d'elle !

Brand leva les yeux vers le ciel clair et bleu. La perspective d'obtenir la main de Sigfrieda avait autrefois motivé toutes ses actions. Mais cela faisait des mois que, trop occupé à mater la rébellion et à gagner enfin sa terre, il n'avait pas pensé à elle. Il fit un effort pour se remémorer son visage, au-delà du halo de ses cheveux blonds à la lumière des chandelles, et la parfaite régularité de ses traits. Elle ferait une épouse parfaite, réservée comme il se devait. Et ils engendreraient de robustes garçons.

— C'est mon projet, répondit-il.

Il passa le doigt sur la cicatrice de son cou, en se rappelant comment il avait été battu et chassé, ensanglanté, de la maison de son père tandis que celui-ci était mourant. A l'époque, il n'était que le fils bâtard d'une maîtresse délaissée, qui avait osé dire tout haut ce qu'il pensait.

— Quand je serai installé, j'enverrai une missive à son

père, continua-t-il. Si la fortune me sourit, la charmante dame sera ici avant que l'automne rende la traversée difficile. Il me faut des fils, pour m'assurer que ce que j'ai accompli ne l'aura pas été en vain.

Prenant sa déclaration pour argent comptant, Hrearek hocha la tête. Ce n'était pas un ami, mais un compagnon d'armes, et il n'avait nul besoin de connaître toute l'histoire.

— Je suis impressionné, dit-il. Tu n'as jamais hésité, ni dévié de ta trajectoire. Tu es une inspiration pour nous tous, Brand Bjornson. Je ne peux qu'espérer que la fortune me sourira pareillement. Par le bouclier de Frieda, moi aussi je voudrais qu'une femme m'accueille en elle et porte mes fils !

— Mon rêve m'a permis de traverser les jours les plus noirs. Aujourd'hui, il est temps pour moi de le vivre.

Brand fit un geste en direction du donjon anglo-saxon qui se profilait à l'horizon, fier et arrogant. Ses occupants allaient recevoir une leçon qui leur ferait comprendre qui était désormais le maître de ces lieux.

— Il est temps d'aller prendre possession de mes terres, et de voir à quel point exactement ce lord Egbert s'était appauvri.

— Les Vikings ! Ils sont là !

Le cri d'alerte résonna dans tout le donjon. Lady Edith se figea, et son fuseau tomba sur ses genoux.

Elle attendait cela depuis des semaines, depuis qu'elle avait appris la mort de son mari lors de la rébellion contre le soi-disant roi de Jorvik, le chef des Vikings. Le conseil qu'elle lui avait donné de ne pas se lancer dans cette action était tombé dans l'oreille d'un sourd.

Egbert avait été tué pendant les combats, et elle devait faire face aux conséquences de ses actes. Elle remercia

Dieu en silence que la plupart des réserves de provisions et de récoltes soient bien camouflées, et que la terre offre son aspect désolé habituel avant le printemps. Rien ne pouvait faire soupçonner aux envahisseurs sa vraie valeur et sa productivité.

— Qu'allons-nous faire, cousine ? Les Vikings sont là ! Il n'y a plus personne pour nous défendre. Nous sommes condamnées ! s'exclama Hilda en se levant d'un bond, répandant de la laine et des quenouilles partout sur les dalles du sol. Condamnées, voilà ce que je dis !

— Nous devons espérer qu'ils repartiront aussi vite qu'ils sont arrivés, avec le minimum de dégâts, répondit Edith.

Elle posa soigneusement son fuseau sur un coffre en bois, puis ramassa la laine ainsi que les trois quenouilles qu'elle retrouva et constata en soupirant que l'une d'elles s'était fendue dans sa longueur. Au lieu de l'aider, Hilda resta plantée devant elle à se tordre les mains, en répétant sans cesse qu'elles étaient condamnées. Sa cousine le faisant avec suffisamment d'intensité pour deux, Edith n'avait donc que peu de raisons de s'affoler.

— Vont-ils repartir ? demanda Hilda tandis qu'Edith cherchait la dernière quenouille.

— Ils le font toujours, assura Edith en se baissant pour la ramasser. Les Vikings ne s'installent jamais. Ils s'emparent de tout ce qu'ils peuvent et repartent.

La chose dont elle était certaine, en dépit de leur conquête d'Eoferwic — qu'ils avaient renommée Jorvik —, il y avait dix ans de cela, c'était que les Vikings ne s'établissaient pas à l'intérieur des terres. Ils préféraient les utiliser pour y lancer des raids, les considérant comme leur réserve personnelle de bétail, de troupeaux de moutons, et de femmes, l'une des raisons principales pour lesquelles Egbert avait trouvé tant de recrues pour sa rébellion.

Edith fronça le nez de dégoût. Les Vikings étaient des barbares, sans la moindre considération pour les vies qu'ils détruisaient.

Enfreignant les ordres de son mari, elle avait veillé à ce que l'essentiel des réserves de provisions soit soigneusement camouflé, et elle avait dissimulé toute l'argenterie et les bijoux de sa mère dans la cache secrète de la chambre du seigneur. Contrairement à elle, Egbert n'avait pas été présent à Eoferwic le jour où les Vikings avaient pris la ville. Elle avait pu voir quels bons combattants ils étaient. En dépit des discours d'Egbert et de ses grands airs, elle avait douté qu'il puisse reprendre la cité avec son armée de bric et de broc alors que tant d'autres avaient échoué. Au début de leur union Egbert avait gagné quelques combats à l'épée, mais il avait bien trop engraissé par la suite.

Ses gens réussiraient à tenir jusqu'à la fin du printemps, quand la nourriture redeviendrait abondante. Il était hors de question qu'elle permette à un quelconque Viking de les affamer simplement pour arrondir sa bedaine plus encore.

— Que vas-tu faire ? demanda Hilda. Ils vont bien découvrir pour Eg… lord Egbert et la part qu'il a prise aux combats. Nous allons tous être punis pour cela, exactement comme tu l'en avais averti !

— Avoir raison ne me donne aucune satisfaction, cousine. Tu dois le croire.

— Mais tu sais ce qu'ils vont faire ! Ils vont brûler, violer et piller ! s'écria Hilda en commençant à trembler, les yeux exorbités de peur.

Edith pinça les lèvres. Si elle n'agissait pas, sa cousine allait s'effondrer sur le sol, sourde à toute raison, lui donnant un problème supplémentaire à résoudre avant l'arrivée des envahisseurs. Plutôt que de houspiller Hilda en l'exhortant à se reprendre, elle se concentra et chercha des paroles apaisantes.

D'ailleurs elle ne s'abaisserait jamais à crier contre elle. Elle savait quel lit son mari avait partagé lors de son dernier séjour ici — tout le monde le savait. Les murmures avaient couru dans le donjon jusqu'à ce que toute la maisonnée la regarde avec pitié, et Edith méprisait la pitié. Cela ne signifiait pas pour autant qu'elle approuvait la liaison de sa cousine avec son mari, loin de là. Mais elle savait comment était Egbert sous la bonhomie qu'il affichait devant les visiteurs et les gens susceptibles de lui être utiles. Si Hilda avait repoussé ses avances, il l'aurait violée. L'envoyer loin d'ici n'avait pas été possible tant qu'Egbert était en vie. Et voilà que les Vikings étaient devant sa porte…

— Je ferai serment d'allégeance, s'il le faut, assura Edith de sa voix la plus ferme. Tu verras, Hilda, tout se passera bien dès que je l'aurai déclaré.

— Toi ? s'exclama Hilda en portant la main à sa gorge, son agitation soudain calmée. Mais ce *jaarl* scandinave se fiera-t-il à ta parole ?

Edith serra les poings. Il fallait que Hilda lui fasse confiance. Ne s'était-elle pas occupée du domaine, veillant à ce qu'il prospère, tandis qu'Egbert se livrait à ses passions pour la chasse et la chair ?

— Il le devra. Cette terre appartient à notre famille depuis la nuit des temps. Je ne serai pas celle qui la perdra.

— Tu veux dire que tu t'attends à ce qu'il t'épouse, répliqua Hilda en se tapotant le nez. C'est malin. J'aimerais disposer d'une dot pareille plutôt que de ma seule apparence… Tu seras parée de soie et de rubans, et tu nous oublieras.

— Je n'attends rien, répondit Edith avec prudence.

Se marier avec un Viking était la solution logique, même

si elle abhorrait l'idée de se remarier. Une veuve propriétaire d'un vaste domaine était une belle prise potentielle.

— Mais tu as tort de croire que je pourrais oublier ce domaine et ses habitants. Ce sont mes gens, chacun d'entre eux.

— Ton mari se retournerait dans sa tombe, cousine, s'il savait que tu comptes jurer allégeance au roi scandinave.

— Mon père l'a fait devant Halfdan à Eoferwic, il y a dix ans. Egbert a rompu ce serment, moi pas.

Hilda secoua sa tête coiffée avec soin et pinça ses lèvres pulpeuses en une moue dédaigneuse.

— Je m'attendais à plus que cela. Tu as été sa femme pendant sept ans. Es-tu sûre que le roi ne se posera pas de questions ? Il pensera que tu as bien dû partager un certain nombre de vues avec lui, pendant tout ce temps.

Edith releva le menton. Comment Hilda osait-elle la questionner comme elle questionnerait une vulgaire servante ? Elle en trembla de rage, et mourut d'envie d'assener quelques vérités bien senties à sa cousine. Au lieu de cela, elle prit une profonde inspiration, et se concentra pour se contrôler.

— A quel moment Egbert et moi avons-nous été d'accord sur quoi que ce soit ? dit-elle du ton le plus calme qu'elle put. Lord Egbert n'est plus le maître ici. Il a cessé de l'être quand il a rendu son dernier souffle. Le donjon et les terres ne lui ont jamais pleinement appartenu ; nous avons partagé les responsabilités. Je connais les termes du contrat de mariage que mon père avait négocié : le donjon et les terres devaient me revenir si quoi que ce soit arrivait à Egbert. Et j'ai l'intention de garantir leur sécurité.

— Cousine, ce n'est pas le moment de plaisanter, répliqua Hilda en écarquillant ses yeux bleu pâle. Tu ne connais pas grand-chose à l'art de la guerre. Egbert disait toujours…

— C'est aux gens qui vivent sur ces terres que je dois penser, coupa Edith en la foudroyant du regard.

L'opinion de feu son mari sur ses innombrables défauts était la dernière chose qu'elle avait envie d'entendre.

— Les Vikings devraient accepter ma parole, et le don que je ferai. Puis passer au domaine suivant, en espérant qu'ils ne brûleront pas notre donjon ou ne décréteront pas un mariage forcé. Nous survivrons, quoi qu'il arrive. C'est ce qui importe.

Edith ignorait qui elle désirait convaincre le plus : elle-même, ou sa cousine ?

— Ils vont prendre tout ce qui n'est pas fixé aux murs ou au sol, même si tu n'es pas forcée à te marier, continua Hilda, de plus en plus pâle. Tu sais comment sont ces Barbares ! Il y a deux ans, dans le Sud, avant que je vienne ici, j'ai vu toutes les fermes en feu, et les femmes... Promets-moi que tu ne permettras pas que cela m'arrive ! J'ai vu des choses qu'il est impossible de raconter. Tu dois me protéger. Lord Egbert l'aurait voulu.

— J'ai pris des précautions. Mes parents m'ont bien appris la marche à suivre ; les Vikings sont un danger depuis des années, dit Edith en lançant à Hilda un regard noir. Nous avons déjà traversé ces épreuves, et nous nous en sommes sortis. Mes parents ont même donné des réjouissances pour Halfdan, au début.

— Que dois-je faire ? dit Hilda en se tordant les mains. Lord Egbert m'attribuait toujours une tâche particulière, quand la situation était difficile. Tout bien réfléchi, je devrais parler la première. Attendrir leur cœur avec de douces paroles. Tu peux être abrupte, cousine. Permets-moi de gagner leur considération avec des sourires.

Edith la regarda, incrédule. Etait-elle sérieuse en faisant cette offre ? Elle se crispa à l'idée de sa cousine accueillant les Vikings à sa place. C'était elle qui trouvait des tâches pour Hilda, afin de la protéger des humeurs d'Egbert. Il ne supportait sa présence que lorsque cela lui chantait.

Hilda se mit à déambuler dans la grande salle en paradant et en faisant des mines, comme si elle était maîtresse des lieux.

— Tu vois, cousine, comme je m'y prendrais mieux ?

— Hilda, je voudrais que tu ailles au vivier pour vérifier que toutes les vannes sont bien fermées. Je n'ai aucune envie de perdre du poisson sous prétexte que les hommes sont négligents, répliqua Edith, reprenant le contrôle de la situation.

— Tu veux dire que…

— J'accueillerai les Vikings vêtue avec simplicité, et je leur détaillerai nos maigres ressources. Nous avons déjà échappé à leur politique de la terre brûlée, et nous le ferons encore, fais-moi confiance.

— Est-ce à dire que je pourrai les éviter ? Tous ? demanda Hilda.

— C'est une possibilité, répondit Edith en lui tendant la main. Tu me rendrais service, cousine. Cela m'ôterait un poids de savoir que cette tâche a été correctement effectuée.

— Comme tu voudras, cousine. C'est toi le seigneur, ici, désormais.

Hilda lui adressa une révérence qui frisait l'impertinence et quitta la grande salle dans un bruissement de jupes.

Edith soupira. Il devait bien y avoir quelque part un fermier convenable à qui elle pourrait marier Hilda. Elle fournirait une dot raisonnable, pour le décider à la prendre. La question était qui, étant donné que tout le monde connaissait sa liaison avec Egbert. Elle se mordit la lèvre. Tout cela pouvait attendre. Dans l'immédiat, il fallait qu'elle se concentre sur les événements à venir, et fasse tout son possible pour que l'issue soit favorable, sans commettre d'erreurs.

Après avoir ajusté sa guimpe de manière à dissimuler complètement ses cheveux noirs, elle balaya la salle du regard, à la recherche de quelque objet qui traînerait encore.

La plus grosse partie de l'argent et de l'or était en sécurité dans la cache. Inutile d'aller vérifier, d'autant qu'elle était la seule à en connaître l'existence.

Les païens scandinaves ne respectaient ni les églises ni les monastères. Non seulement ils ne les respectaient pas, mais leurs richesses les attiraient. Quand son père lui avait montré la cache, il lui avait raconté l'histoire du raid sur Lindisfarne et des innombrables pillages qui avaient suivi. Cependant, il se targuait de son alliance avec Halfdan, et lui avait prédit avec assurance qu'elle n'aurait jamais besoin de l'utiliser.

Elle avait laissé quelques babioles en évidence pour apaiser les Barbares, mais il fallait qu'ils soient convaincus qu'ils étaient pauvres et que le domaine était mal exploité afin qu'ils n'exigent pas une énorme rançon. Son père lui avait dit et répété cela depuis son plus jeune âge.

Les Vikings ne restent jamais longtemps. Ce sont des pillards qui ne cherchent pas à s'installer. Ils se déplacent vite, et passent à côté de ce qui est bien caché, se répétait-elle alors qu'elle réfléchissait au meilleur endroit où se placer. Elle répéta quelques gestes, et abandonna vite l'idée de s'agenouiller, mains levées en un geste de supplication. Incliner la tête serait suffisant. Accueillante, sans être servile pour autant.

Elle pouvait le faire. Il le fallait ! Tout le monde ici comptait sur elle pour être protégé des Vikings. Il n'y avait aucun guerrier pour combattre. Seul un garçon presque encore imberbe était revenu après la rébellion. Dévoré de fièvre, il n'avait survécu que quelques jours après avoir raconté la traîtrise des Barbares et la résistance finale héroïque d'Egbert. Egbert avait retrouvé son courage bien trop tard, mais Edith était néanmoins heureuse qu'il se soit comporté avec bravoure sur la fin.

Des bruits de lourdes bottes résonnèrent soudain sur les pierres à l'extérieur. Edith pressa son poing sur son estomac et pria pour que son malaise cesse. Elle n'avait même pas eu le temps de ranger les fuseaux et les quenouilles !

Pourquoi n'y avait-il pas eu plus de signes avant-coureurs de leur arrivée ? Pourquoi personne n'avait-il vu les feux qui ne devaient pas manquer alors que la horde Viking envahissait les campagnes ? Elle maudit silencieusement Egbert d'avoir enrôlé dans la rébellion tous les hommes capables de tenir une arme. Sa tête commença à lui faire mal, une douleur intense derrière ses yeux. Dès que possible, elle chercherait des manières d'améliorer le système d'alerte.

Elle fit signe à l'un des rares serviteurs qui restaient d'aller ôter la barre placée sur la porte.

Le vieil homme trottina vers l'entrée. Avant qu'il ne l'atteigne, la porte s'abattit sur le sol avec fracas. L'un des hommes les plus grands qu'Edith ait jamais vus apparut sur le seuil. Rasé de près, mais avec des cheveux blond foncé flottant jusqu'à ses épaules, incarnation parfaite du guerrier nordique, il portait un manteau en fourrure et des culottes de peau. Il brandissait une hache à double tranchant, mais c'étaient ses yeux bleus perçants ainsi que la cicatrice d'un rouge écarlate qui barrait son cou qui retenaient l'attention. S'il ne devait rester qu'un seul guerrier barbare, ce serait lui, sans nul doute. Un vrai païen.

Edith s'humecta les lèvres, mais ne put émettre qu'un hoquet étouffé. Elle essaya de nouveau d'articuler un mot de bienvenue, sans y parvenir. Un frisson de terreur la parcourut et ses mains se mirent à trembler.

Elle se représenta son donjon en flammes, ses gens massacrés sans qu'elle puisse faire quoi que ce soit pour empêcher le carnage. Si elle avait été un homme, comme l'auraient désiré ses parents, rien de tout cela ne serait arrivé. Hélas ! elle n'avait que son esprit et sa langue comme armes, et tous deux semblaient l'avoir abandonnée. Elle pria en silence pour un miracle.

Le Barbare s'avança, et ses hommes se déployèrent derrière lui, remplissant la salle.

Malgré elle, Edith recula. Elle heurta le coffre avec sa jambe, et fit tomber le fuseau qui roula parmi le jonc répandu sur le sol, et disparut. C'était celui qu'elle préférait. Se soucier d'un fuseau sans valeur alors que sa vie était en jeu ? C'était bien elle ! Elle ne put retenir un petit rire nerveux.

Par chance, ce rire mit un terme à sa panique. Elle s'arrêta et redressa les épaules. Son intelligence valait celle de n'importe quel homme, y compris celle de cet immense Scandinave qui la regardait d'un air furibond en passant le doigt sur le fil de sa hache.

— Il est d'usage d'attendre une réponse avant de démolir une porte, dit-elle.

La fermeté de son ton lui insuffla du courage. Elle était l'égale de cette montagne nordique, pas son esclave.

— Il est d'usage que les gens reçoivent leur nouveau seigneur avec civilité et empressement. Je trouve ces lieux bien vides pour m'accueillir.

La voix profonde du Viking résonna dans la salle. Edith fut surprise qu'il maîtrise si bien sa langue. Ceux qu'elle avait rencontrés à Eoferwic, du moins ceux qui en avaient quelques notions, la parlaient avec un accent si prononcé qu'elle avait l'impression qu'ils s'exprimaient dans une autre langue. Celui-ci était différent. On ne percevait qu'une légère touche étrangère.

— Nous avons eu peu de signes avant-coureurs de votre arrivée, répliqua Edith en soutenant son regard farouche. Un accueil digne de ce nom demande à être organisé.

— Cela ne change rien aux faits. Votre nouveau seigneur est arrivé. Je méritais un meilleur accueil que voir ma porte barricadée contre moi.

Le « nouveau seigneur » ? Edith se contracta à ces propos. Que voulait-il dire par là ? Le roi viking avait-il décidé de la marier avec cet envahisseur ? Un nouveau frisson la parcourut. En dépit de ce qu'avait affirmé Hilda, elle ne souhaitait pas particulièrement se remarier, et certainement pas avec un homme qui semblait pouvoir la briser d'une seule main. Pour l'amener à changer d'avis, il faudrait quelqu'un d'éduqué, porté sur le savoir, la musique, et qui respecterait son intelligence — elle avait côtoyé la brutalité assez longtemps avec son premier mari. Elle s'efforça de penser à autre chose. Ses sentiments n'entraient pas en ligne de compte. Ce qui importait, c'était le domaine.

— Vous êtes le nouveau seigneur ?

Il inclina la tête, mais ses yeux étincelèrent brièvement.

— Le roi en a décrété ainsi.

— Je suis lady Edith, maîtresse de ce donjon, comme l'était mon père avant moi. Le roi viking Halfdan ne m'a envoyé aucun décret signifiant vos droits.

Elle haussa le menton en un mouvement de défi. Dieu merci, son père avait eu la clairvoyance de s'agenouiller devant Halfdan et d'embrasser sa bague dix ans plus tôt.

— Mon père et votre roi étaient amis. Il a séjourné ici au début de son règne, après l'incendie d'Eoferwic. expliqua-t-elle.

Le Barbare leva un sourcil arrogant.

— Vous niez donc que ce donjon appartenait au rebelle Egbert de Breckon ?

— Feu mon mari, précisa Edith en pinçant les lèvres.

— Il est mort en se rebellant contre son roi, avec la traîtrise la plus vile qui soit, affirma le Viking.

— Le donjon m'a toujours appartenu, ainsi qu'à ma famille, aussi loin que l'on puisse s'en souvenir. Mon mari et moi en avons partagé la propriété. Quand Egbert de Breckon a rendu son dernier souffle, les terres et la propriété me sont aussitôt revenues, car je n'ai pas d'héritier.

— Ah ? Vraiment ?

— Quand j'ai épousé Egbert de Breckon, Halfdan a promis de respecter cet accord. Je possède un parchemin authentifié de son sceau pour en attester.

Elle resta tête haute, et se rendit compte qu'elle devait poser la question. Il fallait qu'elle connaisse les intentions du roi en ce qui concernait ce Barbare, sans quoi elle allait perdre tous ses moyens. Elle devait connaître son destin. Elle avait survécu à Egbert, elle pourrait tout aussi bien survivre au Viking.

— Voulez-vous dire que le roi a l'intention de nous marier ? demanda-t-elle.

Avec une moue peu flatteuse, le Viking la détailla de la tête aux pieds. Elle s'obligea à garder les bras le long du corps, mais elle n'était que trop consciente de sa silhouette dégingandée et de ses hanches larges. Elle aurait tant voulu être menue, avec des formes comme Hilda, le genre de femme que les hommes épousent sur-le-champ, et pas seulement pour leur fortune ou des terres…

— Votre mari a trahi mon roi. Pourquoi devrait-il honorer la promesse faite à votre père ? dit-il enfin. Halfdan m'a donné toutes les terres d'Egbert de Breckon en récompense de services rendus.

Cette montagne avait-elle donc tué elle-même Egbert au combat ? Le garçon qui en était revenu avait parlé d'une embuscade et d'une trêve rompue, lors de laquelle tous les Northumbriens avaient été exécutés. Edith chassa vite cette pensée et se concentra. C'était là bien pire que ce qu'elle avait imaginé. Toute sa vie était en jeu.

— Mon mari a agi en dépit de mes conseils. Aucune des personnes ici présentes n'a jamais trahi. Dans l'intérêt de la paix et de l'amitié qu'il portait à mon père, je suis certaine que Halfdan aura décidé d'un mariage. Montrez-moi son parchemin, demanda Edith en tendant la main.

Le regard bleu la détailla une seconde fois, plus lentement, mais lui laissant néanmoins peu de doutes sur sa capacité à paraître une femme désirable. Elle était bien trop maigre et anguleuse, avec un visage trop masculin. Jusqu'à ses mains qui étaient tachées d'encre au lieu d'être blanches tels des lys, comme il sied à une lady. Elle combattit la chaleur qui lui montait aux joues. Cela avait été déjà assez pénible qu'Egbert se soit délecté à lui répéter à quel point elle était dépourvue de charmes féminins, mais supporter le regard de ce Viking était bien plus humiliant encore.

— Il n'y avait pas de conditions assorties à ce présent, milady, affirma-t-il d'une voix de stentor afin que tous puissent entendre. Les terres et toutes ses possessions sont le cadeau de Halfdan. Je n'ai pas le besoin pressant d'une épouse. Le roi connaît ma position au sujet du mariage, et le genre de femme que je souhaite pour épouse.

— Je me suis trompée, murmura-t-elle en s'obligeant à faire une révérence.

Un goût de bile lui monta à la bouche. Un unique regard, et il l'avait rejetée en tant qu'épouse potentielle.

— En effet. Je considère donc que le sujet est clos. Je proclame ma souveraineté sur ce domaine.

Il s'avança et abattit d'un grand coup sa hache sur le sol de pierre. Le bruit résonna dans tout le donjon.

Edith réfléchit très vite. Un suzerain ? Il y en avait toujours eu un. Ce serait la meilleure solution, le miracle qu'elle attendait. Elle avait été bien trop pressée de penser mariage.

— Nous serons heureux de vous verser une dîme si vous me prouvez que vous dites la vérité. Pardonnez-moi, Viking, mais mon expérience avec vos semblables est limitée, et parfois la langue a été source de confusion. Avez-vous un signe quelconque, un parchemin peut-être, qui nous indiquerait la somme à vous verser ?

— Vous vous entêtez à ne pas vouloir comprendre, milady, répliqua le Viking en passant son doigt sur le tranchant de la lame de sa hache. Les terres d'Egbert de Breckon sont confisquées. Il s'est rebellé contre son roi légitime. Vous n'avez plus aucun droit ici, mais je n'ai aucune intention de vous nuire. Vous pouvez partir sans subir la moindre violence, si vous le faites sur-le-champ.

Edith entendit les hoquets de stupeur des serviteurs groupés derrière elle et sentit les larmes lui monter aux yeux. C'était sa demeure, sa terre et ses gens ! Elle avait en vain tenté de convaincre Egbert de ne pas se rebeller, et voilà où l'obstination de son mari l'avait menée. C'était affreux.

Elle se retint de répliquer vivement. Il fallait ici du tact, et non des paroles de protestation vides de sens. Egbert avait conduit la rébellion jusqu'à son issue tragique. D'après ce qu'elle avait cru comprendre, il avait été le dernier à succomber. Une mort honorable, avait assuré le jeune rescapé.

— Les terres sont à mon nom, dit-elle posément. Et je ne me suis pas rebellée. Elles restent miennes jusqu'à ce que le roi me fasse parvenir un parchemin disant le contraire. Halfdan est un homme d'honneur, je le sais, ajouta-t-elle pour essayer de gagner du temps, en croisant les bras. J'ignore comment on procède là d'où vous venez, mais ici, en Northumbrie, nous demandons plus de preuves qu'une hache à double tranchant et une porte enfoncée.

Elle toisa le Viking avec un air de défi, en s'efforçant de ne pas regarder sa hache et la manière dont il en caressait le fil. Un seul coup et sa tête roulerait sur le sol, s'il fallait en croire les rumeurs selon lesquelles ils étaient coutumiers de ces pratiques expéditives.

Les battements affolés de son cœur résonnaient à ses oreilles alors qu'elle attendait la réponse du Viking.

Une salve de rires tonitruants s'éleva dans les rangs derrière lui, rompant le silence.

— Elle a du courage, cette lady northumbrienne, il faut le reconnaître. Il n'y a pas beaucoup de monde qui oserait s'opposer à Brand Bjornson et contester ses actes ! cria une voix.

— Peut-être le devraient-ils, répliqua Edith avec autant de calme qu'elle le put, alors même que ses jambes étaient sur le point de refuser de la porter.

Elle avait frémi en entendant ce nom. Tout était perdu ! Brand Bjornson venait réclamer sa terre… Il était connu comme l'un des guerriers vikings les plus féroces ; les nourrices chuchotaient même son nom pour faire taire les enfants. Elle attendit, osant à peine respirer. Son prochain souffle serait le dernier, dès qu'il aurait levé sa hache.

Immobile, mais visiblement en pleine réflexion, le Viking la regarda, l'air farouche. Elle s'obligea à soutenir son regard.

Sa prise sur son arme se desserra un peu et ses épaules se décontractèrent. Edith respira de nouveau : elle allait vivre. A cette idée, elle fut envahie d'une excitation enivrante.

— Je regrette, milady, mais vous vous trompez. Ce donjon et ces terres m'appartiennent, dit-il enfin en sortant un morceau de vélin de sa ceinture. Le roi avait prévu que l'on mettrait ma parole en doute. Tout est en ordre. Son sceau est apposé, avec la date. Appelez votre prêtre, il lira le texte tout haut.

— C'est inutile. Mon père a veillé à ce que j'apprenne à lire. Il n'appréciait pas beaucoup notre prêtre, ajouta-t-elle en remarquant son regard interrogateur.

— Un homme avisé, fit-il.

Edith lut le parchemin et son estomac se noua. Toutes les terres d'Egbert revenaient à Brand Bjornson, ainsi que le donjon et les propriétés y afférant, détaillées avec précision. La proclamation était d'ordre général ; le roi n'avait même pas daigné la lui adresser en nom propre. Elle ne signifiait manifestement rien pour lui.

Sa bouche s'assécha et elle déglutit péniblement. Tout lui échappait, comme sur un simple claquement de doigts. Oh ! comme elle aurait aimé tordre le gros cou épais d'Egbert ! Son père avait obéi à tant de mauvaises raisons en imposant ce mariage ! Il pensait entre autres qu'elle avait besoin d'être épaulée par un guerrier solide. En réalité, elle aurait bien mieux dirigé seule les terres.

— Vous posséderez peut-être le domaine, mais le cœur de ses gens ? s'entêta-t-elle. Je n'ai jamais vu un guerrier viking rester longtemps au même endroit. Il ne fait pas de doute que le roi fera de nouveau appel à vos services, affirma Edith sans se laisser le temps de réfléchir et donc d'avoir peur. Après avoir vu votre parchemin, je serai heureuse de vous verser une dîme raisonnable, et de vous promettre de tout garder en bon ordre. Je connais ces gens, et cette terre.

— Et vous avez gagné leur cœur, maintenant que leurs compagnons sont morts ? Vous pouvez garantir qu'ils ne se rebelleront plus contre Halfdan ou ses successeurs ?

— J'aime à le penser, affirma Edith en relevant le menton. Ma famille s'est occupée de ces terres depuis le départ des Romains. Les gens d'ici sont honnêtes et loyaux. Ceux qui se sont rebellés sont morts en même temps que mon mari. Aucun n'est revenu.

Un sourire sardonique se dessina sur les lèvres du Viking.

— Je pense qu'un estomac bien rempli garantit la loyauté bien plus que le sang ou la tradition.

Des ricanements étouffés se firent entendre dans les rangs des Vikings.

— Quel genre d'homme obéit à une femme ? dit l'un d'eux.

Edith serra les dents et ignora la remarque qui lui rappela l'attitude d'Egbert. Elle lui avait prouvé qu'il avait tort et, s'il lui accordait la moindre chance, elle le prouverait de même à ce Viking.

Elle fit signe à ses serviteurs de ne pas bouger.

Où pourrait-elle aller ? Dans un couvent quelconque ? Pour y trimer telle une esclave ? C'était ce qui l'attendait, si elle y arrivait sans le moindre sou. Dieu était témoin qu'Egbert l'en avait assez menacée. La mort par le fil de la hache d'un Viking valait mieux que mourir lentement de faim. Il lui restait une dernière chance.

— Vous devez me laisser une chance de faire mes preuves. Je pourrais être utile, ici. Vous êtes un guerrier. Savez-vous diriger un vaste domaine ? Moi, je le sais. Mettez-moi à l'épreuve !

Chapitre 2

Edith attendit, alors que sa supplique résonnait encore dans la salle. Toute sa vie était en jeu.

— Je n'ai nul besoin que quelqu'un le dirige. Je serai présent.

Les coins des lèvres de Brand Bjornson remontèrent, comme s'il était amusé. Il émit un rire sonore, suivi aussitôt de celui des autres guerriers.

Edith fronça les sourcils. L'amusement était précisément la réaction qu'elle n'attendait pas.

— Mon offre est sérieuse, insista-t-elle.

— Ma vie de combattant tire à sa fin. Mon roi a d'autres projets pour moi. Cette partie du North Riding a hébergé un nid de vipères pendant bien trop longtemps. Ma tâche est d'assurer la paix, par la force si nécessaire, milady. Je vous garantirai le passage vers le couvent le plus proche, en remerciement de la loyauté dont vous et votre père avez fait preuve vis-à-vis de mon roi.

— Et vous savez tout ce qu'il y a à savoir sur ce donjon et ses fermes ? Et comment les gérer avec le plus d'efficacité ?

Le bleu de ses yeux devint plus profond.

— D'après ce que j'ai vu, ce ne sera pas difficile de mieux le diriger… A moins qu'il n'y ait une raison de penser le contraire.

Edith cilla. Il savait qu'elle l'avait trompé, et lui donnait là l'occasion de le confesser. Le Viking était plus avisé qu'elle l'avait cru au premier abord.

— Après la mort prématurée de mes frères dans leur enfance, mon père m'a formée. J'ai d'abord été son intendante, puis celle de feu mon mari.

— Alors ils étaient tous deux bien stupides. Ce donjon et ses fermes ont l'air misérable. Un enfant s'y prendrait mieux pour les diriger.

Brand Bjornson leva une main impatiente.

— Gardez ces histoires pour les enfants, lady Edith. Je suis d'humeur généreuse, mais cela pourrait changer.

— Lady Edith dit la vérité, milord ! intervint l'un des serviteurs. Milady Edith dirige ce domaine mieux que quiconque. C'est pour cela que nos granges débordent cette année, et que nos moutons sont…

Après le regard que lui lança Edith, l'homme ne termina pas sa phrase. Edith se mordit la langue. Maintenant les Vikings savaient qu'ils n'étaient pas pauvres. Quelle chance restait-il que la nourriture aille à ceux qui en avaient le plus besoin ? Ces guerriers Vikings dévoreraient bien plus que de raison et laisseraient tout le monde mourir de faim, exactement comme Egbert avait tenté de le faire naguère.

— Le domaine serait donc plus prospère que le laisse penser son aspect ? Montrez-le-moi. Immédiatement. Pendant qu'il vous reste une chance de racheter votre stratagème.

Brand Bjornson s'approcha d'elle. Elle prit alors la pleine mesure de la puissance de ses épaules et de ses bras. Il n'était décidément pas le genre d'homme avec lequel plaisanter.

Edith fut déchirée entre le désir de protéger ce qui lui appartenait de droit, et la conscience que son manque de séduction féminine serait la seule chose qui la sauverait, ainsi que sa demeure. Si elle partait maintenant, elle ne pourrait jamais revenir. Elle avait vu assez de réfugiés après la chute d'Eoferwic, il y avait dix ans, pour évaluer ses chances de survie. Qui la recueillerait, comme elle avait recueilli Hilda ? Ceux qui auraient été susceptibles de l'aider étaient morts, ou avaient perdu leurs terres et s'étaient enfuis vers le sud. Edith serra les poings. Elle n'avait d'autre choix que de révéler quelques secrets.

Il fallait qu'elle lui montre les registres et les réserves, en espérant qu'il comprendrait à quel point le domaine était une vaste entreprise, et qu'elle y était indispensable. Et qu'il prendrait conscience aussi du fait que la nourriture devait rester là où elle était.

Elle réfléchirait plus tard à la manière de se débarrasser de lui. Les Vikings ne s'attardaient jamais longtemps. Tant qu'elle serait sur place, elle garderait une chance que ses terres lui soient rendues.

Lorsqu'elle releva la tête, ce fut pour se retrouver face à ses yeux bleus étincelants. La puissance de cet homme la troubla soudain.

— C'est exact, Brand Bjornson. Je n'avais aucune intention de donner plus que ce que je devais. Pouvez-vous m'en vouloir, après les ravages qu'ont faits les Vikings dans toute la contrée ?

— Montrez-moi ! rugit Brand en détaillant sa guimpe si anglo-saxonne, sa robe peu flatteuse, et son air fier.

Il dut fouiller dans ses souvenirs pour trouver une femme qui lui avait fait autant d'effet que celle-ci.

Ses formes n'étaient pas pulpeuses, mais suffisamment pour que ce soit plaisant, et ses traits étaient réguliers. Mais c'était son long cou et son port de mains qui avaient retenu son attention. De plus elle était grande, ce qui lui évitait de devoir se baisser pour s'adresser à elle.

Tout en elle proclamait l'arrogance, et elle était sans doute inclinée à s'estimer plus intelligente que lui. Elle allait donc recevoir une bonne leçon d'humilité. Probablement avait-elle pensé qu'il lui baiserait les pieds de gratitude quand elle lui avait proposé de l'épouser, mais ils feraient à son idée. Il avait déjà ses plans.

— Je serai heureuse de vous montrer les réserves, mais vous devez être conscient qu'elles sont peu remplies à la fin de l'hiver. Vous pouvez inspecter les registres, ils vous prouveront que c'est mon écriture. Pouvez-vous lire le latin ou souhaitez-vous faire venir votre scribe ? ajouta-t-elle en agrandissant son sourire déjà insolent.

— Ça me regarde, répliqua-t-il en se retenant d'exploser. Je souhaite vivement inspecter la totalité de mes nouvelles terres.

Il ne croyait pas une seconde qu'elle sache lire ou écrire. Quel genre de femme le faisait ? Elle ne désirait que le rabaisser et gagner du temps pour mettre en sûreté le quelconque trésor qu'elle avait caché — et qui lui appartenait également désormais. Egbert de Breckon avait pourfendu Sven, le meilleur ami de Brand, alors qu'il implorait la paix. Hrearek avait ensuite atteint Egbert le premier et l'avait tué. Sven avait été pour lui aussi proche qu'un frère. Il ne pourrait jamais oublier la traîtrise qui lui avait coûté l'unique personne qui lui était chère.

— Je n'ai rien à craindre de la vérité, déclara Edith.

Il se pencha vers elle jusqu'à sentir son souffle.

— Nous commencerons par les registres.

Elle s'empourpra légèrement. Si elle ôtait sa guimpe, elle serait belle, réalisa Brand, surpris, alors que son corps réagissait spontanément à sa proximité.

Y avait-il une raison pour qu'elle ait délibérément voulu lui cacher ses charmes ? Il désirait dans son lit une partenaire consentante, plutôt qu'une femme qu'il aurait forcée à y venir. Quand il remarqua que sa respiration s'était accélérée, il songea qu'elle n'était pas non plus insensible à sa présence. Soudain, les possibilités devinrent bien plus intéressantes.

Il leva un sourcil ; elle rougit plus encore et baissa aussitôt la tête, pour rompre le contact.

— Les registres, très bien.

Elle adressa un signe à un serviteur et s'entretint avec lui à voix basse. L'homme s'inclina et s'éclipsa.

— Cela peut prendre un certain temps, lord Bjornson.

— J'ai tout mon temps.

— Voudriez-vous vous asseoir ? Je suis certaine que vous avez soif, vos hommes aussi sans doute. Mon mari avait toujours soif quand il rentrait.

Elle indiqua une chaise d'un geste de la main avant d'ordonner à l'un des serviteurs les plus âgés d'aller chercher de l'hydromel.

— Accordez-nous l'occasion de vous accueillir dignement, maintenant que nous savons qui vous êtes.

Le geste et les paroles lui rappelèrent la femme de son père et la manière dont elle empiétait sur le rôle de celui-ci, lui donnant toujours l'impression d'être un étranger sans légitimité. Cela faisait bien longtemps qu'il avait dit adieu à ce passé. Ici, il était le seigneur et maître, et non le fils d'une esclave qui n'avait pas le droit de fréquenter la grande salle. Par son épée, il avait gagné le droit au respect. Il secoua la tête pour se débarrasser de ces souvenirs.

— Je n'ai pas de problème pour rester debout, mais mes hommes ont besoin de rafraîchissements. Les routes donnent faim et soif. Il nous faut de la viande.

— Un bon chef s'occupe de ses hommes en priorité, dit-elle avec un sourire qui ne se reflétait pas dans ses yeux gris. Préparer de la viande prend du temps. Nous vivons simplement ici. De plus, c'est le carême. Nous n'avons rien abattu depuis la Saint-Michel.

— Nous avons le temps, répéta Brand en inclinant la tête. Quand le moment sera venu, après que j'aurai inspecté les réserves, je vais faire abattre plusieurs bêtes. Mes hommes doivent célébrer ma bonne fortune ; ils s'attendent à festoyer d'abondance.

— Les impératifs du carême ne signifient donc rien pour vous ?

Il réfléchit un moment.

— Ils le devraient ? Mes hommes ne partagent pas votre religion.

— Comme vous voudrez.

Elle se dirigea vers une chaise en cuir et s'y installa. Une reine ou la femme de son père n'auraient pu faire mieux.

— Il semble vain de faire des cérémonies et de rester debout. Mon mari aimait s'attabler.

— Je ne suis pas feu votre mari, répliqua-t-il.

Ses jolies dents blanches vinrent titiller sa lèvre inférieure, et, pour la première fois, il découvrit les ombres dans ses yeux.

— Non, en effet. Nous devons donc tous vous considérer comme chanceux.

— Ce qui veut dire ?

Brand essaya de se rappeler ce qu'il savait de cet homme. Lord Egbert avait eu un tel ascendant sur ses hommes qu'ils l'avaient suivi les yeux fermés au cœur de la rébellion. Ceux qui restaient aujourd'hui étaient soit trop vieux, soit trop jeunes pour se battre. Cependant, il en savait peu sur sa valeur, ou la façon dont il s'était comporté avec sa femme. C'était lui qui avait rompu la trêve. Hrearek avait été assez clair là-dessus.

— Mon mari est mort, et vous êtes en vie. Le donjon est désormais sous vos ordres. Que croyez-vous que je voulais dire ? demanda-t-elle pressant ses mains l'une contre l'autre si fort que ses articulations devinrent toutes blanches.

— Merci pour l'explication, trancha-t-il.

Il s'en contenterait pour le moment. Mais lady Edith n'était de toute évidence pas une veuve éplorée. Disait-elle vrai, quand elle avait prétendu ne pas soutenir la rébellion ? Halfdan avait utilisé ces derniers temps le mariage entre Vikings et Northumbriennes comme un moyen d'assurer la paix, mais il n'avait à aucun moment mentionné l'existence d'Edith.

S'était-il souvenu des projets d'avenir de Brand ? Et qu'il espérait épouser Sigfrieda ? Il plissa les yeux. A moins qu'il n'y ait autre chose… Quelque chose que Halfdan connaîtrait sur cette femme, et qu'il aurait préféré garder pour lui ?

Lady Edith ramassa une quenouille, avec l'apparence d'une femme insouciante, qui disposait de tout son temps, mais un léger voile de sueur sur son front trahissait l'état de ses nerfs. Brand sourit intérieurement. Ses talents de comédienne n'avaient rien à envier à ceux des courtisans de la cour byzantine.

— Si nous parlions des changements à Eoferwic… je veux dire Jorvik ? dit-elle en faisant tourner rapidement son fuseau. J'ai entendu dire que le roi Halfdan a complètement remanié la ville après que les Scandinaves l'avaient réduite en cendres.

— Alors nous devrons nous accorder sur le récit. Ce

sont les Northumbriens qui ont brûlé la ville quand ils ont tenté de la prendre. J'étais sur ses remparts, milady.

Il nota le bref éclat dans les yeux d'Edith, qui marquait sa contrariété.

— C'était notre ville. Les Vikings l'ont attaquée à la Toussaint, quand nous étions à l'église. J'étais avec ma mère et mon frère. Aucun être civilisé ne mène une attaque une journée sainte telle que celle-là.

— Votre dieu n'est pas celui de Halfdan. Respectez-vous les jours de la fête de Thor ?

— Ce n'est pas là le sujet ! s'exclama-t-elle en forçant le geste sur son fuseau.

Le fil se rompit et le fuseau alla rebondir sur le sol. Edith ne put retenir un petit cri.

Brand le ramassa, et examina la laine joliment filée. Il n'était pas habitué à ce qu'une femme lui parle avec tant d'effronterie, mais lady Edith était divertissante. Quand elles ne débitaient pas des inanités, les femmes se montraient la plupart du temps soumises. Sans caractère, mais calculatrices. Il avait bien retenu sa leçon à Constantinople. Lady Edith avait déjà révélé son caractère bien trempé. Elle était forgée du même métal que la femme de son père, et il ne devait pas perdre cela de vue.

Il fallait qu'elle réalise qu'elle n'avait plus le moindre pouvoir dans ce donjon. Qu'elle sache pertinemment que les terres étaient plus prospères qu'il n'y paraissait de prime abord ne le surprenait pas. Il avait compris la richesse de ce domaine, et soupçonnait que les moutons arboraient des toisons fournies. L'air lui-même respirait la fertilité.

Jusqu'à quel point cette femme en était-elle responsable ? Et jusqu'à quel point voulait-elle le revendiquer ?

Brand avait croisé à Constantinople bon nombre de femmes compétentes, plongées jusqu'au cou dans les intrigues de palais, mais il n'avait jamais entendu parler d'une femme de Northumbrie développant ce genre de talents. Cela ne semblait d'ailleurs pas plaire à leurs prêtres. Il se trouvait là face à un mystère, et il avait horreur des mystères, en particulier s'ils impliquaient de jolies femmes. Elles tentaient invariablement d'utiliser leurs avantages pour obtenir ce qu'elles voulaient. Etant donné l'apparent manque de technique de lady Edith pour filer la laine, il soupçonna qu'elle consacrait fort peu de temps à cette activité.

— J'aimerais tout apprendre de mon nouveau domaine, dit-il en s'inclinant. Peut-être devrions-nous nous entretenir à ce propos en attendant les registres, plutôt que de revenir sur des événements du passé que ni vous ni moi ne pouvons changer.

— Oui, bien sûr, répondit-elle avant de lui adresser un sourire supérieur. Ah, voilà John, avec le dernier registre en date.

Le serviteur lui tendit le livre. Lady Edith le déposa sans ménagement sur le coffre devant eux. La main légèrement tremblante, elle le feuilleta en laissant courir son doigt le long des chiffres joliment calligraphiés.

— Dois-je vous expliquer ce que cela signifie ? demanda-t-elle d'une voix mielleuse, ou voulez-vous que je prouve qu'il s'agit de mon écriture ?

Brand se contrôla aussitôt. D'après la façon dont elle avait haussé les sourcils avec arrogance, il en déduisit qu'elle s'attendait à ce qu'il ne sache pas déchiffrer le latin. Le temps qu'il avait passé à servir l'Empereur à Constantinople lui avait appris à la fois la valeur de l'éducation, autant que celle de garder ses connaissances pour lui.

— Faites donc les deux, proposa-t-il.

Elle se lança alors dans des explications fastidieuses

mais simplistes, en indiquant régulièrement des observations et des nombres. Ses joues avaient pris la couleur d'une aurore de printemps, et ses yeux gris s'étaient mis à étinceler, transformant son visage de plaisant à réellement beau et désirable.

Le corps de Brand réagit de nouveau à cette proximité et à son parfum discret. Il se tapota la bouche de l'index alors qu'une idée lui venait en tête. La leçon parfaite pour une lady trop fière… Il fallait qu'elle apprenne quelle était sa nouvelle position, et que lui-même découvre les secrets de son tout nouveau domaine qui appartiendrait à ses descendants pour toujours. Cela signifiait que les combats qu'il avait livrés ne l'avaient pas été en vain. Il réussirait, et démontrerait que la femme de son père avait tort, qu'il n'était pas un bon à rien, tout juste capable de s'occuper d'une porcherie. Posséder ce domaine en était la preuve, et il lui fallait une épouse qui comprendrait réellement ce que c'était de venir du Nord.

— Le domaine est effectivement très productif, dit-il à la fin de la récitation interminable de lady Edith, concernant tout ce qu'elle avait fait pour l'améliorer cette année. Vous semblez bien versée dans tous les aspects de sa gestion ; un passe-temps surprenant pour une dame.

— Vous voyez donc l'intérêt de me garder comme intendante ?

Ses narines palpitaient légèrement sous l'effet de la tension, telles celles d'un cheval fougueux retenu avant la bataille. Elle voulait diriger le domaine. Pourquoi était-ce si important pour elle ? C'était une tâche ingrate. Qu'en retirait-elle ? A quel jeu se livrait-elle ? La femme de son père avait toujours joué.

Le dicton qu'il avait appris à Constantinople, de garder

ses amis proche de soi, et ses ennemis plus proche encore, lui revint à la mémoire en un éclair.

— Pas en tant qu'intendante, répondit-il avant de faire une pause, alors qu'il commençait à s'amuser. Mais je souhaite que vous restiez dans ce donjon. Vous êtes un apport inattendu à ce domaine.

Elle s'humecta les lèvres, ce qui eut pour effet de les rendre d'un rouge plus intense.

— Alors à quelles fonctions ? Je ne serai pas la servante de votre épouse. J'ai ma fierté.

Il attendit un instant et se pencha jusqu'à sentir son souffle se mêler au sien. Elle connaissait le jeu ; les faux-semblants s'arrêtaient là.

— En tant que ma concubine.

Elle recula vivement, les yeux écarquillés, le sang refluant de son visage.

— Votre… votre concubine ?

— Je n'ai nul besoin d'une épouse, mais un courant passe entre nous. Vous le sentez aussi bien que moi, ajouta-t-il en dessinant du doigt une ligne sur le visage d'Edith, qui frissonna sous la caresse. Une année suffira à assouvir mon désir.

— Et à la fin de cette année-là ?

— Je vous garantirai le passage en toute sécurité pour l'endroit où vous souhaiterez aller. Vous recevrez une confortable compensation pour votre temps passé. Je suis un maître généreux ; aucune de mes femmes ne s'est jamais plainte.

Des murmures choqués bourdonnèrent dans la salle, et il entendit le frottement des épées qu'on tirait de leur fourreau. Il ignora ces bruits et se concentra sur lady Edith. Tout était suspendu à sa réponse.

— Vous me demandez de faire fi de mon honneur, et

de devenir votre maîtresse en échange de la promesse du versement d'une somme indéterminée ? s'exclama-t-elle, soudain d'une rigidité absolue.

Brand plissa les yeux. Avait-il méjugé son expression un peu plus tôt ? Impossible. Cependant, en constatant qu'elle restait d'une pâleur mortelle, il fléchit quelque peu et lui indiqua la porte.

— Vous pouvez vous retirer au couvent le plus proche, si ces termes ne vous conviennent pas. Mes hommes garantiront votre sécurité, mais vous devez partir sur-le-champ, avec les seuls vêtements que vous portez pour bagages. Si vous acceptez mes conditions, vous pourrez choisir où vous rendre. Mes hommes vous escorteront même jusque dans le Wessex si vous le désirez. Mais seulement à la fin de notre marché.

Elle le dévisagea avec attention.

— Avec des bagages ? Et tous ceux de mes gens qui voudront m'accompagner ?

— Avec tout ce qui vous appartiendra à ce moment-là.

Des émotions contradictoires se dessinèrent son visage. Accordait-elle plus d'importance à son trésor qu'à son honneur ?

Elle regarda derrière elle ses serviteurs, visiblement tous furieux, et secoua brièvement la tête. Puis ses lèvres formèrent un sourire hypocrite.

— Puisque vous faites cette offre avec autant de grâce et de tact, comment pourrais-je refuser, Brand Bjornson ?

— Non, maîtresse ! cria quelqu'un. Ne faites pas cela ! Nous nous battrons pour défendre votre honneur. Permettez-moi d'être votre champion !

Les Vikings éclatèrent de rire. Brand frappa le sol de sa hache, et le silence se fit aussitôt.

— Je le peux, et je le ferai, annonça lady Edith. Ce

Viking ne me laisse pas le choix. Et j'interdis que la moindre goutte de sang soit versée pour défendre mon honneur. Il est insignifiant, comparé à une seule de vos vies. Chacun d'entre vous m'est précieux.

Les murmures des serviteurs cessèrent sur-le-champ. Lady Edith resta figée, fière et seule, un léger tremblement de ses lèvres trahissant sa vulnérabilité.

— Alors, qu'allez-vous faire, lady Edith ? demanda Brand. Je veux l'entendre de votre bouche. Je veux que tous l'entendent. Je ne tolérerai pas que l'on aille murmurer dans mon dos que vous avez été forcée à prendre votre décision.

— Je serai votre concubine, Brand Bjornson. Je l'accepte, de par ma propre volonté, et sur votre demande.

— Pour une année entière ?

— Vous m'aurez pour une année, pas un jour de plus, répondit-elle d'un ton aussi glacial qu'un hiver norvégien. Ensuite je partirai pour un endroit de mon choix, avec ce qui m'appartient, et les gens qui désireront me suivre en exil.

— Vous avez choisi, milady, dit doucement Brand sans prendre la main qu'elle tendait.

Ils auraient tout loisir de sceller correctement leur marché un peu plus tard. Sans public pour y assister.

Il refusait de se sentir désolé pour elle. Ce qui était caché ici signifiait plus pour elle que le sanctuaire de son corps, ou ses prétendus honneur et vertu. La venue d'une future épouse pourrait attendre qu'il en ait fini avec lady Edith. Ce serait court, agréable et plaisant pour tous deux, mais ce genre de relation ne durait jamais très longtemps. Après que la passion était consommée, les femmes cessaient de l'intéresser.

— Alors c'est décidé ? Conclu ? demanda-t-elle, ses yeux gris troublés.

— C'est conclu, fit-il en portant la main d'Edith à ses

lèvres. Je m'en remets à votre parole. Ce qui est à moi reste à moi. Et vous êtes mienne pour une année entière.

Sa concubine ! Pour toute une année ! L'énormité de ce qu'elle venait de faire, en face de tous, la laissait abasourdie. Elle s'adossa au mur extérieur de la cuisine pour essayer de faire ralentir les battements de son cœur.

Elle avait accepté d'être la maîtresse de Brand Bjornson. Même pas sa femme. Sa maîtresse ! Hilda s'en serait beaucoup mieux sortie. Elle se retrouvait enchaînée à cet homme, guère mieux lotie qu'une simple esclave !

Les visages effrayés des gens de sa maisonnée avaient rendu sa décision simple à prendre. Elle ne pouvait les laisser aux mains d'un Viking alors qu'elle-même profiterait de la sécurité relative d'un monastère.

Qui pouvait savoir ce que Brand Bjornson allait faire de certains d'entre eux, qui étaient depuis toujours à son service et à celui de sa famille ? Quel bien cela ferait-il à son honneur, si elle abandonnait ceux prêts à sacrifier leur vie pour elle ?

Ce n'était pas là la vision de l'avenir qu'elle avait eue ce matin, mais elle devait le faire. Il fallait qu'elle puisse parler au nom de ceux qui n'en avaient pas la possibilité. Dans un an elle serait libre de s'en aller, même jusque dans le Wessex, avec des bagages. Si tout se passait bien, elle pourrait emmener ceux qui le désireraient. Elle serra ses bras contre elle et essaya d'arrêter de trembler.

Il faudrait qu'elle partage son lit et le divertisse, domaines où elle avait singulièrement échoué par le passé. Les accusations et les remarques incessantes d'Egbert résonnaient encore dans sa mémoire : elle était dépourvue de féminité, lui tenait tête aux mauvais moments, et la seule chose vaguement intéressante chez elle était sa dot.

Elle devait avoir perdu l'esprit ! Cette petite aventure se terminerait dès l'instant où Brand Bjornson la mettrait dans son lit.

Tout se mit à tourner autour d'elle, et elle tendit une main pour essayer de garder l'équilibre. Qu'avait-elle donc fait ?

— Cousine ? Quelque chose ne va pas ? lui demanda Hilda en lui attrapant le bras. Enfin, je te retrouve ! Je me suis cachée, mais comme je n'ai entendu aucun bruit de combat, j'ai décidé de partir à ta recherche. Les Vikings sont-ils partis ? Tout est resté comme avant ? Ton plan a fonctionné, c'est bien ça ?

— Je… je…

Edith s'efforça de rassembler ses idées et de trouver les mots justes.

Elle laissa Hilda la guider vers une alcôve où elles s'assirent toutes deux. Sa cousine se mit à lui tapoter la main.

— Repose-toi. Tu en as fait assez comme cela pour te débarrasser des Vikings et tout cacher. Tu es au bord de t'évanouir, Edith.

Le moindre des gestes de Hilda semblait destiné à la rendre plus attirante. Quand elle se trouvait auprès d'elle, Edith se sentait encore plus gauche et dépourvue de séduction.

Brand Bjornson aurait-il été aussi prompt à faire d'elle sa concubine, si Hilda avait été là ? Elle serra les poings si fort que ses ongles s'enfoncèrent dans ses paumes.

Hilda ne pensait qu'à elle-même, et n'éprouvait rien pour cette terre, ni pour les gens qui y vivaient. Tout ce que pouvait faire Edith, c'était tenter de survivre et de jouer le jeu que ce Viking choisirait.

— Ils ne sont pas encore partis, répondit-elle tout en lissant machinalement sa jupe.

Ce geste la calma un peu. Elle deviendrait folle, si elle

essayait d'imaginer ce qui allait arriver, ou comment les choses se seraient déroulées si le passé avait été différent.

— Mais ne t'inquiète pas, Hilda, ajouta-t-elle, j'ai un plan. Ils finiront par repartir, avec le temps, et tout redeviendra comme avant. Il faut s'accrocher à cette idée.

— Oh non ! gémit Hilda en plaquant la main sur sa gorge avant de se mettre à se balancer d'avant en arrière. Un plan ? Et du temps, crois-tu ? Nous n'en disposons pas !

— Ils repartiront, répéta Edith, sans réellement savoir qui elle tentait de convaincre. Je te l'ai déjà dit, les Vikings ne restent jamais longtemps. La guerre et la mer les appellent. Tout redeviendra comme avant. Tu vois bien que j'ai encore les clés de toutes les réserves ? Fais-moi confiance pour tout arranger. Il faut seulement garder tous nos esprits.

Pour ponctuer ses dires, elle agita le trousseau de clés accroché à sa ceinture. Elles avaient appartenu à sa mère, et avant elle à toutes les femmes qui avaient dirigé cette demeure.

Hilda poussa un grand soupir, et parut se calmer.

— S'il faut le faire… Où vont-ils habiter ? Devrai-je les croiser, et subir leur barbarie ?

En quoi ces hommes pourraient-ils être plus barbares qu'Egbert et les siens ? se demanda Edith. Elle frissonna en se rappelant à quel point elle s'était sentie impuissante dans les quelques semaines qui avaient précédé son départ. Et aux moyens qu'elle avait dû mettre en œuvre pour protéger les enfants innocentes de ses abus, avec si peu de succès…

A la différence de Hilda, elle n'avait pas pleuré à l'annonce de la mort d'Egbert. Pour tout dire, elle avait même souhaité qu'elle ait eu lieu avant qu'il ne détruise son entourage. Toutes ces vies perdues, et les coups innombrables qu'elle et ses gens avaient reçus, simplement parce qu'Egbert était versatile… Dieu merci, il n'avait pas réussi à faire main basse sur l'or, l'argent et les bijoux. Elle les sortirait un jour de la chambre du seigneur, mais pour l'heure ils étaient en sécurité, cachés au nez et à la barbe du Viking. Cette pensée la réjouissait au plus haut point.

— Tu devras être sociable, Hilda. Il ne sert à rien de s'opposer à eux. Il faut être réaliste, avança-t-elle avec prudence.

— Vas-tu épouser le nouveau seigneur ? Les choses vont-elles se passer comme tu l'avais prévu ? demanda Hilda avec un air circonspect. C'est bien cela ? Tu peux me le dire, cousine. Je m'imagine bien le roi viking en train de le décider, sans te laisser un délai décent pour faire ton deuil, en cherchant ainsi un moyen d'assurer la paix dans cette contrée.

— Non, mon destin est autre, répondit Edith en faisant une pause pour regarder Hilda, dont les cheveux blond doré, les yeux bleu pâle et la stature menue faisaient se tourner les têtes de tous les hommes où qu'elle se rendît.

Hilda apprendrait vite la nouvelle, songca-t-elle. Tout le donjon devait bruisser de commentaires. Alors mieux valait qu'elle lui explique elle-même la situation.

— J'ai accepté d'être la concubine de Brand Bjornson, commença-t-elle après avoir pris une profonde inspiration. J'ai l'impression que le Viking considère cela comme un honneur. Je sais très bien comment vont réagir les gens, de quel nom ils m'affubleront, mais je l'ai fait pour eux. J'espère l'adoucir vis-à-vis de mes gens.

Elle se sentit mieux après avoir exprimé tout haut ce qu'elle pensait.

Un petit frisson la parcourut. Ce serait peut-être différent, avec Brand Bjornson. Quand leurs mains s'étaient frôlées par accident lorsqu'il examinait le registre, tous ses sens s'étaient mis en éveil, ce qui ne lui était jamais arrivé auparavant. Elle repoussa cette idée, qui serait prendre ses désirs pour réalité, et nourrir de faux espoirs. Elle avait supporté les attouchements d'Egbert, et les bleus qui en résultaient. Elle pourrait donc aussi supporter ce Viking. Elle était coriace.

Choquée, Hilda la dévisagea, bouche bée.

— Merci de ton silence, cousine.

— Tu es sérieuse ! C'est là ton plan ?

— Plaisanterais-je sur pareille chose ? rétorqua Edith en croisant les mains sur ses genoux. Il faut que je reste ici pour que mon plan fonctionne. Partir aurait signifié tout perdre.

Hilda semblait toujours aussi choquée.

— Je préférerais me tuer, dit-elle enfin. Ce Brand Bjornson est un monstre. Les hommes tremblent dans leurs bottes à la seule mention de son nom ! Et il paraît qu'il a une horrible cicatrice sur le cou. On raconte que même sa propre mère a tenté de le tuer, mais n'a pas réussi. Cet homme dîne à la table du diable !

— Par malheur je n'ai pas eu ce choix, répliqua Edith d'une voix ferme.

Hilda exagérait toujours tout, depuis son enfance.

— Si je meurs, qui défendra les gens qui labourent cette terre, ou triment dans les cuisines ? Et, si j'ose dire, Brand Bjornson dîne sans doute avec quiconque s'attable avec lui.

— N'essaye pas de tourner les choses à la plaisanterie, Edith ! Pourquoi as-tu accepté ? Comment as-tu pu faire ça ? Parfois je renonce à essayer de te comprendre, cousine. Tu aurais dû brandir un couteau, te dénuder la poitrine et y plonger la lame. C'est ce que toute Northumbrienne digne de ce nom aurait fait.

Edith eut le plus grand mal à se retenir de demander à

Hilda pourquoi, dans ces conditions, elle avait accepté de devenir la maîtresse d'Egbert. Cependant, même en cet instant, elle ne voulait pas s'abaisser à cela. Mieux valait laisser certaines choses non dites. Elle concevait que Hilda ait eu ses raisons et, finalement, elle s'était mieux comportée que certaines des autres femmes d'Egbert.

— Pourquoi, Edith ?

— Il fallait penser aux autres, répéta-t-elle, quand les yeux exorbités de Hilda lui devinrent trop pénibles à fixer. Je refuse d'abandonner quiconque au nom de mon honneur. Je pourrai peut-être ainsi apprivoiser le Viking et l'empêcher de détruire tout ce qui m'est cher. Avec le temps, peut-être en viendra-t-il à me faire confiance et me redonnera-t-il ma position d'intendante.

— Comme tu le dis, c'est ton choix, ma cousine, dit Hilda en se levant avant de lui faire une brève révérence. Je te souhaite que tout se passe bien, sincèrement. J'espère que tu es consciente de ce que tu as entrepris. Ces hommes… ils ne sont pas tout à fait humains. Tu es de haute naissance, tu n'as pas eu à supporter…

— Je pense comprendre les rudiments de la position que j'occupe désormais.

— Je ne voulais pas t'offenser, cousine, se récria Hilda en rougissant. Je veux juste être sûre que tu sais ce que tu fais. Quand j'étais dans le Sud…

— Merci, Hilda, coupa de nouveau Edith en inclinant la tête.

Entendre le récit des atrocités vikings auxquelles avait assisté Hilda était bien la dernière chose qu'elle désirait. Si elle y prêtait l'oreille, le peu de courage qu'il lui restait risquait de s'envoler. Dans l'immédiat, ne pas penser à ce que serait la nuit était sa seule manière de tenir bon.

— Nous avons un festin à préparer, reprit-elle. Si nous

sommes occupées à des tâches ménagères, nous n'aurons pas le temps de réfléchir à notre sort.

— Un festin ? Comment peux-tu songer à banqueter en de telles circonstances ?

— Les Vikings s'attendent à ce qu'on leur serve à manger, répliqua Edith en palpant son trousseau de clés pour se rappeler qu'elle avait encore le contrôle.

Il ne les lui avait pas prises !

— Il faut leur montrer l'authentique hospitalité northumbrienne, expliqua-t-elle. Jusqu'à maintenant, ils n'ont ni pillé ni saccagé, ou pire. C'est donc bien quelque chose à célébrer, n'est-ce pas ?

— Tu es parfois tellement innocente, Edith ! lança Hilda en faisant les gros yeux.

— Disons réaliste, plutôt, répliqua Edith entre ses dents, en essayant de ne pas s'énerver. Je préfère voir ce donjon avec quatre murs et un toit. Je préfère avoir un endroit où poser ma tête pour dormir.

— Et c'est tout ce qui t'importe, ça ne va pas plus loin que cela pour toi ? ironisa Hilda en claquant des doigts sous le nez d'Edith. Tu abandonnes sans même te battre ? Tu aurais dû me permettre de leur parler ! Je les aurais même affrontés à mains nues avant de les laisser s'emparer de ce donjon. Je ne t'ai jamais considérée comme une créature apeurée.

— Je ne peux pas réellement me défendre, dit Edith, la mâchoire endolorie à force de la crisper pour se contenir. Egbert a entraîné avec lui tous les hommes en âge de se battre, et aucun n'est revenu. Combien de veuves a-t-il laissées pour ses rêves de gloire ?

— Et tu crois que tu seras capable d'apprivoiser ton Viking ? demanda Hilda en la détaillant de haut en bas. As-tu les talents féminins pour cela, cousine ? Tu serais plus heureuse le nez dans l'encre et les parchemins, ou sur ton cheval, en train d'inspecter l'avancée des récoltes. Que sais-tu de l'art de l'amour ? Que se passera-t-il quand ce Barbare découvrira que tu préfères l'étude aux raffinements de la séduction ?

— Tu t'égares, cousine ! s'exclama Edith en serrant les poings. Tu es ici en invitée. Tu as requis ma protection, que je t'ai accordée. Sans faille. Ton comportement ici n'a regardé que toi, et je ne l'ai jamais remis en question.

Hilda devint écarlate et baissa les yeux.

— Pardonne-moi, Edith, de parler sans détour. Mais tu ne dois pas t'accrocher au faux espoir de dominer la situation dans ce domaine-là. Avais-tu un autre choix ? Quelque chose qui nous sauverait toutes deux ?

Edith se refusait à envisager la nuit à venir, ou ce qu'il se passerait quand Brand découvrirait ses incapacités. Il lui fallait espérer qu'il avait eu autre chose en tête quand il avait décidé de faire d'elle sa concubine. Ou que, si Hilda avait été présente, il l'aurait choisie plutôt qu'elle.

— J'y ferai face en temps voulu. Ces Vikings-là ont peut-être des attentes différentes.

— J'espère pour notre salut à tous que c'est le cas, dit Hilda en posant la main sur la manche d'Edith. Sincèrement, cousine. J'espère que celui-ci en vaut la peine. C'est tout. Pour une fois, je ne t'envie pas.

— Merci, fit Edith en inclinant la tête pour se concentrer sur ses clés.

Quoi qu'il advienne, elle devrait faire face. Il n'y avait aucune échappatoire.

— Et où devrai-je me tenir pendant ce festin ? demanda Hilda en portant la main à sa tête. Tu sais combien ces Vikings me font perdre tous mes moyens. Ils me mettent affreusement mal à l'aise, mais je veux quand même être utile. Donne-moi quelque chose à faire, je le ferai. Une tâche qui soit à l'écart. Pour quelques jours seulement, jusqu'à ce que je voie ce qu'ils mijotent, et que je décide s'il me faut aller vivre ailleurs.

— Tu pourras rester en cuisine, si les Vikings te perturbent à ce point, concéda Edith tout en réfléchissant à toute vitesse.

Ce serait mieux ainsi. La présence de sa cousine dans la grande salle n'arrangerait rien. Elle voulait pouvoir se concentrer sur son rôle plutôt que surveiller Hilda en se demandant ce qui pourrait lui passer par la tête.

— Le cuisinier ne sera pas mécontent d'avoir deux bras de plus. Je pense que personne ne t'importunera, là-bas, tant que tu voudras bien mettre du cœur à l'ouvrage. Je vais aller m'entretenir avec lui.

— Merci, cousine, dit Hilda en reprenant des couleurs. J'apprécie ta gentillesse. J'irai aux cuisines. Si jamais tu avais besoin d'un conseil sur… enfin… tu vois ce que je veux dire… je serai heureuse de te le donner.

— Je te remercie de cette proposition, et je m'en souviendrai, si l'occasion s'en présente.

Elle pria silencieusement pour que Hilda soit la dernière personne à qui elle aurait besoin de s'adresser pour des conseils en matière de séduction. L'humiliation serait bien trop grande.

Hilda se leva et s'éloigna vivement en ondulant des hanches, ses jupes virevoltantes découvrant un soupçon de cheville. Ses moindres gestes faisaient ressortir sa sensualité, et rendaient la gaucherie d'Edith criante.

— Je le ferai. Je réussirai ou je mourrai en essayant, murmura-t-elle en serrant les poings.

Chapitre 3

— Que regardez-vous, lady Edith ? Vous semblez perdue dans vos pensées.

La voix grave et chaude de Brand la fit sursauter. Il se tenait bien trop près de l'alcôve où elle était assise. D'où venait-il ? Et qu'avait-il surpris de sa conversation avec Hilda ? Il se déplaçait silencieusement, pour un homme de sa corpulence. Elle se mordit la lèvre. Il faudrait qu'elle s'en souvienne. Egbert avait toujours annoncé sa présence de loin, avec son pas lourd et ses litanies de récriminations.

— Je me reposais, répondit Edith en se forçant à garder les mains calmement posées sur ses genoux plutôt que de se mettre à les tordre.

L'histoire de Hilda à propos de la mère de Brand qui aurait essayé de le tuer devait être le fruit de son imagination débridée. Personne n'était aussi mauvais.

— Cette journée a été difficile pour moi. Toute ma vie a changé, et il n'est même pas midi. Voilà qui me laisse à penser.

— Vous regrettez votre décision, maintenant que vous avez eu le temps de comprendre dans quelle position vous êtes désormais ? Vous souhaitez partir au couvent, mais vous avez des difficultés à rassembler votre courage pour m'en informer ?

Comme il se tenait à contre-jour, elle ne pouvait pas voir son regard. Cependant, elle avait bien compris qu'il voulait qu'elle abandonne et reconnaisse sa défaite. Cela n'arriverait pas. Le couvent serait une défaite, certes, mais pas seulement pour elle ; ce le serait aussi pour tous ceux qui lui importaient. En dépit de ce que pensait Hilda, elle pourrait être la concubine d'un homme tel que Brand Bjornson.

— Pas un instant, répondit-elle en relevant la tête. Vous me cherchiez ? Il est arrivé quelque chose ?

Ses cheveux blonds cascadaient en désordre sur ses épaules. Il avait abandonné sa hache et sa veste, pour ne garder que sa tunique que tendait la musculature impressionnante de ses épaules. Ce n'était décidément pas le genre d'homme à prendre à la légère.

— Non, rien d'inattendu.

La sensation de chaleur qu'elle avait déjà ressentie en sa présence l'envahit de nouveau. Voilà l'homme avec lequel elle devrait jouer à la concubine, si elle y réussissait... Sa gorge se serra. Hilda avait raison. A quoi avait-elle donc pensé ? L'énormité de la tâche la submergea. Elle aurait dû choisir la voie de la facilité, pour sauver sa vie. Et si elle ne le satisfaisait pas ? Que se passerait-il alors pour tous ?

— Tant mieux, dit-elle avec soulagement.

— Pensiez-vous que quelque chose n'irait pas ? demanda-t-il en penchant la tête sur le côté.

— Non, pas particulièrement.

Elle lissa ses jupes, et sa main effleura le trousseau de clés qui ne la quittait jamais. Ce contact lui redonna du courage. Elle faisait cela pour son domaine. Les clés étaient un réconfort. Elles signifiaient que certaines choses étaient en sécurité, et cachées.

— Vous avez été bien rapide à répondre, remarqua-t-il avec une moue sceptique.

— Depuis combien de temps êtes-vous ici ? s'enquit-elle d'une voix étranglée.

Elle s'efforça de se reprendre, et cette fois son ton fut plus ferme lorsqu'elle ajouta :

— Avez-vous besoin de quelque chose ?

— Suffisamment longtemps, fit-il, ignorant sa deuxième question.

Edith se frotta la nuque. Il avait donc surpris sa conversation avec Hilda. Restait à espérer qu'il n'en avait entendu que la fin.

— Cela a été une journée fatigante, et vos hommes doivent être nourris. Je vais aller m'assurer que les serviteurs comprennent la nouvelle situation. Je désire qu'il y ait le minimum d'incidents.

— C'est attentionné de votre part de vous en préoccuper, mais ma concubine ne donne aucun ordre aux membres de cette maisonnée. Elle n'est là que pour me divertir.

Edith pinça les lèvres. C'était là une manière subtile de lui rappeler qu'elle n'avait plus de pouvoir.

— J'aurais cru que superviser les préparatifs d'un festin satisferait le *maître*.

Elle détesta la façon dont ce dernier mot était sorti de sa bouche et le fait qu'il ne faisait que marquer la précarité de sa position. Elle n'était guère mieux lotie qu'une esclave enchaînée.

Il haussa un sourcil.

— C'est bien, vous avez été prompte à reconnaître qui je suis ici. Je me demandais s'il faudrait vous l'apprendre à la manière dure.

— Je n'ai jamais été concubine auparavant.

Une ébauche de sourire se dessina aux coins de la bouche de Brand.

— Je ne m'en serais jamais douté, milady.

— Epargnez-moi vos moqueries. Je ne trouve pas cela amusant.

— Loin de moi cette idée ! dit-il en inclinant la tête, mais son œil pétilla plus encore. Enfin, peut-être n'est-elle pas si loin que cela, en fait… J'avoue que j'aime bien taquiner mes femmes. Mais je reste sérieux quant aux termes de notre marché. Je vous veux dans mon lit, lady Edith de Breckon.

Edith se concentra sur un point au-dessus de son épaule, pour ne pas croiser son regard. Ses femmes… Parmi combien d'autres allait-elle figurer ? Elle imaginait fort bien leur genre. Elle avait vécu les frasques d'Egbert, et trouvé positions et mariages à toutes celles dont il s'était lassé, afin de leur épargner l'humiliation.

— Vous devriez savoir que je ne suis pas très douée pour être un objet décoratif, répliqua-t-elle en se permettant un petit sourire. Je n'ai jamais vu l'intérêt de toutes ces coquetteries pour courtiser.

— Il vous faudra les apprendre.

— Je suis bien trop terre à terre. Si je vois une chose à faire, je la fais. J'aime m'occuper les mains et l'esprit.

— Mais pas en filant la laine. Mes hommes ont retrouvé bon nombre de fuseaux cassés dans la grande salle. Est-ce dans un but précis ?

— Filer n'est pas mon fort, concéda Edith avec un haussement d'épaules, car lui expliquer ses soucis avec Hilda était au-dessus de ses forces. J'essaye de faire de mon mieux, mais mon esprit est ailleurs et le fil s'emmêle. Je préfère lire et écrire.

— Le contraire de cette femme qui vient de partir

aux cuisines, dit-il en cachant difficilement une pointe de mépris. Je crois qu'elle ne fera pas une très bonne fille de cuisine. Sa robe est bien trop jolie, et son parler trop raffiné.

Edith en eut le souffle coupé. Il avait vu Hilda, sa robe brodée, et avait tout deviné. Qui ne l'aurait fait ? Avec son attitude et sa démarche, elle attirait les hommes comme un rayon de miel attire les mouches.

— Elle était la maîtresse de feu mon mari, reconnut-elle en baissant la tête, l'estomac soudain serré.

Venait-elle par inadvertance de précipiter sa cousine dans le lit d'un autre homme ? Elle en était malade.

— Vos hommes lui font un peu peur, expliqua-t-elle. Elle a vécu des moments horribles il y a deux ans, et a vu des choses que personne, et encore moins une lady, ne devrait voir. J'ai pensé que ce serait pour le mieux si elle allait aider aux cuisines jusqu'à ce que je trouve quelque chose qui lui conviendra mieux.

— Et vous permettez à cette ancienne maîtresse de vivre ici ? En étant charitable envers elle ? C'est ainsi que vous vous vengez ?

Quelque chose proche du dégoût traversa son regard, mais fut vite masqué.

— Elle n'a d'autre endroit où aller. C'est une parente éloignée, j'ai des devoirs envers elle.

Elle ne voulait surtout pas expliquer à quel point elle s'était sentie coupable et impuissante quand Egbert avait fait de Hilda sa maîtresse, comme si elle s'en sentait responsable. Elle avait promis à Hilda qu'elle serait en sécurité lorsqu'elle s'était réfugiée au donjon. Mais Egbert l'avait séduite en lui promettant la lune. Avant le départ de ce dernier, elle avait commencé à subir les caprices et colères de Hilda quand Egbert s'était mis à l'ignorer et avait laissé libre cours à son caractère violent.

— Peu de femmes seraient aussi généreuses que vous.

— Hilda n'a pas eu grand choix quand mon mari a posé les yeux sur elle, répliqua Edith en haussant les épaules, tout en espérant qu'il ne devinerait pas combien elle avait souffert à cause de cela.

Elle s'était mariée par devoir, consciente de n'avoir aucun droit à en attendre quoi que ce soit. Cependant, elle avait espéré qu'il se créerait une certaine amitié entre elle et son époux. Hélas ! ce n'avait pas été le cas. Et elle n'était ni froide ni insensible, comme l'avait prétendu Egbert ; elle ressentait profondément les choses.

— J'avais prévu de la renvoyer une fois que tout serait calmé, lui faire épouser un fermier, mais ce n'est plus de mon ressort, désormais.

— Qui choisira donc ?

Edith osa une révérence prudente, qui fit tintinnabuler son trousseau de clés et le petit bruit la réconforta. Certes, elle serait une concubine, mais elle avait des privilèges.

— Mais… vous, puisque vous êtes le nouveau seigneur.

Il se figea aussitôt.

— Etes-vous toujours aussi soucieuse des gens de votre maison ? A organiser leurs vies ?

— Il faut bien que quelqu'un se soucie de leur bien-être. Mais Hilda est ma parente, et elle mérite que l'on s'occupe d'elle avec le plus grand soin. Nous avons la même grand-mère. Elle n'a pas de dot, et tout le monde connaît sa précédente position. Cela limite ses perspectives de mariage.

— Et que fait-elle ici, quand elle n'est pas fille de cuisine ? Que préfère-t-elle ?

Edith se mordit la lèvre et réfléchit à toute vitesse. Parler de la terreur que les Vikings inspiraient à Hilda et de la haine qu'elle leur vouait serait une mauvaise idée. Il fallait qu'elle trouve un moyen de la protéger. Elle lui avait donné sa parole qu'elle n'aurait pas à aller dans la grande salle aujourd'hui. Peut-être, dans quelques jours, sa cousine verrait-elle les choses différemment ; elle pourrait alors de nouveau la faire participer à la vie de la maisonnée.

— Elle travaille aux cuisines, maintenant, c'est ce qu'elle préfère faire pour le moment.

— C'est donc ainsi que vous vous vengez ? demanda-t-il, son visage soudain aussi froid que la lande un jour d'hiver.

Elle redressa les épaules. Brand Bjornson n'avait pas besoin d'explications plus détaillées. Il l'avait déjà assez humiliée comme cela en l'espace de quelques heures.

— Hilda a demandé cette position, cela correspond à ses envies.

— Je n'en doute pas, dit-il, avec un sourire cynique. Assurez-vous qu'elle assiste au festin. Dans sa plus belle robe.

— Est-ce un ordre ?

Il porta la main à son côté, comme s'il cherchait sa hache pour la lui planter dans la tête.

— Si vous aviez dans l'idée de ne pas m'obéir, alors, oui, considérez cela comme un ordre. Voir deux femmes northumbriennes passer du bon temps fera beaucoup pour rassurer les gens qui travaillent les terres.

— Très bien, je vais l'en informer.

Edith savait fort bien que sa décision prise sur une impulsion d'accepter l'offre du Viking l'avait été dans l'idée de retarder un désastre imminent. Elle palpa ses clés, et reprit courage. Il ne resterait pas, elle retrouverait sa position.

— Plus de cuisine pour ma cousine, donc, dit-elle.

— Laissez-moi l'organisation de la maisonnée, à l'avenir. Plus question d'attribuer des tâches déplaisantes aux gens que vous n'aimez pas, ordonna-t-il avant de tendre la main. Je vais également prendre vos clés, vous n'en aurez pas besoin. La nourriture sera sous mon contrôle.

Edith se mit à suffoquer. Ces clés étaient accrochées à sa taille depuis la mort de sa mère. Sans elles, elle serait nue et toute la maisonnée cesserait de fonctionner.

— Je n'ai pas l'habitude de rester oisive. J'ai l'esprit pratique. Je connais l'emplacement de tout, je sais ce qu'il faut faire, et dans quel ordre le faire.

— C'est-à-dire ?

— M'occuper des comptes. J'aime à être efficace, et je le fais tous les soirs. Vous n'avez aucun souci à vous faire. Je ne suis pas une voleuse.

Elle se mordit la lèvre. Elle devait préciser les choses avant qu'ils n'aillent plus loin, et avoir vu les ondulations de hanches de Hilda un peu plus tôt à peine la ramena aussitôt à ce sujet. Elle n'était pas une concubine destinée au plaisir d'un homme. Elle était le genre de femme que l'on épousait parce qu'il le fallait, et qu'elle avait été richement dotée.

— Vous semblez vous faire une fausse idée de moi, continua-t-elle. Je n'ai aucune expérience en tant que… concubine, mais je sais diriger un domaine.

— C'est moi qui dirige mon domaine ! s'exclama-t-il d'un ton qui n'admettait pas de réplique. Les clés, lady Edith. Ou dois-je les prendre moi-même ?

Et il le ferait sans nul doute, ce Barbare ! L'histoire de Hilda lui revint à l'esprit. Elle l'imaginait très bien hors de lui sur un champ de bataille, en train d'exterminer ses adversaires sans discernement. Elle ôta les clés de sa ceinture en silence et les déposa dans sa main. Elle eut l'impression d'être soudain incroyablement plus légère, mais avec la taille nue et exposée. Et cette nudité n'en symbolisait que plus clairement son nouveau statut d'esclave. Edith s'efforça de garder sa contenance. Il n'était pas question qu'elle éclate en sanglots ; elle aurait dû s'attendre à ce qu'il lui réclame les clés plus tôt.

Il les soupesa soigneusement puis les rangea dans la pochette qu'il portait à la ceinture.

— Une grande maison est bien différente d'un campement de guerriers, insista Edith. Il faut toute une vie pour en maîtriser les rouages.

— Je dispose de toute ma vie.

— Je voulais simplement aider, au cas où…

— Au cas où je ne serais bon qu'à m'occuper d'une porcherie ? ironisa-t-il avec un sourire sarcastique.

— Je n'ai jamais dit cela, répliqua Edith.

Elle pria en silence pour qu'il entende raison. Il ne pouvait quand même pas être aussi aveugle ! Il devait comprendre qu'elle ne pourrait jamais se résoudre à minauder et qu'il fallait lui laisser les clés. Ce n'était pas là le rôle des hommes.

Le visage du Viking prit une expression dure. En le voyant ainsi, il était facile de comprendre pourquoi les rumeurs sur sa férocité couraient dans toute la Northumbrie.

— Je sais très bien ce qu'il faut faire, et soyez assurée que je découvrirai quelle porte ouvre chacune de ces clés. Vous verrez, j'apprends très vite.

Un frisson courut le long de sa colonne vertébrale. Il trouverait où elle avait tout caché, c'était évident. Au lieu d'écouter Hilda, elle aurait dû ôter du trousseau les clés qui ouvraient les portes des réserves cachées. Hélas ! il était trop tard, désormais.

— Et que me suggérez-vous de faire ? M'occuper des cochons ? demanda-t-elle avec un rire insolent.

Les yeux du Viking flamboyèrent — des pensées lubriques, certainement.

— Il est toujours bénéfique d'acquérir un nouveau talent. Vous verrez que le badinage viendra tout seul, en son heure. Je n'ai aucune intention de vous forcer à garder les cochons.

Edith sentit sa bouche s'assécher. Elle déglutit vivement, en essayant d'ignorer la vague de chaleur qui l'envahissait. Aucun homme n'avait le droit d'être aussi beau !

— Un nouveau talent ? De quel genre ? Et qui me l'apprendra ? Vous, peut-être ?

— Vous avez des regrets, milady ? Vous pouvez me supplier d'aller au couvent, si vous le désirez, dit-il en croisant ses mains derrière sa tête. Je pourrais être sensible aux supplications.

— Vous ne savez rien de moi, répliqua-t-elle en soupirant. J'ai donné ma parole, et je m'efforcerai de l'honorer. Je l'ai toujours fait, sans considération de ce qu'ont pu faire ou dire les autres.

— Alors, quel est le problème ?

Il laissa courir son doigt le long de la joue d'Edith, la faisant frissonner délicieusement. Elle tenta de chasser la sensation, mais elle s'intensifia. Pour ne pas le regarder, Edith observa un oiseau qui passait dans le ciel.

— Je ne voulais que vous avertir de mes points faibles. J'estime moi-même qu'il est toujours plus profitable d'employer les gens au mieux de leurs capacités.

Il émit un petit raclement de gorge impatient, et elle s'interrompit.

— J'imagine que vous savez jouer au *tafl*, chanter et tenir une conversation divertissante, dit-il sur un ton teinté d'ironie. Que vous n'êtes pas incultes, dans le North Riding ?

— Non, bien sûr, se défendit Edith en tapant du pied.

Comment ce Viking osait-il insinuer qu'elle était une sorte de Barbare inculte, alors que le barbare c'était lui !

— Ce sont les activités que l'on pratique en bonne société, lança-t-elle.

Il se pencha vers elle jusqu'à ce que leurs fronts se touchent.

— Vous ne devriez pas rencontrer de difficultés dans votre nouveau rôle. Gardez à l'esprit qu'il vous faut me plaire, et nous nous entendrons très bien. Je suis loin d'être ingrat vis-à-vis de ceux qui me donnent satisfaction.

— Mais…

Le souffle du Viking lui caressait la joue.

— Vous craignez que nous ne nous accordions pas. Que je n'aie pas la moindre idée de votre sensibilité à fleur de peau puisque j'ai passé toute ma vie à combattre, et à dormir à même le sol plutôt que dans un lit moelleux… Vous avez peur du Barbare.

Elle fit très vite un signe de dénégation. Trop vite. Des picotements couraient sur tout son corps en raison de sa proximité avec lui. Elle essaya de rassembler ses pensées, mais elle ne voyait que le bleu intense de ses yeux, ses larges épaules, et la force de ses bras.

— Je n'avais pas songé aux endroits où vous aviez l'habitude de passer vos nuits. Je n'ai pas la moindre idée de vos besoins.

— Dois-je vous le montrer ? Mes besoins sont très simples.

Il posa les mains sur ses épaules, l'empêchant ainsi de bouger, même si elle l'avait désiré. Elle eut l'impression que ses pieds étaient soudain devenus aussi pesants que de la pierre, mais son contact était étrangement doux et n'avait rien de brutal. Elle sentait la chaleur émanant de ses doigts se diffuser dans tout son corps.

Elle leva la tête et croisa son regard sardonique. Il avait l'intention de lui donner une leçon. Elle frémit au souvenir de celles d'Egbert, et des bleus qui s'ensuivaient, marquant son corps pendant des semaines. Elle se contracta, ferma les yeux très fort et attendit.

— N'ayez pas peur de moi, murmura-t-il. Ça ne fera pas mal. Je ne fais jamais de mal à mes femmes.

Sa bouche descendit vers la sienne et l'effleura. Bien plus doucement que ce qu'elle s'était imaginé, mais assez fermement pour prouver qu'il ne s'agissait pas de son imagination. Elle questionnait, cherchait, plutôt que de s'imposer brutalement.

Elle ouvrit les yeux, et vit que toute trace de moquerie ou d'humour sardonique avait disparu des prunelles bleues de Brand.

S'arquant contre lui, elle se fondit contre son corps musculeux. Elle entrouvrit les lèvres, goûta les siennes, et la chaleur grandit encore en elle, lui arrachant un léger gémissement.

Il releva la tête ; le baiser était terminé. Il la relâcha, recula et la considéra avec un air cynique.

— J'ai trouvé la personne adéquate pour la position, en dépit de vos protestations.

Edith savait qu'elle respirait trop vite, et que ses lèvres étaient toutes gonflées. La honte la submergea. Voilà qu'elle l'avait encore fait : répondre d'une manière inappropriée.

— Qu'est-ce que cela était censé prouver ? demanda-t-elle en se forçant à hausser les sourcils.

Oh ! comme elle s'en voulait de paraître essoufflée !

Un sourire se dessina sur les lèvres du Viking.

— Que vous serez une concubine adéquate… en son heure.

— Je ne vois pas du tout de quoi vous voulez parler, rétorqua-t-elle en se cramponnant aux plis de sa jupe.

— Vraiment ? Réfléchissez-y. La réponse vous viendra toute seule, sans le moindre doute, lady Edith.

Brand s'obligea à rester impassible, alors qu'il cherchait à maîtriser ses émotions. Il ne courait jamais après les femmes ; elles venaient à lui. Lady Edith pouvait bien l'éviter comme s'il était pour elle l'incarnation du diable, il y avait eu quelque chose dans son baiser. Elle reviendrait, pour en demander plus. Il se passa la langue sur les lèvres pour vérifier si le goût de sa bouche restait sur la sienne, ou si ce parfum de miel n'était que le fruit de son imagination.

Les femmes étaient faites pour le plaisir de l'instant, plutôt que pour être chéries au fond du cœur. Il avait vu ce qu'il se passait quand on tombait amoureux, et en portait les cicatrices pour avoir osé aimer une femme destinée à son demi-frère. Il se caressa le cou distraitement. Il avait appris cette leçon très tôt : ne jamais se fier à une femme, en particulier à celle qui déclare son amour en des temps troublés.

— Vous croyez que vous allez gagner, lady Edith, mais je sais quel genre de femme vous êtes. Vous avez certes un joli visage, mais vous avez le même égoïsme absolu que la femme de mon père, dit-il doucement en touchant la pochette où étaient désormais les clés.

Elle ne voulait pas les céder ! Il trouverait ce qu'ouvrait chacune d'elles, et ce qu'elle avait tenté de cacher. Et, surtout, elle apprendrait qu'il ne se laisserait pas traiter comme un imbécile.

— Vous allez comprendre qui est le maître, ici. Et je

trouverai ce que vous avez estimé ne pas m'appartenir ! Je découvrirai tous vos secrets.

— Ah ! tu es là, Brand ! s'exclama Hrearek en s'avançant vers lui, un large sourire sur son visage anguleux. Tu m'as dit de venir te trouver quand nous découvririons quelque chose. Nous avons trouvé une réserve fermée à clé.

— Tu reconnais donc que j'avais raison.

— Les dieux sont avec toi, Brand, dit-il en se tapant les mains sur les cuisses. Cette femme n'a pas menti. Ce domaine est très rentable et bien géré, même s'ils ont essayé de bien le cacher. Tu as vraiment de la chance. Comment fais-tu donc ?

— Plus je travaille dur, plus la chance me sourit. C'est le seul secret.

— Si tu le prends ainsi, tant pis, grommela Hrearek en se renfrognant. Mais je suis sûr qu'il y a plus à mettre au crédit de ta réussite. Tu as dû naître sous une bonne étoile.

— Cela ne se voit qu'aujourd'hui. Personne n'aurait pensé ça, il y a dix ans.

— Je n'avais pas considéré les choses sous cet angle, admit Hrearek.

— Tu aurais dû… Bien. Alors, où est cette réserve bouclée ? J'espère que tu as suivi mes ordres et que tu n'as pas forcé la porte.

— Comment allons-nous l'ouvrir ?

— J'ai ce qu'il faut pour ça. Lady Edith s'est montrée des plus arrangeantes, expliqua Brand en exhibant le trousseau de clés.

Il était certain que lady Edith savait, pour la cachette. Qu'elle ait été responsable ou non des réserves du domaine restait à voir. Les garder à l'abri de pillards occasionnels était une chose, mais les dissimuler afin de pouvoir alimenter une nouvelle rébellion en était une autre.

— Ce trousseau m'appartient. Montre-moi l'endroit.
— Avec plaisir.

Brand contempla la grande quantité de laine que Hrearek et ses hommes avaient découverte, soigneusement dissimulée dans ce qui ressemblait à une hutte abandonnée. Les granges et les autres réserves étaient peu remplies, mais cette hutte regorgeait de laine.

— Tu avais raison, Brand ! s'exclama Hrearek. Il faudra que tu m'apprennes à lire, un jour. Cette sorcière n'a jamais parlé de cette réserve de laine, je l'ai attentivement écoutée — je m'en souviendrais. Je ne fais pas confiance à ces Northumbriens. Ils volent et mentent comme ils respirent. Tu es bien trop clément. Il y aura une autre rébellion, à moins de leur apprendre que nous sommes des maîtres à la poigne de fer.

Brand palpa la laine, d'une belle qualité, qui se vendrait facilement à Jorvik.

— Elle s'attendait à ce que nous repartions après une brève inspection. Nous étions censés accepter son offre et nous en aller. Elle avait tout manigancé.

— Elle ne te connaît pas. Tu es malin ! s'esclaffa Hrearek.

Brand fronça les sourcils. Ce butin avait été bien trop facile à découvrir. Il y avait autre chose ici, il en aurait donné sa main à couper. En remontant dans ses souvenirs, il se rappela que sa mère expliquait que lorsqu'elle était enfant, en Irlande, sa mère s'assurait toujours que d'éventuels pillards trouvent facilement quelques marchandises pour être contentés, et ainsi la famille ne perdait pas tout.

Lady Edith avait-elle joué le même tour ? Quelle était la vraie raison qui la poussait à placer le fait de rester ici plus haut que son honneur ? Elle n'avait pas un naturel de concubine, en dépit de la passion de son baiser. Elle était dotée d'un esprit calculateur. Il était impatient de jouer au *tafl* avec elle, pour mesurer son esprit au sien et la percer à jour. Elle n'en devenait que plus attrayante à ses yeux. Comment serait-elle au lit ? Et pourquoi son mari ne l'avait-il plus fréquentée ?

— Je veux que l'on sorte la laine d'ici, ordonna Brand.

Il se débarrassa de ces pensées. Coucher avec une femme mettait toujours un terme au mystère. C'était aussi simple que cela. Il ne fallait pas aller plus loin.

— Trouvez un autre endroit où la stocker, ajouta-t-il.

— Pourquoi ? demanda Hrearek en écarquillant les yeux. Elle me semble être en bonne place, et il n'y a rien d'autre ici. Il tombe des trombes d'eau, la laine va être mouillée.

— La laine n'en souffrira pas plus que ça, dit Brand en fronçant les sourcils. Lady Edith a caché autre chose ici, et j'ai l'intention de trouver.

Les hommes se saisirent des ballots de laine et les déposèrent dehors sur le sol boueux. Sous le dernier ballot ils découvrirent une trappe, verrouillée par un cadenas. Brand essaya plusieurs clés avant de trouver la bonne. Quand il souleva la trappe, une odeur nauséabonde de poisson salé lui sauta au visage : de la morue. Un choix des plus surprenants.

D'un point de vue financier, de la morue salée ne rapporterait pas grand-chose à lady Edith. C'était difficile à transporter, et on pouvait s'en procurer très facilement. Il le savait bien, lui qui avait gagné une petite fortune avec son transport ces dernières années. Qu'y avait-il d'autre ici ?

— Par le marteau de Thor ! Pourquoi stocke-t-elle cette chose ? Ça me donne envie de vomir, sortons de là ! s'exclama Hrearek en plaquant sa main sur sa bouche et en reculant de quelques pas.

— Parce que ça tient les intrus à l'écart, répondit Brand en souriant.

Lady Edith n'était donc pas si intelligente qu'elle le croyait.

— Non, nous ne sortons pas. Nous continuons à chercher, au contraire. Nous allons tout découvrir. Cette morue salée cache quelque chose d'important. Quand j'en aurai terminé, ce donjon n'aura plus de secrets.

— Tu me stupéfies, Brand, dit Hrearek. Même après toutes ces années, ta clairvoyance ne cesse de m'étonner. Tu te souviens, quand nous étions coincés à Constantinople et que tu…

— Attends un peu. Il faut voir ce qu'il y a sous cette morue, le coupa Brand.

Il descendit et commença à vider la pièce secrète. Il n'avait pas de temps à consacrer aux souvenirs, tout cela était derrière lui. Il avait été chanceux, plus qu'intelligent. D'autres étaient morts, et lui avait eu la preuve, une fois de plus, que l'on ne pouvait pas se fier à une belle femme.

Derrière la morue salée s'ouvrait un petit passage qui conduisait dans les bois.

— Tu vois, il y avait quelque chose derrière.

Hrearek se frotta le visage.

— Nous aurions pu être assassinés dans nos lits !

— S'ils avaient traversé les stocks de morue et de laine…, répliqua sèchement Brand.

Un léger bruit se fit entendre au dehors. Hrearek fit aussitôt le geste de tirer son épée, mais Brand secoua la tête et sortit rapidement de la hutte.

— Qui va là ? Montrez-vous !

— C'est moi, Godwin, répondit une petite voix à travers les arbres.

Brand s'accroupit et tendit la main.

— Qu'est-ce que tu fais là ?

— Il y a des méchants qui risquent de venir, a dit la lady. Je voulais être sûr qu'ils ne passent pas par ici, expliqua Godwin. La lady m'a dit de ne pas m'inquiéter, qu'elle s'en était occupée, mais je ne veux pas qu'il lui arrive quelque chose.

— Ce n'est pas la peine de te cacher. Tous les méchants sont partis. Tu es en sécurité, maintenant. Tu es sous ma protection.

— Et qui êtes-vous ?

— Brand Bjornson.

Un jeune garçon, qui ne devait pas avoir plus de sept ans, se montra enfin, sale et dépenaillé. Il tendit la main à son tour.

— J'accepte votre protection.

Brand se releva, lui prit la main avec gravité et la serra. L'expression dans les yeux de l'enfant lui rappela sa propre jeunesse.

— Et que fais-tu, Godwin ?

— Je sers la lady.

— Lady Edith ? demanda Brand en regardant Godwin dans les yeux.

— C'est ça. Mon père m'a dit de le faire quand il est parti avec lord Egbert. Mais lady Edith m'a dit qu'elle avait pas besoin d'aide, expliqua-t-il en frottant son pied dans la boue. Sauf qu'elle peut pas monter la garde contre les méchants comme moi je sais le faire.

— Je comprends, fit Brand en se massant la tempe.

Qui que soient les méchants que craignait Godwin, lady Edith les craignait tout autant. Le passage avait été bloqué à dessein.

— Ah ! te voilà, Godwin ! appela lady Edith en se hâtant vers eux. Ta mère te cherche.

— Je crains de ne l'avoir retenu, lady Edith, dit Brand en posant une main sur l'épaule de l'enfant.

Mais sans doute le savait-elle déjà ; elle devait avoir plus d'espions qu'un unique petit garçon.

— Il m'a éclairé, précisa Brand.

Elle se passa la main sur la nuque. Quelques mèches noires s'étaient échappées de sa guimpe et lui encadraient le visage.

— Ce n'est qu'un enfant, objecta-t-elle.

— Je sais très bien ce qu'il est. Quel est son rôle, ici ?

— C'est le fils de l'un des serviteurs de mon mari. Ta mère te cherche partout, répéta-t-elle à Godwin.

Brand garda la main sur l'épaule du garçon.

— Il était là, à faire le guet pour surveiller si les méchants arrivaient. Je lui ai expliqué qu'il n'y en avait aucun ici, et qu'il était sous ma protection.

Edith se plaqua un sourire sur le visage alors que son estomac se serrait. Qu'avait donc deviné Brand ? Elle espérait qu'il n'avait pas découvert le passage condamné. Elle l'avait fait boucher pour qu'Egbert ne revienne pas en se faufilant par là et les surprenne, après son départ pour la rébellion.

— Godwin, viens avec moi. Ta mère est inquiète, insista-t-elle. Elle veut que tu t'occupes de ta petite sœur. C'est toi l'homme de la famille, maintenant.

— Je veux rester ici avec les guerriers, protesta Godwin, au bord des larmes.

Elle jeta un coup d'œil à Brand : l'homme avait fait une conquête.

— Tu devrais obéir à lady Edith, Godwin. Un bon guerrier se soucie toujours de ses femmes, intervint Brand.

Godwin détala aussitôt et la laissa seule avec le Viking.

Elle examina les ballots de laine et la morue, plutôt que sa haute silhouette penchée vers elle.

Ses prières n'avaient donc pas été entendues. Même quand John, le fils du fabricant de chandelles, s'était précipité au donjon peu auparavant et lui avait raconté la découverte des Vikings, elle avait continué à espérer qu'ils n'avaient pas trouvé la morue ni le passage.

— Vous avez découvert ma cachette, finit-elle par dire quand le silence devint trop pesant.

— La morue avariée. La laine est toujours bonne.

Elle se mordit la lèvre et essaya de rester impassible alors que la pluie tombait plus fort et la trempait jusqu'aux os. Il prenait plaisir à prolonger la torture. Il savait pour le passage, c'était impossible autrement. Mais elle ne pouvait pas en parler au cas où, par miracle, il n'aurait pas été découvert.

— Et vous êtes expert en morue salée ?

— Mon père en était marchand, et j'ai appris dès le plus jeune âge.

— Je vois. J'ai commis une erreur, c'est évident. Ce ne sera pas la première, concéda-t-elle en essuyant les gouttes d'eau devant ses yeux et au bout de son nez.

— Il est bon de savoir que vous admettez en commettre.

— Je n'ai aucun mal à assumer la responsabilité de mes erreurs, dit-elle en levant le menton avec défi. De la morue avariée, ce n'est pas bien. Je l'ai payée un bon prix, et maintenant elle n'est plus bonne qu'à aller sur le tas d'ordures.

Il prit un air furibond.

— Vous n'êtes pas venue chercher Godwin, mais parce que vous avez appris que la laine et la morue avaient été découvertes ! Qu'y a-t-il d'autre ici, lady Edith ? Que devrais-je chercher ? Qu'est-ce qui vaut la peine de gaspiller une année de provisions de morue ?

— Vous vous trompez, répliqua-t-elle en s'obligeant à rester bien droite. La mère de Godwin m'a demandé de le chercher, car elle s'inquiétait. Je suis venue par ici dans ce but, c'est tout.

— Une heureuse coïncidence, alors.

— Oui, en effet. Y a-t-il autre chose ? demanda-t-elle non sans angoisse, persuadée qu'il allait lui parler du passage.

— Je souhaite que vous soyez à votre avantage pour le festin. Vous devriez vous occuper de cela, plutôt que de chercher un enfant égaré, dit Brand en souriant. Votre cousine pourrait vous aider à vous composer une coiffure, si vous n'en avez pas l'habitude. Maintenant, si vous voulez bien m'excuser, j'ai un domaine à explorer. Tout seul.

Edith serra les poings tandis que sa confiance s'envolait. Il prenait plaisir à la taquiner et il détestait sa guimpe ! Elle garderait ses secrets. Ses gens comptaient sur elle, et cette pensée n'avait rien de réconfortant.

Chapitre 4

Les cris outragés de Hilda, mêlés au vacarme de chaudrons entrechoqués et d'objets lourds tombant par terre, résonnèrent aux oreilles d'Edith bien avant qu'elle soit arrivée aux cuisines. Elle grinça des dents. Hilda n'aimait pas faciliter les choses.

— Hilda ! la héla-t-elle dès son entrée. J'ai besoin de toi. Immédiatement.

Le silence se fit au son de sa voix. Le cuisinier gesticulant vers un gros chaudron, l'expression boudeuse de Hilda au centre d'un assortiment varié de cuillers et louches répandues au sol, ainsi que les commis de cuisine tapis dans un coin révélèrent à Edith ce qu'elle avait besoin de savoir. Brand avait raison. Les cuisines n'étaient pas un endroit pour Hilda.

— Hilda, il est temps que tu laisses le cuisinier et ses aides faire ce qu'ils savent faire le mieux.

Hilda pointa le nez en l'air et se dirigea d'un pas majestueux vers la sortie.

— Faire de moi une fille de cuisine n'était pas la meilleure de tes idées, cousine. Ce cuisinier s'attendait à ce que je lave les chaudrons ! Sais-tu combien de temps il me faut chaque soir pour préserver la douceur de mes mains ? Je suis née lady, pas esclave !

— Alors tu seras contente d'apprendre que tu dîneras dans la grande salle ce soir. Lord Bjornson a requis ta présence au festin.

Hilda devint blême.

— Tu lui as parlé de moi ? Tu avais promis, Edith ! Qu'as-tu fait d'autre ?

— Après ta petite démonstration aux cuisines, je ne suis pas étonnée que le roi Halfdan à Eoferwic n'ait pas entendu parler de toi ! assena Edith en croisant les bras.

Elle ne pouvait laisser Hilda n'en faire qu'à sa tête !

— Essaye d'être un peu responsable, Hilda. Brand Bjornson nous a vues parler tout à l'heure. Et tu devrais savoir que j'essaye toujours de tenir mes promesses.

Hilda eut la décence de rougir.

— Tu devrais changer de cuisinier. Il n'a pas la moindre idée de ce qu'est le respect.

— Fulke travaillait déjà ici du vivant de mon père, tout d'abord comme garçon de cuisine, et aujourd'hui comme cuisinier, dit Edith en inspirant profondément pour rester calme.

Hilda n'avait jamais aimé travailler dur, et élever le ton ne servirait à rien.

— Dans la cuisine, reprit-elle, c'est Fulke seul qui commande. Cela a toujours été ainsi et le restera. Qu'a-t-il donc fait précisément, à part te demander de laver la vaisselle ?

Hilda se mit à tripoter sa manche.

— Si tu veux savoir, j'ai eu des mots avec ce satané cuisinier car il t'a traitée de putain à Viking. Il n'avait pas le droit de dire ça !

Edith vacilla. Elle imaginait très bien les insultes qui couraient dans le donjon, mais ce n'étaient que des mots. Ils n'auraient le pouvoir de la blesser que si elle y prêtait attention. C'était une leçon apprise avec Egbert, il y avait bien longtemps. Elle avait de bonnes raisons pour agir ainsi, et un jour tous ceux qui l'avaient calomniée la remercieraient.

— J'imagine que c'est cela, une concubine.

— Mais ce n'est pas juste. C'est blessant de se faire traiter ainsi.

— Je n'ai que ta parole, Hilda. Fulke n'a pas osé me le dire en face, répliqua Edith.

En voyant Hilda s'empourprer, elle respira mieux. Sa cousine avait encore inventé des histoires pour créer des ennuis à quelqu'un.

— Sais-tu qu'ils ont abattu deux bêtes ? Tu l'as refusé pour Egbert avant son départ. Et Fulke voudrait que l'on ouvre l'armoire aux épices parce que lord Bjornson a demandé si nous avions des bâtons de cannelle. Qui peut donc bien utiliser une épice pareille ?

Edith chercha machinalement son trousseau, mais ne rencontra que du vide. Elle leva les yeux au plafond et retint les larmes qui la picotaient.

— Fulke devra demander la clé à lord Bjornson.

— Il t'a pris tes clés ?

— Le donjon et tout ce qu'il contient lui appartiennent.

— Je n'arrive pas à le croire, Edith ! Tu es si calme dans la situation où nous nous trouvons ! Toute ta fougue s'est envolée. Je te prenais pour une Northumbrienne fière et dure, et pourtant tu as cédé tes clés. Les clés de ta mère !

— Contre qui et comment veux-tu que je me batte, Hilda ? s'exclama Edith en soupirant.

Il fallait que Hilda comprenne d'une manière ou d'une autre qu'être vindicatif était dangereux. Elle jouait sur le long terme, et cela n'aiderait personne si elle baissait les bras maintenant. L'or, l'argent et les bijoux étaient bien cachés ;

il fallait savoir où chercher dans la chambre du seigneur pour les trouver, et Brand Bjornson ne réussirait jamais.

— Nous sommes dans ce chaos parce qu'Egbert a décidé de se battre plutôt qu'accepter l'allégeance comme l'avait fait mon père. Les Vikings nous auraient laissés en paix si nous avions dû seulement nous acquitter d'une dîme, en tant que vassaux. Certes, cela aurait été dur, mais nous nous en serions sortis.

— Et ça ne te fait rien ?

— Ça ne me plaît pas plus qu'à toi. Je n'aime pas ces demandes de dîmes qui ne cessent d'augmenter, mais les Vikings ont gagné. La rébellion n'existe plus. J'ai le devoir de m'occuper des survivants. Une vengeance mesquine ne résoudrait rien.

— Je n'aime pas travailler aux cuisines, décréta Hilda, l'air pensif. J'ai envie de verser du poison dans leur soupe. Et j'espère qu'ils vont s'étouffer avec leur viande de bœuf.

Edith frissonna à l'idée de sa cousine en train d'empoisonner des gens. Hilda était bien trop impétueuse.

— Alors tu n'y travailleras plus, dit-elle avec un sourire las. Ah ! des ordres, et encore des ordres, me diras-tu ! Nous devons tous obéir, à un moment ou à un autre, même moi. Tu es censée m'aider à faire quelque chose de mes cheveux. Lord Bjornson n'aime pas ma guimpe.

— Je dois donc t'habiller, maintenant ? Comme une vulgaire servante ?

— Tu es censée être ma compagne et m'aider. J'ai besoin de tes yeux et de tes oreilles, répliqua Edith, réfléchissant à toute vitesse. C'est très important. C'est pour cela que tu devras porter tes plus beaux vêtements.

— Pour que je sois servie comme friandise à un Viking, afin que tu puisses espionner ? s'écria Hilda, soudain très pâle. Cela te convient peut-être, mais moi, je voulais faire autre chose de ma vie.

Edith se retint une fois de plus de lui demander pourquoi elle avait accepté d'être la maîtresse d'Egbert.

— Hilda, pour une fois, aide-moi !

— Très bien, mais je ne porterai pas ma plus belle robe. Je veux passer inaperçue, gémit Hilda, en se mettant à trembler, l'air affolé. Tu as promis, Edith. Je suis venue ici pour être à l'abri des Vikings. Protège-moi !

— Tu ne passeras jamais inaperçue, Hilda, dit Edith en posant les mains sur les épaules de sa cousine. Calme-toi. Je ferai de mon mieux pour te protéger, je le promets, mais ni toi ni moi ne sommes plus maîtresses de nos destins pour le moment. Un jour, nous le serons de nouveau, tu dois le croire. Les Vikings ne restent jamais longtemps. Nous avons la possibilité de récupérer ces terres.

— Tu ne crois quand même pas cela, Edith ?

Edith contempla le mur derrière Hilda, où se découpaient leurs ombres. Le souvenir du baiser de Brand lui revint tout à coup.

— Il faut que j'y croie. J'ai besoin d'espoir. Si j'y renonce, je plongerai dans un trou noir. La seule chose qui me fait tenir, c'est mon devoir envers mes gens.

Sa cousine posa la tête contre son épaule.

— Je suis désolée, Edith. Tu es si bonne envers moi, et je ne suis qu'une brute. Egbert et moi…

— Nous n'avons pas besoin de parler de lui. Plus jamais.

Elle posa les doigts sur la bouche de Hilda.

— Il est mort, et c'est surtout lui le responsable de ce qui nous arrive, ajouta-t-elle.

— Ainsi, tu savais… Tu n'as jamais rien dit, en dépit de…, bredouilla Hilda, les yeux pleins de larmes.

— Egbert était mon mari. Comment n'aurais-je pas su ? C'est du passé.

— A quoi ressemble ce Brand Bjornson, au juste ? J'ai entendu des histoires horribles sur lui. Je suis inquiète pour toi. Tu sembles forte, mais pourras-tu supporter ce genre de rapports physiques ? Ça pourrait tellement mal tourner !

Hilda essuya ses larmes. Alors qu'Edith devenait rouge et bouffie dès qu'elle pleurait, Hilda réussissait à le faire joliment.

— Tu es si brave, je veux vraiment t'aider ! assura Hilda. Nous pourrions te coiffer différemment. Et mettre un peu de couleur sur ton visage. Et tu pourrais essayer de ne pas répliquer. Les hommes aiment à croire qu'ils ont toujours raison.

— C'est bien trop tard pour cela, Hilda, dit Edith avec un petit rire. Il connaît mon apparence, désormais, et je n'ai jamais réussi à me taire.

Certes, elle allait devenir une concubine, mais elle refusait d'être servile.

— S'il n'est pas bon envers toi, je lui arracherai les yeux ! s'écria Hilda en se cramponnant à son bras. Mais je suis sérieuse, je veux t'aider. Nos vies dépendent de ton succès.

— Je te reconnais bien là ! s'esclaffa Edith.

Elle se détendit enfin. Elle n'était pas seule. Hilda l'aiderait à sa manière, même si elle était convaincue que cela excluait de se montrer avenante avec les Vikings.

L'odeur du bœuf rôti emplissait la grande salle, rappelant à Brand combien son dernier véritable repas était loin, ainsi que la dernière fois qu'il avait mangé du bœuf. C'était extravagant, il le savait fort bien, mais c'était là un autre de ses vœux exaucé : son premier repas dans son donjon. Il restait à espérer qu'il serait aussi délicieux que le fumet qu'il exhalait.

Il jeta un coup d'œil vers la chaise où lady Edith avait pris place. Elle avait troqué son vêtement informe contre une robe bleu foncé qui mettait en valeur ses yeux gris, mais elle gardait un air rebelle, et surveillait sans cesse sa cousine assise non loin d'elle. Il avait placé la cousine entre Hrearek et un autre de ses hommes. Elle semblait pleine de gaieté et charmante. Lady Edith l'avait bannie par pure rancune, c'était évident.

Il but une gorgée d'hydromel. Il coucherait avec lady Edith, mais pas tout de suite. Le plaisir, avec elle, serait la conquête. Il voulait qu'elle se dévoile d'elle-même, plutôt que forcer l'allure. Il avait une année pour la séduire. Il désirait prolonger cette agréable sensation d'intérêt.

— La nourriture est-elle conforme à vos goûts, milady ? demanda-t-il, rompant le silence qui s'était établi entre eux. Vous semblez préoccupée, et avez à peine touché à votre viande. J'ai demandé au cuisinier d'utiliser certaines des épices que j'ai apportées. Elles viennent de Constantinople. Attendez-vous que ce soit moi qui vous donne à manger ?

— Certainement pas, répondit-elle en baissant la tête.

— Alors qu'y a-t-il ?

Il céda à la tentation et posa la main sur son épaule, pour être sûr que son souffle lui caresse l'oreille.

— Je ne vais pas me livrer à des privautés sur vous devant tous mes hommes, soyez tranquille. Je préfère l'intimité pour ce genre d'activités, et je m'assure toujours que la dame est consentante.

Ses joues s'empourprèrent, et elle but une longue rasade d'hydromel.

— C'est bon à savoir. Mon mari…

— Votre mari n'a plus aucun pouvoir sur les règles

ici, ou sur le domaine. Il a disparu, comme s'il n'avait jamais existé.

— Avez-vous exploré tout le domaine ? réussit à demander Edith.

Il fallait qu'elle change de sujet de conversation avant qu'elle n'échappe à tout contrôle. La voix de Brand avait suscité toutes sortes d'images et de possibilités dans sa tête. Pourrait-elle redevenir la jeune fille qu'elle avait été ? Elle était tellement optimiste en ce temps-là !

— Vous ne pouvez m'en vouloir d'avoir essayé de dissimuler certaines choses. La plupart des Vikings veulent prendre, plutôt que s'installer. Ceux qui restent après leur passage doivent bien continuer à vivre.

Il la scruta d'un regard perçant avant de se laisser aller contre le dossier de sa chaise. Son manteau bordé de fourrure effleura sa cuisse, et son corps fut traversé d'une onde de chaleur. Elle reprit aussitôt contenance. Elle se comportait encore plus lamentablement qu'une vierge au soir de ses noces. Pourtant, elle connaissait les rudiments de la chose, bien qu'elle n'ait jamais tout à fait compris ce qu'il pouvait y avoir d'agréable à cela. Egbert s'était toujours montré brutal, et avait pris son plaisir avant de s'endormir avec des ronflements avinés.

Elle ignorait pour quelle raison, mais, lorsque Brand était proche d'elle, son corps réagissait étrangement. Elle termina son hydromel en hâte.

— Tout va bien, dit-il en souriant, comme s'il savait l'effet qu'il avait sur elle, et pourquoi elle avait choisi ce sujet de conversation.

Il fit signe que l'on remplisse de nouveau le gobelet qu'elle venait de vider.

— Comme vous l'avez affirmé, le domaine est plus

rentable que je l'avais cru tout d'abord. Et vous avez raison en ce qui concerne les habitudes passées des Vikings. Nous ne voyions aucune raison de nous attarder ici. Cette fois, nous sommes venus nous établir. Cette terre est désormais la nôtre.

— Vous établir ? C'est donc comme cela que vous le qualifiez ?

— Avez-vous un autre mot ?

— Conquérir et réduire à merci.

— Alors gardons chacun nos opinions là-dessus pour nous. Je n'ai aucune envie de gâcher mon repas avec une querelle.

Elle reposa son gobelet sur la table d'un geste brusque.

— Je vous ai prévenu que mes talents pour la conversation étaient limités. J'ai du mal à garder mes opinions pour moi-même.

— Vous ne devriez jamais craindre d'exprimer une conviction sincère. Je juge les hommes sur leurs mérites, plutôt que sur leurs opinions passées.

— C'est bon à savoir, concéda Edith tout en se concentrant, mais toutes ses pensées tournaient autour de la largeur de sa carrure et les ombres dansantes sur son cou. De quoi êtes-vous curieux ? demanda-t-elle.

— Si nous parlions de votre choix de cacher pareille quantité de laine dans un endroit reculé ?

— Je craignais les pillards.

— Ce n'était pas seulement pour la soustraire aux Vikings. Vous aviez un autre but. Qui d'autre connaît le passage secret, lady Edith ?

Machinalement, elle fit tourner son gobelet entre ses doigts. Il savait, ou plutôt, il avait deviné. Elle l'avait sous-estimé.

— Il fallait prendre des précautions avec la laine. Cela

s'est fait sous mes ordres. J'en assume toute la responsabilité, si vous cherchez un responsable.

— Un responsable de quoi ?

Elle sentit des picotements naître dans sa nuque et but une nouvelle gorgée d'hydromel.

— Devons-nous jouer au chat et à la souris ? J'ai donné des ordres pour que l'on entrepose la morue salée là-bas. Je n'en supporte pas l'odeur, si vous voulez tout savoir.

— C'est donc votre décision, plutôt que de celle de votre mari ?

— Oui, répondit-elle en relevant le menton, plongeant directement le regard dans ses yeux perçants. J'ai donné l'ordre. Egbert aimait beaucoup cela, mais la morue me retourne l'estomac. J'ai donc décidé de l'entreposer là jusqu'à son retour.

— C'est votre version des faits ? demanda-t-il en haussant un sourcil.

— Pourquoi devrais-je inventer autre chose ? s'exclama-t-elle en portant son gobelet à ses lèvres pour une infime gorgée, au lieu des grandes qu'elle avait prises auparavant.

Abuser de l'hydromel ne lui occasionnerait qu'un mal de tête le lendemain, et elle avait besoin de garder les idées claires.

Son estomac se contracta lorsqu'elle songea qu'elle s'engageait dans un jeu avec des enjeux considérables, dont les règles n'étaient pas entièrement claires pour elle. Tout ce qu'elle savait, c'était qu'au moindre faux pas de sa part, tout s'écroulerait. Elle repoussa le gobelet.

— Et le passage vers les bois…, reprit Brand en jouant avec son couteau. Qui voulez-vous empêcher d'entrer ? Feu votre mari ? Le connaissait-il ?

— Cela n'a plus d'importance. La morue a rempli son rôle.

Elle garda la tête haute, et évita le regard de Brand Bjornson.

Nul besoin d'expliquer qu'elle avait bloqué l'entrée du passage pour empêcher Egbert de l'utiliser pour pénétrer dans le domaine. Elle ne voulait absolument pas que le Viking apprenne l'état de son mariage, ni les menaces proférées par Egbert contre elle. Il était mort et enterré, avec ses hommes. Plus jamais elle n'aurait à craindre qu'il lui fasse de nouveau du mal. Et Brand Bjornson découvrirait bientôt comment elle était au lit. Elle eut soudain envie que le festin ne se termine jamais. Ici, elle savait qu'elle pouvait faire bonne impression. Dans l'obscurité, elle serait perdue.

— Ça a de l'importance pour moi, répliqua Brand.

— Très bien, fit-elle en serrant très fort ses mains sur ses genoux. Mon mari connaissait le passage. Mon père lui avait montré tous les secrets du donjon avant sa mort ; il avait confiance en lui. C'était avant qu'Egbert se mette à changer. Je crois que ce sont les Romains qui l'ont construit, avant de quitter ce pays.

— Ah ! ce n'est ni l'œuvre des fées ou des gnomes ? demanda-t-il, les yeux pétillant d'amusement.

— Ce domaine a appartenu à un Romain, à l'origine. Du moins, c'est ce que disait ma grand-mère. Mon père prétendait que l'un d'eux avait caché de grandes quantités d'argent sur les terres, mais il n'a jamais rien trouvé. Il pensait que c'était encore une fable de sa mère.

— Et pourquoi Egbert serait-il revenu par ce chemin ?

— Je pensais qu'il ne gagnerait pas. J'étais à Eoferwic lors de la première invasion. J'ai vu les hordes de Vikings, avec leurs haches étincelantes et leurs épées. Je sais ce qui s'est passé quand les Northumbriens ont tenté de reprendre Eoferwic. Chaque bâtiment a été incendié. Même la grande église a subi des dommages. J'y suis retournée quelques jours plus tard, et il y avait encore des décombres qui fumaient.

Il la scruta de ses yeux bleus de glace, puis se détendit avec un sourire.

— Je comprends enfin ! Vous pensiez que votre mari reviendrait la queue entre les jambes, et ne vouliez pas être prise au dépourvu. Vous auriez dû le dire, plutôt que parler par énigmes.

— J'aime prévoir toutes les éventualités, fit Edith en se tortillant, mal à l'aise.

— Votre cousine se divertit, remarqua-t-il en indiquant Hilda d'un signe de tête, changeant efficacement de sujet.

Déchirée entre le désir d'éluder une conversation portant sur elle, et sa crainte des conséquences que pourrait avoir la frivolité de Hilda, elle serra plus fort les mains. En l'observant plus attentivement, elle s'aperçut que sa gaieté était forcée. Son rire était bien trop aigu, et ses gestes exagérés.

— Ma cousine apprécie les festins bien plus que moi. Dois-je l'appeler, pour que vous conversiez avec elle ?

Elle commença à se lever, mais Brand lui saisit l'avant-bras et la cloua sur sa chaise. Il fit un rapide signe de dénégation de la tête, et le lourd torque en or à son cou scintilla à la lumière des torches.

— Je ne voudrais surtout pas lui gâcher son plaisir.

Edith regarda de nouveau Hilda, dont la main s'approchait d'un couteau.

— Je suis certaine que cela ne la dérangera pas. Je ferais mieux d'aller la quérir.

— Laissez-la, ordonna Brand, qui ne souriait plus du tout, d'un ton qui n'admettait pas de réplique. Elle sait qui détient le pouvoir ici, et elle est loin d'être stupide.

— Elle est intelligente, reconnut Edith, mais impulsive.

Elle agit, puis regrette ses actes quand cela ne tourne pas comme elle l'avait prévu.

— Vous aviez tort de prendre au mot son désir de se cacher aux cuisines. Détendez-vous, et cessez de l'utiliser comme bouclier.

Ses doigts relâchèrent leur prise sur son bras et commencèrent à lui caresser doucement l'intérieur du poignet. De petits frissons remontèrent jusqu'à son épaule.

— Tout va bien maintenant, dit-elle, concentrée sur Hilda plutôt que sur la caresse de Brand.

Hilda avait éloigné sa main du couteau et riait avec le Viking en battant des cils. Edith respira de nouveau.

— Vous pensiez le contraire ?

— Hilda ne porte pas les Vikings dans son cœur. Ils ont brûlé sa maison, et assassiné son mari, expliqua-t-elle en esquissant le geste d'écarter son bras.

Il la lâcha aussitôt.

— Mais elle sait qui est le maître ici désormais, et l'accepte, fit-il remarquer.

— Je l'espère. J'espère également que vos hommes savent qu'ils ne doivent pas se comporter en conquérants, et décider que ma cousine fait partie du butin.

— Cherchez-vous à me dicter la manière de diriger mes hommes ? Il vous faudra apprendre à nous respecter, vous et les vôtres, plutôt que nous traiter comme des rustres qui auraient grandi sans culture ni manières. Aucune femme ne sera violentée sous mon toit.

— C'était une simple suggestion, répliqua Edith en reprenant une gorgée de son gobelet.

L'alcool lui brûla la gorge. L'hydromel l'aidait à ne pas penser à ce que serait la nuit, ou au désastre qui pourrait survenir à tout instant. Qu'il n'y ait eu aucun incident notoire jusqu'ici valait mieux que rien.

— Le respect se gagne, ajouta-t-elle.

— J'y songerai, dit-il, sa main lui caressant la joue avant de faire tourner sa tête vers la sienne. Où prenez-vous votre bain ?

— Mon bain ? répéta-t-elle en clignant les yeux de surprise. Il y a un lac pour se baigner, si on le souhaite. Le prêtre dit que se baigner conduit sur la voie du péché.

— Par bonheur je ne suis pas retenu par ce genre de considérations !

Edith posa la main sur son ventre. Le péché... Le prêtre estimerait sans le moindre doute sa conduite impossible à racheter. Son âme immortelle serait éternellement damnée, mais elle avait pris sa décision.

— Je ne le suis plus non plus.

— Je suis enchanté que vous le compreniez, fit-il avec un sourire croissant.

Un cri perçant résonna soudain. Edith vit avec horreur Hilda attirée sur les genoux d'un Viking. L'homme éclata de rire. Elle cria de nouveau et le repoussa, mais l'homme rit de plus belle.

Sans hésiter, Edith frappa du poing sur la table. Le bruit sourd fit cesser tout mouvement, et tout le monde tourna le regard vers elle.

— C'est ainsi que vos hommes se comportent ? demanda-t-elle en pointant le doigt vers le couple. Ma cousine devrait être traitée avec respect.

— Hrearek traite toujours bien ses femmes. C'est la façon dont il la courtise qu'elle désapprouve, répondit Brand en haussant les épaules.

— Hilda n'est pas sa femme !

— Pas encore.

Edith se força à ne pas laisser libre cours à sa fureur.

Quelle arrogance avait ce Brand, de s'imaginer que Hilda n'était qu'une pomme mûre prête à être cueillie !

— Jusqu'à ce qu'elle l'accepte de son plein gré, elle ne devrait pas être molestée.

— Vous exagérez. C'est là un peu de théâtre, et ils s'amusent tous les deux, répliqua Brand en se penchant vers elle. Hrearek sait ce que je veux, et il ne franchira pas la ligne. Je reste le chef du *felag*. Tous mes hommes m'obéissent. Votre cousine est en sécurité. Rien ne lui arrivera qu'elle n'ait désiré.

Hilda lança un regard désespéré à Edith qui sut alors qu'elle ne disposait que d'un court instant pour éviter la catastrophe. Par bonheur, elle avait affronté ce genre de situation à de nombreuses reprises par le passé avec Egbert et ses hommes.

Elle se leva, lissa sa jupe, et s'assura que sa voix porterait dans toute la salle.

— Si tu en as terminé avec tes petits jeux, Hilda, j'aimerais me retirer et laisser les hommes à leurs libations.

Le silence se fit aussitôt. Hilda devint écarlate. Comme le Viking resserrait son étreinte sur elle, elle recula et le gifla fortement. Le silence devint encore plus pesant. Hilda resta le bras en l'air, très pâle, comprenant bien trop tard ce qu'elle avait fait. L'air bruissa de lames d'épées tirées de leur fourreau.

— Il m'a pincé les fesses ! La prochaine fois, je lui plongerai une dague en plein cœur !

— Il est temps de laisser les hommes à leurs histoires, et leurs libations, Hilda, répéta Edith. Nous allons nous retirer.

Elle pria silencieusement de pouvoir sortir Hilda de là sans que du sang soit versé.

— Tu sais comment peuvent être les fêtes. Laisse les

hommes à leur hydromel. Il est d'une excellente année, mis en cave par mon père.

Le Viking qui tenait Hilda commença à protester dans sa langue, mais Brand leva le doigt. A ce geste, l'homme la relâcha aussitôt, et elle tira sur sa jupe pour se dégager.

— Les femmes souhaitent se retirer, qu'on les laisse donc, ordonna Brand d'une voix de stentor. Souvenez-vous de vos manières. Les femmes sont sous ma protection. Désobéissez-moi à ce sujet, et vous sentirez tout le poids du *felag* sur vos épaules.

L'homme marmonna quelque chose, mais laissa partir Hilda.

— Merci, murmura Edith.

Elle poussa un soupir de soulagement. Il avait compris ce qui avait failli se passer, et ce qu'elle avait essayé de faire. Cela facilitait les choses, en quelque sorte, mais elle détestait l'idée de lui être redevable.

Il posa la main sur sa manche.

— Vous et moi n'en avons pas terminé, mais je vous laisse aller, maintenant. Votre cousine est frivole. Hrearek n'est pas le genre d'homme qu'il faut contrarier, surtout quand il est dans cette humeur.

— Je ne m'attendais pas à ce que ce soit terminé, dit Edith.

Elle était furieuse à la pensée que sa voix allait trembler, mais il fallait qu'elle prenne la défense de Hilda. Elle voulait savoir quel genre d'homme était Brand.

— Je sais ce que j'ai accepté, mais je ne me souviens pas que l'on ait proposé la même chose à ma cousine.

Les yeux de Brand pétillèrent légèrement.

— Je n'ai qu'une femme à la fois. La vie est plus facile ainsi.

Edith sentit son visage devenir brûlant. Que cela lui

plaise ou non, elle était enchaînée à cet homme pour une année. Quand il se débarrasserait d'elle, elle n'avait pas la moindre idée de ce qui lui arriverait mais, d'ici là, il lui faudrait vivre au jour le jour.

— Ce n'est pas ce que je voulais dire. On devrait l'autoriser à se retirer dans un couvent si elle le veut, plutôt que de devenir le jouet d'un quelconque Viking tout simplement parce qu'il aura ingurgité trop de bière ou d'hydromel.

Un muscle tressauta dans la joue de Brand, et sa cicatrice se dessina plus nettement près du torque en or.

— Vous demandez une faveur pour elle ? Pourquoi ? En quoi cela devrait-il vous préoccuper ? C'était la concubine de votre mari. Vous avez dû la haïr pour cela.

Edith garda la tête haute. A quelle sorte de femmes le Viking était-il habitué ? Elle était concernée, bien sûr !

— Elle est ma parente, et mérite du respect. Je ne désire pas qu'elle passe de main en main tel un jouet. Je connais son histoire. Mon mariage avec Egbert ne vous regarde pas, mais je sais quel genre d'homme c'était.

— Je prendrai vos vues en considération, puisque vous m'avez supplié d'une charmante manière, dit-il avec un léger sourire.

— C'est très généreux de votre part, répondit Edith en tendant la main vers Hilda, qui courut vers elle et glissa dans la sienne une main glacée.

— Où allons-nous ? chuchota-t-elle.

— Loin de la salle, fit Edith tout bas. La prochaine fois, souviens-toi où nous sommes. Tu sais ce qui a failli se passer. Je ne peux pas promettre de te protéger si tu te comportes ainsi.

— Je… j'essayerai, bredouilla Hilda en blêmissant.

— Nous allons sortir d'ici lentement. Ne regarde personne dans les yeux.

— Je comprends.

Edith commença à se diriger vers la porte. Les yeux de tous les Vikings étaient fixés sur elles.

— Attendez ! cria Brand avant même qu'elles aient pu faire dix pas.

La sueur se mit à dégouliner dans son dos. Qu'avait-elle fait de travers, cette fois ?

— Avez-vous besoin de quelque chose, milord ?

— Vous pouvez vous retirer dans un couvent, lady Hilda, si vous le désirez, annonça Brand avec un geste négligent de la main. Lady Edith craint que vous ne souhaitiez pas rester ici, ou que fréquenter mes hommes ne soit pas de votre goût.

Edith le regarda, surprise. Il offrait un choix à Hilda, ce qu'Egbert n'avait jamais fait. Une petite étincelle d'espoir s'alluma en elle. Peut-être ce Viking n'était-il pas le Barbare qu'elle avait cru au premier abord.

Hilda se dandina d'un pied sur l'autre en baissant la tête, et sans croiser le regard d'Edith.

— Hilda, comprends-tu ce que l'on t'offre ? lui demanda-t-elle tout bas. Un nouveau départ. Un lieu où vivre, loin de ces hommes. Dis-leur à tous ce que tu veux, à haute voix. Ne sois pas timide. Tu es sous ma protection.

— Je veux rester ici, fit Hilda en se redressant soudain, ses cheveux blonds scintillant à la lumière des torches. Je refuse d'abandonner lady Edith à des hommes tels que vous. C'est une lady très bonne, de grand mérite et de haute naissance, en dépit de ce que vous pouvez croire. Elle a choisi de rester, donc moi aussi. Mais je demande le droit de choisir mon homme, si je le désire. Je crois que les femmes du Nord ont ce privilège.

— Elle parle vraiment comme une femme du Nord ! s'exclama quelqu'un.

Tous les convives éclatèrent de rire.

Surprise, Edith cligna les yeux. Elle ignorait que Hilda pensait ainsi. Elle avait toujours imaginé que sa cousine ne restait que parce qu'elle n'avait pas le choix, ou parce qu'elle aimait jouir du pouvoir qu'elle tirait de sa position de maîtresse d'Egbert. Par ailleurs, elle savait précisément à quel point elle craignait les Vikings.

— Je suis honorée, Hilda, vraiment, marmonna-t-elle. Mais es-tu certaine de savoir ce que tu fais ?

— Tu fais cela pour nous tous. Je l'ai entendu dire aux cuisines, répondit Hilda à voix basse. Je ne pouvais pas te laisser avec ces hommes. Ta bravoure m'a donné du courage. J'avais tellement tort, et j'étais si égoïste, pour douter ainsi de toi ! Pardonne mon caractère emporté, cousine, et permets-moi de faire en sorte que tu sois la meilleure des concubines. Tu es le seul espoir que nous avons de civiliser cette brute. Je le comprends maintenant.

Edith lui pressa la main. Cela faisait pour elle une énorme différence de savoir que sa cousine voulait rester. Elle fut envahie d'une vague de culpabilité. Peut-être avait-elle mal jugé Hilda en considérant qu'elle était égoïste. Elle avait désormais une alliée, alors qu'elle manquait cruellement de gens pour l'aider.

— Dans ce cas, nous devrons veiller l'une sur l'autre, conclut Edith avant de froncer le nez. De plus, je crois que ni toi ni moi n'aurions apprécié le couvent.

Hilda frissonna.

— Non. Je ne suis pas du genre à prier toute la journée. Tu me vois faire ça ?

— Donc c'est décidé, intervint Brand. Vous restez toutes deux de votre propre gré. Et vous, lady Hilda, vous choisirez l'homme qui partagera votre lit. Vous avez raison.

En Norvège, nos femmes ont le droit de choisir. A Jorvik, elles en ont également le droit.

Edith fit une révérence en direction de Brand. Elle l'avait mal jugé. Une fois qu'il avait reconnu le danger, il prenait les mesures nécessaires.

— Nous allons nous retirer. Je vous dis adieu, dit-elle bien haut.

— Et vous allez de ce pas chauffer mon lit, ajouta-t-il lui aussi plus fort. Je vous rejoindrai le temps venu.

Edith sentit sa gorge se serrer. Il venait de dire ce qu'elle avait redouté d'entendre durant tout le banquet, ce pourquoi tout avait eu un goût de cendres. A la différence de Hilda, elle avait déjà fait son choix.

— J'ai mon propre lit. C'est là que mon mari…

Sous le regard empreint de dureté de Brand, elle ne put terminer sa phrase.

— Pas en tant que ma concubine. Ou avez-vous oublié ce petit détail ? Vous dormez là où je le veux, et quand je le veux.

Il regardait ses lèvres, impossible de s'y méprendre. Contre sa volonté, elle se remémora le baiser qu'ils avaient échangé un peu plus tôt. Sa bouche la picota, comme s'il venait de l'embrasser. Elle se la frotta du revers de la main, et chassa cette pensée. Il ne ferait pas chose pareille devant ses hommes.

— Et où voulez-vous que je sois ? demanda-t-elle en s'obligeant à faire une révérence, en dépit de ses jambes flageolantes.

Un grand sourire lui fendit le visage tandis que des rires gras résonnaient dans toute la salle.

— Ma chambre fera l'affaire… pour le moment.

Il se tut, et son regard brûlant la parcourut de la tête aux pieds. Edith regretta de toutes ses forces d'avoir bu tant d'hydromel, car elle avait la tête qui tournait. Elle aurait voulu s'asseoir pour que ce tournis se calme, mais ce n'était pas possible.

— Est-ce un ordre ? s'enquit-elle en relevant le menton.

— C'en est un. Et je vous fais confiance pour y obéir.

— Très bien, j'irai dans la chambre du lord, et pas dans la mienne.

Edith détestait sentir le sang pulser ainsi dans ses oreilles, et voir la salle tourner lentement autour d'elle. Il fallait cependant qu'elle obéisse, et trouve comment satisfaire Brand. C'était le seul moyen de s'assurer que personne ne souffrirait.

— Attendez ! lança-t-il.

— Aurais-je fait quelque chose de mal ?

Il la rejoignit en deux enjambées et la plaqua contre son corps. Elle en sentit chaque muscle. A la différence d'Egbert, il n'y avait aucune mollesse en lui. C'était un véritable guerrier. Une boule se forma dans sa gorge. A quoi avait-elle donc pensé, quand elle l'avait provoqué ?

— Vous avez besoin de ceci, dit-il en capturant sa bouche avec la sienne.

Il avait un goût sucré d'hydromel, et d'autre chose d'éminemment masculin, qui semblait n'appartenir qu'à lui. Ce baiser brûlant la marquait comme sienne.

Il la relâcha au milieu de sifflements et de vivats tonitruants. Consciente qu'elle était écarlate, elle essuya du revers de la main ses lèvres douloureuses.

— Que cherchez-vous là ? C'était déplacé, et je n'avais rien demandé !

Elle était furieuse contre lui, et contre son corps qui en désirait plus. Elle croisa les bras sur ses seins soudain sensibles.

Il suivit la courbe de sa joue avec son doigt, qui lui fit l'effet d'un tison incandescent.

— Un avant-goût de la suite, lady Edith, et l'expérience vous plaira. Je vous le garantis.

Rassemblant vivement ses jupes, elle s'enfuit avec Hilda tandis que, derrière elles, la grande salle résonnait de rires virils.

Plus que tout, ce baiser venait de lui démontrer le peu de contrôle qu'elle avait désormais sur son corps.

Chapitre 5

— Merci, Edith, dit Hilda tout en lui brossant les cheveux, les rendant aussi doux que des ailes de corbeau. Tu as été merveilleuse, là-bas. Vraiment. Tu m'as sauvé la vie. Ce Viking aurait…

— Je ne pouvais pas te laisser massacrer sous mes yeux, se récria Edith en riant, prise de hoquet.

Depuis qu'elles avaient quitté la salle, Hilda était restée à ses côtés, insistant pour l'aider à se déshabiller. Elle était même partie chercher du parfum pour lui en mettre sur les poignets. Edith l'avait laissée faire, mais sans pouvoir s'empêcher de penser qu'une vraie lady se tiendrait mieux que cela. Elle tenta de se souvenir de ce que sa mère lui avait expliqué sur le sujet, quand elle lui avait dit qu'il lui faudrait subir les attouchements de son mari, mais qu'elle aurait des enfants à câliner ensuite.

Elle se mordit la lèvre. Ce n'était pas le moment de penser aux enfants, ni au coup de poing d'Egbert dans son ventre, suivi d'un coup de pied au même endroit, quand elle avait voulu l'empêcher de frapper une servante pour avoir renversé son verre, qui avaient mis un terme à son rêve d'être mère. Elle avait fait une fausse couche, un beau garçon… Après cela, elle n'avait plus supporté qu'il la touche. Dieu merci, il n'avait plus jamais essayé de revenir dans son lit.

Et sa dernière maîtresse en date la regardait avec une étrange intensité.

— As-tu quelque chose à me dire, Hilda ? demanda-t-elle, s'attendant à une nouvelle tirade sur les Vikings et leurs manières de brutes.

— J'ai été vraiment stupide, je m'en rends compte maintenant. Je croyais… je croyais que ce serait comme avec Egbert, mais ce n'était pas le cas.

— Ces Vikings sont différents, dit Edith en prenant la brosse des mains de Hilda et en commençant à se brosser vigoureusement.

— Ah oui ! Regarde donc la cicatrice sur le cou de Brand Bjornson ! Elle en fait tout le tour. Je suis sûre que c'est vrai, ce qu'on raconte sur sa mère. Ça lui donne l'air sauvage, mais il sait tenir ses hommes, reconnut néanmoins Hilda.

— Les guerriers ont toutes sortes de cicatrices. Mais on dirait bien que Brand Bjornson s'est battu toute sa vie, remarqua Edith en reposant la brosse. Et cela m'a fait hésiter. Je connais les rumeurs de ses exploits au combat. On dit qu'il est la raison essentielle pour laquelle la rébellion a échoué.

Hilda hocha la tête et se mit à faire les cent pas dans la chambre, l'air de nouveau très perturbée. Edith eut un pincement au cœur. Les problèmes de sa cousine étaient la dernière chose dont elle avait besoin ! Elle avait bien assez des siens ! Le dernier baiser de Brand restait imprimé dans sa tête.

Son corps voulait croire que ce serait différent avec lui, car elle n'avait jamais ressenti cette excitation, cette légèreté, même pendant les jours enivrants qui avaient précédé son mariage avec Egbert, qui lui avait donné alors l'impression d'être la chose la plus précieuse au monde. Sa tête quant à elle lui rappelait que tous les hommes étaient les mêmes. Et elle n'avait pas la moindre idée de la réaction de Brand si elle ne réussissait pas à le satisfaire. Elle se crispa, se rappelant comment Egbert s'était vengé de ses maladresses, d'abord avec des remarques désagréables, puis de plus en plus avec ses poings.

— Dis-moi quelque chose que j'ignore, Hilda. Donne-moi du courage…

— Tu dois savoir que je n'ai jamais partagé son lit, pas dans le sens que tout le monde imagine, avoua Hilda avec précipitation en s'agenouillant devant elle. Il ne pouvait pas… il s'était passé quelque chose, et il ne pouvait pas. Il disait que c'était ta faute.

Edith se figea. Jamais ? Egbert avait été impuissant ?

— Mais je croyais…

— Il ne pouvait pas. Il buvait bien trop de bière et d'hydromel. Il s'écroulait sur le lit, me tripotait et s'endormait en ronflant. Je voulais que tu le saches, après m'avoir sauvé la vie ce soir. Il m'a menti, lors de mon arrivée. Il m'a raconté que c'était lui qui m'avait offert un refuge, et qui avait parlé en ma faveur. Il a dit aussi que si je ne faisais pas ce qu'il voulait, il me livrerait aux Vikings. Toi, tu as tenu ta parole, en me défendant. Je me sens tellement coupable !

— Tu es ma cousine, ma parente. Je te protégerai, bien sûr.

— Egbert a dit très clairement que si je ne jouais pas le jeu, je n'aurais plus de toit, et qu'il me jetterait aux loups. Il m'a frappée quand j'ai tout d'abord refusé, et m'a traitée d'idiote. J'avais peur, Edith… J'avais peur et j'avais tort.

— Cela ressemble bien à feu mon mari, commenta Edith, désabusée, ébranlée par cette révélation.

— Tu ne peux pas savoir ce que c'était, quand les Vikings sont arrivés. J'avais perdu soudain tout mon univers… Je ne pouvais pas perdre ensuite le peu que je venais d'obtenir ici. J'étais jalouse de toi, et de tout ce que tu avais. Les actes et les paroles d'Egbert ont fait pencher la balance. J'ai pris ce que je pouvais, pour survivre. Ce n'est qu'aujourd'hui que je vois à quel point c'était mal.

— Tout cela appartient au passé, désormais, affirma Edith en posant sa main sur son ventre pour essayer de calmer l'appréhension qui l'étreignait.

— Tu es vraiment sincère ? demanda Hilda, les larmes aux yeux.

Egbert avait été impuissant, même avec Hilda… Le poids sur les épaules d'Edith s'allégea. Peut-être n'avait-elle pas été la seule incapable dans le lit conjugal. Egbert pouvait aussi y avoir joué un rôle. Mais c'était la nuit à venir qui importait, et comment elle se comporterait avec Brand Bjornson, un homme dont tous ses instincts lui indiquaient qu'il était très différent.

Elle prit Hilda par le coude et la fit se relever. Il ressortait une bonne chose de cette soirée : sa cousine et elle se parlaient enfin à cœur ouvert.

— Tu ferais mieux d'y aller. Nous l'avons échappé belle, ce soir. Une fois suffit.

Hilda lui adressa un petit sourire.

— Je vois ce que tu veux dire. Je doute que Brand Bjornson apprécierait d'avoir des spectateurs. Mon cœur s'est mis à battre plus fort, quand je l'ai vu t'embrasser comme il l'a fait. Il est attiré par toi, je connais ces choses-là. Tu pourrais essayer d'être agréable avec lui plutôt que d'essuyer ta bouche d'un revers de la main, comme s'il t'avait souillée.

— Il l'a fait délibérément, pour imprimer sa marque sur moi. Il ne veut pas que j'oublie ma position. Je ne suis pas sa femme, mais sa concubine. Je sers à son plaisir, expliqua Edith en se frottant les lèvres avec son pouce.

Hilda fit bouffer les cheveux d'Edith sur ses épaules.

— Voilà, tu es à croquer ! Je regrette qu'Egbert ait cassé le miroir de ta mère, car tu pourrais voir comme tu es jolie !

L'incident du miroir s'était produit lors de leur dernière dispute, quand Edith avait refusé de lui remettre les bijoux de sa mère. Elle ne faisait pas grand cas de son apparence, mais elle aimait beaucoup cet objet qui lui avait appartenu. Bon nombre de ses souvenirs les plus anciens tournaient autour de sa mère qu'elle revoyait se regardant dans le miroir pendant qu'une servante brossait ses longs cheveux auburn. Edith avait eu l'autorisation de s'y regarder pour des occasions spéciales. Ses traits n'avaient jamais rivalisé avec la délicatesse de ceux de sa mère, et ses cheveux noirs étaient si communs, comparés à l'auburn flamboyant.

— Mon mari a largement mérité tout le malheur qu'il lui est arrivé après avoir brisé le miroir, dit-elle d'une voix qu'elle força à ne pas trembler.

— Tu as raison, j'imagine, approuva Hilda en gloussant. Je n'y avais jamais pensé sous cet angle. Il n'aurait jamais dû faire ça.

— Oh oui ! Je sais que j'ai raison !

Elle prit les mains de Hilda dans les siennes. Il fallait qu'elle sache le pire. Son désir de vivre en paix avait-il fait un enfer de la vie de sa cousine ?

— Il n'a jamais..., commença-t-elle.

— Il ne m'a plus jamais frappée après cette gifle, répondit

aussitôt Hilda. Il me traitait comme un chien pour lequel on a de l'affection. Il te réservait sa violence, si l'on en croit les commérages des serviteurs. Il était jaloux que tu diriges si bien le domaine. Il fulminait là-dessus sans arrêt.

Edith sentit les larmes lui monter aux yeux. Elle était heureuse de tout savoir désormais, mais cela ne rendait pas la situation plus facile pour autant. Brand ne s'intéressait pas à ses compétences.

— Nous retrouverons nos vies, comme avant, je dois croire en cela, assura-t-elle en serrant la main de Hilda.

— Traite bien Brand Bjornson, lui conseilla Hilda en ôtant sa main, et Edith comprit qu'elle ne croyait pas vraiment en son affirmation, pas plus qu'elle-même. Un homme comblé facilitera la vie de tous dans la maisonnée, comme le disait ma mère.

— Ce dicton est nouveau pour moi…

— Il n'en est pas moins vrai. Tu peux le faire, Edith. Satisfais-le, plutôt que de l'affronter et t'opposer à lui. J'ai foi en toi. Nous comptons tous sur toi, conclut Hilda avant de s'éclipser.

— C'est justement ce qui me fait peur…, murmura Edith lorsqu'elle se retrouva seule.

Une faible lueur d'un gris-rose filtrait dans la chambre. Edith était roulée en boule dans le lit, osant à peine bouger. Le bruit de la fête avait cessé depuis des heures, lui semblait-il, et Brand n'était toujours pas venu se coucher.

Elle ramena ses genoux davantage contre sa poitrine. Tout d'abord, elle avait craint qu'il arrive et soit déçu. Ensuite, elle s'était demandé pourquoi il ne venait pas, mais elle manquait du courage nécessaire pour aller le chercher.

Dans les premiers temps de son mariage, elle était allée chercher Egbert un soir, et avait reçu une violente gifle pour sa peine. Etre couchée dans ce lit faisait remonter à sa mémoire les horribles souvenirs de toutes les fois où elle l'avait contrarié. La confession de Hilda l'aidait quelque peu, mais elle avait aussi eu son rôle. Les caresses d'Egbert ne l'avaient jamais excitée. Elle n'avait jamais éprouvé autre chose que de la répulsion, alors que le baiser insultant de Brand l'avait embrasée tout entière.

Que pouvait-elle attendre d'un Viking avec une telle réputation ?

Il avait dû trouver un meilleur endroit pour dormir. Toute cette mise en scène n'avait eu pour but que de l'humilier. Cela suffisait ! Elle tapa du poing contre le matelas.

Elle n'allait pas rester là, à attendre quelqu'un qui ne viendrait peut-être jamais.

Dès que les habitants du donjon se réveilleraient, tout le monde saurait, elle en était sûre, et personne ne la regarderait dans les yeux. Elle avait connu cela avec Egbert, et s'était toujours juré qu'elle ne le revivrait jamais.

— J'ai obéi à votre ordre. Maintenant, je fais ce que je veux ! s'exclama-t-elle.

Elle revêtit sa robe mais ne se soucia pas de remettre sa guimpe, laissa le lit défait pour prouver qu'elle y avait dormi, puis quitta la pièce sans regarder derrière elle.

La grande salle était silencieuse. Bon nombre des hommes de Brand dormaient, vautrés à l'endroit même où ils s'étaient écroulés la veille. Elle se fraya un chemin à travers les corps, qui exhalaient les mêmes relents aigres de bière que les hommes d'Egbert après une fête.

Elle sortit et, regardant le ciel d'un beau rose pâle, elle respira l'air frais du matin à pleins poumons. Cet instant était celui de la journée qu'elle préférait, celui où elle pouvait réfléchir, prévoir et planifier sans être dérangée.

Elle s'autorisa même brièvement à croire que rien n'avait changé. C'était là son foyer.

En arrivant aux écuries, elle découvrit que les stalles étaient désormais occupées par les chevaux des Vikings. Le silence qui les caractérisait depuis le départ d'Egbert avait été remplacé par des bruits de piétinements et de souffles paisibles, et les lieux avaient retrouvé leur bonne odeur. Elle alla vers Meera, sa jument, et lui flatta les naseaux.

— Je me demande ce que tu penses de toutes ces créatures qui envahissent ton écurie, Meera ?

La jument hennit et poussa sur la main d'Edith, à la recherche d'une friandise.

— Je ne t'ai rien apporté, s'excusa-t-elle. Tu peux avoir du foin.

Elle alla lui en chercher une brassée et remarqua avec agacement que la personne qui avait nourri les chevaux la veille en avait répandu partout. La jument la regarda d'un air dégoûté quand elle déposa le foin dans sa mangeoire.

— Ça ne sert à rien d'espérer une pomme. Il n'y en aura pas avant l'automne.

Edith la gratta derrière les oreilles quand elle pencha l'encolure pour manger le foin. A strictement parler, elle supposa que Meera ne lui appartenait plus, mais la jument était davantage que l'animal qu'elle montait, c'était une amie. Et l'amitié n'était pas dictée par des titres de propriété arbitraires.

Elle cessa soudain de la caresser. Il fallait espérer que Brand avait des vues différentes de celles d'Egbert sur les femmes qui montaient à cheval. Elle passa les doigts dans la crinière de Meera en soupirant. Elle monterait, quoi qu'il dise.

— Mais je vais te donner une carotte, dit-elle quand Meera releva la tête. Brand ne pourra pas me reprocher de prendre une carotte ou un panais. Ni de faire une sortie à cheval.

Après avoir parlé tout doucement à son cheval un moment encore, elle quitta l'écurie. Son esprit avait déjà dressé automatiquement une liste des choses à faire aux écuries et dans la cour. De petites choses qui, si l'on ne s'en occupait pas, conduiraient rapidement à plus de travail. Elle essaya de les oublier, et de se persuader qu'il ne lui incombait plus désormais de se soucier que la clôture soit détendue, ou la paille mal répartie. Et Dieu seul savait comment ces chevaux étaient ferrés, et quelle quantité de fer serait nécessaire pour les chausser de neuf. Elle dut se refréner d'aller vérifier la réserve chez le maréchal-ferrant.

Elle se pinça l'arête du nez. Ce n'était plus son problème. Tout ce qu'on lui demandait était de plaire à Brand au lit, et elle n'avait pas eu l'occasion de le faire. Cette pensée suffit à jeter une ombre sur cette matinée. Elle donna un coup de pied rageur à un caillou, qu'elle envoya valser à travers la cour.

Un léger mouvement du côté de l'écurie l'avertit qu'elle n'était pas seule, et qu'elle n'était plus vraiment chez elle. Elle se tendit ; elle n'était pas censée être là. Brand avait spécifié qu'elle devait l'attendre dans sa chambre.

Elle réfléchit vite à une excuse, s'il s'agissait de l'un des guerriers, quelque chose qui lui viendrait facilement à l'esprit, plutôt que la vérité. Et elle pria silencieusement pour ne pas avoir à le faire.

Mine de rien, elle observa la silhouette qui se précisait. Brand ! Ses cheveux brillaient comme s'il venait d'aller nager. Sa chemise était plaquée sur son torse, révélant les contours de ses muscles. Il avait beau être carré, il n'avait pas une once de graisse.

Son cœur se mit à battre plus vite. Qu'est-ce qui lui

donnait donc le droit d'être si beau dès le petit matin ? Elle devait avoir un aspect épouvantable, elle le savait, mais il était trop tard pour qu'elle puisse se dissimuler dans l'ombre. Elle brossa sa jupe pour essayer d'ôter les brindilles de foin qui s'y étaient accrochées.

Il s'arrêta, et la détailla lentement de la tête aux pieds. Elle redressa les épaules et regretta de ne pas avoir pris le temps de mettre sa guimpe. Loin d'être « jolie », comme Hilda l'avait qualifiée la veille, elle devait plutôt donner l'impression d'avoir été traînée à travers des buissons.

— Vous êtes déjà debout et habillée, lady Edith, dit Brand. Prête pour une nouvelle journée affairée, ou aviez-vous d'autres projets ?

— J'ai mal dormi, avoua Edith en joignant ses mains pour ne pas être tentée d'ôter le foin de sa jupe. J'ai obéi à vos ordres, ajouta-t-elle. Je suis allée dans la chambre du maître.

— Bien, vous pouvez donc obéir aux ordres, remarqua-t-il en haussant un sourcil. Je me demandais si vous étiez uniquement capable de les donner.

Elle serra les poings. Il ne s'était même pas donné la peine de le vérifier ! Il avait simplement supposé qu'elle s'était exécutée. La prochaine fois, elle ne commettrait pas la même erreur. A l'avenir, il viendrait dans sa chambre ; elle ne passerait pas son temps à contempler les poutres noircies dans celle de Brand.

— Y a-t-il une raison pour que vous ne soyez pas venu me rejoindre ?

A peine avait-elle prononcé ces paroles qu'elle le regretta.

— Vous ressembliez à un lapin terrifié, dans la grande salle, répondit-il en penchant la tête de côté. J'aime que les femmes soient consentantes, et impatientes, quand je me livre aux plaisirs de la chair. Il n'y a aucun plaisir à intimider une femme. Les deux doivent y prendre du plaisir. Certains hommes du *felag* ne le comprennent pas, aussi devais-je m'assurer d'imprimer ma marque sur vous.

Edith baissa la tête. Ses intonations roucoulantes l'enveloppaient. Elle avait encore tout fait de travers. Sa crainte de l'intimité avait été trop visible.

Sa gorge se serra. L'ancienne Edith se serait excusée, mais elle n'avait aucune raison de lui présenter des excuses. L'ancienne Edith avait laissé Egbert se moquer d'elle mais, maintenant, elle connaissait la vérité à son sujet. Elle se calma aussitôt. Aucun homme ne lui ferait revivre cela.

— Et moi, je préfère être courtisée différemment. Hélas ! on ne peut pas toujours avoir ce que l'on désire.

Il s'approcha d'elle et posa le doigt sous son menton pour lui relever la tête afin de l'obliger à le regarder dans les yeux — d'immenses étendues bleues, où une femme pouvait se noyer.

— Il n'y a nul besoin de se hâter. Je m'intéresse à autre chose chez une femme que la mettre simplement dans mon lit.

Edith serra les mains, et essaya de conjurer son appréhension soudaine. Quel genre de cour cette montagne avait-elle en tête ?

— Et comment courtisent les Vikings ? demanda-t-elle.

— J'aime connaître l'esprit d'une femme avant son corps. Cela fait longtemps que je n'ai plus un besoin pressant d'un corps chaud contre le mien toutes les nuits.

Sentant monter la colère en elle, elle croisa les bras. Elle avait passé une nuit blanche, et il n'avait jamais eu l'intention de coucher avec elle ! Ce n'avait été qu'un stratagème cynique, pour lui donner une leçon.

— Quel était donc le propos de la soirée ? Pourquoi m'avoir infligé ce tourment ? Qu'espériez-vous réussir là ?

Il posa la main sur sa joue, et ce simple geste la réchauffa tout entière. Elle resta figée, mais la chaleur s'obstinait à rayonner en elle, en particulier vers son ventre. Elle eut envie de s'abandonner à la caresse.

— Je vous ai tant manqué ? ironisa-t-il en chuchotant, son souffle lui caressant l'oreille. Est-ce pour cela que vous êtes furieuse ? Je m'en souviendrai pour la prochaine fois : vous n'aimez pas que l'on vous fasse attendre… Ce soir, nous donnerons libre cours à la passion.

Elle maudit la soudaine faiblesse de ses jambes. Il tentait de nouveau de la déstabiliser, comme la veille. Ou, pire, il s'attendait à ce qu'elle lui tombe dans les bras tel un fruit mûr. Tout avec lui n'était que jeux d'esprit, pirouettes intellectuelles qui ressemblaient beaucoup au *tafl*. Il était persuadé qu'elle était en manque cruel d'affection.

— Non, ce n'est pas exactement que vous m'ayez manqué, répliqua-t-elle en le regardant droit dans les yeux. C'est plus l'idée du répit inattendu d'avoir été délivrée de quelque chose que j'appréhendais. Vous n'aviez aucun droit de me faire subir cela.

— J'ai tous les droits, rétorqua-t-il. Vous êtes destinée à mon plaisir. Et je viendrai à vous quand cela me plaira de le faire, pas avant. Me dénierez-vous ce droit ? C'est vous qui avez accepté cet arrangement.

Elle haussa les épaules ; elle ne pouvait qu'acquiescer. Il semblait heureux de sa version des faits.

— C'est ce que vous dites. Mais traiter quelqu'un comme cela n'est pas dans mes manières.

— Parce que vous vous croyez supérieure à moi ? s'exclama-t-il, les yeux étincelants. Je devrais vous traiter différemment des autres femmes ?

— Vous devez apprendre les manières de la Northumbrie, si vous désirez bien diriger cet endroit, se récria-t-elle en tapant du pied, tout en se refusant à penser à ces autres femmes.

— Vous me trouvez mal élevé ? demanda-t-il en fronçant les sourcils.

— Oui, répondit Edith en le regardant d'un air furibond.

Elle se moquait bien désormais qu'il ne lui ait rien fait. C'était lui qui avait tort.

— Vous m'atteignez dans mon orgueil, murmura-t-il.

— Je soupçonne que votre orgueil n'est pas écorné le moins du monde. Vous en avez plus qu'il n'en faut pour nous deux.

— Et vous n'en avez aucun, peut-être ! lança-t-il en levant un sourcil. Une véritable sainte ! Bien élevée, et toujours correcte.

Edith écarquilla les yeux. C'était tellement typique, cette tentative de changer de sujet ! Son père se comportait toujours ainsi lorsqu'il était à court d'arguments.

— Je suis fière. Fière de ce qui est important, par exemple la façon dont j'ai géré ce domaine, et celle dont j'ai pris soin des gens qui y vivent, dit-elle en tendant les mains. Pourquoi devrais-je le nier ? Est-ce mal d'être fier de ce que l'on a accompli ? L'orgueil que je méprise, c'est celui qui vous fait chercher à dominer l'autre.

— Vous avez la langue acérée.

— Je n'ai jamais vu l'intérêt d'être mielleuse, et je n'ai aucune envie de commencer maintenant.

— Vous préférez l'honnêteté.

— Oui, affirma-t-elle en se redressant.

— Tout tourne autour de vous, qui vous sacrifiez tel l'agneau innocent pour le bien des autres.

La gorge d'Edith se serra. Elle était surprise qu'il connaisse l'imagerie chrétienne. Mais il était vrai qu'il vivait en Angleterre depuis dix ans.

— Je ne me souviens pas que vous l'ayez demandé en ces termes, lança-t-elle.

Elle se contracta en attendant qu'il la frappe. Au lieu de cela, il se mit à rire à gorge déployée.

— Cela m'apprendra, ma petite. Avec ce genre de repartie, vous obtiendrez le meilleur de moi ! Je ne ferai pas la même erreur deux fois.

— Je ne suis pas petite. Je suis grande.

Elle éloigna la conversation du terrain mouvant de la question qui la tourmentait. Il semblait que Brand n'ait jamais vraiment eu l'intention de faire d'elle sa concubine. Et, d'une certaine façon, elle en était blessée.

— Peut-être l'êtes-vous pour une Northumbrienne. Mais en Norvège, nos femmes ont la même taille que nous, dit-il, l'air soudain perdu dans le lointain. On a besoin de femmes robustes pour engendrer des guerriers, disait mon père.

— La force d'une femme dépend d'autres choses que de sa taille.

— Nous sommes d'accord. Les femmes Vikings sont bâties différemment.

Edith eut un pincement au cœur. Une femme de son pays occupait donc ses pensées. Cela n'aurait pas dû faire de différence, cependant… Il ne servait à rien d'espérer plus. Elle était sa concubine, pas la femme qu'il aimait.

— Je faisais la même taille que mon mari. Je n'ai pas l'habitude d'être considérée comme petite.

— Vous êtes plus petite que moi, affirma-t-il en posant les mains sur ses épaules.

— Je sais, murmura-t-elle en humectant ses lèvres soudain trop sèches.

— Cela fait donc de vous quelqu'un de petit.

— Ou de vous quelqu'un de grand.

— Tout est dans le point de vue.

— Je n'avais pas réfléchi à ça, avoua Edith, sentant qu'elle respirait beaucoup trop vite.

Son cœur tambourinait dans sa poitrine, et tout son corps ressentait sa présence si proche ! Elle pouvait distinguer une gouttelette d'eau qui avait coulé dans le creux de sa gorge.

Il pencha la tête. Cette fois, ses lèvres mordillèrent sa bouche, provocantes. Edith s'arqua contre lui et il la serra dans ses bras puis la maintint fermement. Elle ouvrit la bouche, et goûta la saveur agréable de la sienne.

Un instant plus tard, il releva la tête, et elle recula aussitôt.

— Pourquoi avez-vous fait cela ? demanda-t-elle, un peu trop essoufflée à son goût.

— Je n'avais pas de raison particulière.

— Je pense que vous vouliez mettre un terme à notre différend.

Brand baissa les yeux vers son visage. Il combattit son désir de l'écraser contre lui et d'explorer réellement cette bouche séduisante. Il avait envie de savourer la conquête. Il avait oublié ce que c'était de se mesurer à une femme. Trop souvent, ces derniers temps, elles semblaient tomber à ses pieds. La plupart lorgnaient sa position, ou son argent.

Il secoua la tête en songeant à sa folie. C'était sans doute la fatigue qui lui brouillait les idées, et non un sentiment pour cette femme. Certainement la fatigue. Il avait passé la nuit à chercher des cachettes secrètes dans les murs, en sachant qu'elle était consignée dans la chambre qu'il lui avait assignée, où elle ne pourrait pas faire de dégâts.

— Et vous préférez avoir le dernier mot, avança-t-il.

Elle pointa son nez vers le haut, mais ses joues se colorèrent joliment.

— Il n'y a rien de mal à ça, marmonna-t-elle.

— Mais j'ai trouvé la parfaite méthode pour vous faire taire, remarqua-t-il en riant de bon cœur.

— La maisonnée s'éveille, dit-elle.

Il traça une ligne en suivant son épaule.

— Je vous permets de vous échapper cette fois, Edith, mais nous sommes loin d'en avoir terminé. En fait, nous n'avons même pas commencé.

Il admira son postérieur après qu'elle eut fait demi-tour en faisant virevolter ses jupes. Elle ferait une excellente partenaire au lit quand le moment viendrait, songea-t-il, épuisé.

Elle avait à peine effectué une trentaine de pas qu'elle poussa un cri.

Il traversa la cour en quelques foulées.

— Que se passe-t-il, Edith ?

Elle tendit un doigt tremblant.

— Là-bas, dans la brume… il y a un pendu. A quelles pratiques vous livrez-vous donc pendant vos fêtes ?

— Comment savez-vous que ce sont mes hommes les responsables ?

— Je n'en sais rien, répondit-elle en serrant ses bras autour d'elle. Je voulais à tout prix éviter que du sang soit versé.

— Allons voir ce que c'est, fit Brand en posant sa main sur son dos.

— Ensemble ? demanda-t-elle.

— A moins que vous ne préfériez que j'y aille seul.

— C'est gentil de votre part de le proposer, dit-elle en se mordant la lèvre, mais je veux savoir aussi. J'ai été surprise, voilà tout.

Ils se dirigèrent en silence vers le pendu. Brand se détendit dès qu'ils furent suffisamment près. Ce n'était pas un corps, mais une plaisanterie puérile : des vêtements bourrés de paille pour figurer une silhouette. Cependant, c'était là un défi à son autorité de seigneur des lieux. Il fallait trouver le responsable et le punir avant qu'il y ait d'autres incidents. Des chefs de *felag* avaient vu leur autorité sapée pour avoir négligé ce genre d'incidents mineurs, il en avait été témoin par le passé.

Edith découvrit la mise en scène un instant après lui. Elle exhala un grand soupir, et un peu de couleur revint sur son visage.

— Qu'est-ce que c'est que ça ?

— Un épouvantail.

— Dieu merci, nous n'aurons personne à ensevelir dans une terre non consacrée, comme c'est le sort des pendus, dit-elle en frissonnant. C'est toujours affreux, quand il faut le faire.

Brand fut envahi d'une bouffée de rage. La plaisanterie avait déstabilisé Edith. Qui avait-elle donc déjà enterré ainsi ? se demanda-t-il.

— J'imagine que vous ignorez tout de ce simulacre.

— Et pourquoi devrais-je être au courant ? rétorqua-t-elle, les yeux lançant des éclairs, redevenant aussitôt la femme qu'il avait rencontrée.

Elle inspecta sa jupe et essaya d'en ôter le foin qui y restait obstinément accroché.

— Je sortais des écuries, quand vous êtes arrivé, répliqua-t-elle. Quelqu'un a éparpillé du foin un peu partout. J'étais allée voir comment allait ma jument. Vous devez me croire, ajouta-t-elle, les mains tremblantes.

— Vous a-t-on vue là-bas ?

— Personne n'est encore debout, répondit-elle en serrant les poings. Je ne me livrerais jamais à ce genre de plaisanterie stupide ! Jamais ! C'est cruel au-delà de tout ce qu'on peut imaginer !

A son propre étonnement, Brand la crut. Elle avait été bien trop choquée et blême en découvrant la silhouette pendue. Elle n'était quand même pas assez bonne comédienne pour réussir à feindre à ce point.

— Je vous crois, dit-il.

Elle se tut aussitôt et resta bouche bée.

— C'est vrai ? Pourquoi ?

Ainsi, la personne qui avait fait cela n'avait pas consulté lady Edith. Intéressant.

— Ai-je une raison de penser que vous ne dites pas toute la vérité ? répliqua-t-il.

Elle fit un signe de dénégation.

— Quand j'étais jeune, j'ai découvert ma tante pendue ainsi. Après avoir perdu un enfant d'une fièvre mortelle, elle n'avait plus toute sa raison. J'en rêve même encore aujourd'hui. Et il y en a eu d'autres, ces dernières années. J'ai dû m'occuper des enterrements. Le prêtre refusait de s'en charger, mon mari également.

— Je suis désolé, dit-il en posant la main sur son épaule qu'il sentit trembler. Si cela devait se reproduire, je m'en chargerai. Il faut traiter les gens qui meurent de cette façon avec dignité.

— Qu'allez-vous faire ?

— Je vais décrocher cet épouvantail, découvrir qui a fait ça, et pourquoi. Des soupçons courant sur tout le domaine n'apporteraient rien de bon.

— Et comment allez-vous procéder ? demanda-t-elle en posant la main sur son bras. J'ai le droit de le savoir. Si vous punissez tout le monde, vous ne ferez que créer du ressentiment.

— Vous n'avez aucun droit, et sachez qu'il s'agit de *mon* domaine. Je traiterai cela à ma manière, répondit-il en se dégageant.

Il s'approcha de l'épouvantail, tira son couteau de sa ceinture, et trancha la corde à laquelle il était suspendu d'un seul coup. Quand le mannequin s'écroula sur le sol, Brand découvrit avec dégoût que l'auteur du forfait avait réussi à se procurer un casque viking pour son déguisement.

Il le ramassa et eut un choc quand il réalisa à qui il appartenait. La témérité de celui qui l'avait volé lui coupa le souffle.

— A qui ce casque appartient-il ?

Brand le soupesa dans sa main.

— Hrearek sera plutôt embarrassé quand je vais lui rendre.

Edith écarquilla les yeux de surprise.

— Est-ce le Viking qui a tenté de molester Hilda hier soir ? C'était très brave de sa part. Mes gens ne le sont pas autant.

— Vous voulez plutôt dire téméraire, rétorqua Brand. Il devait être plus ivre que je le croyais. Je vais bien m'amuser, quand je vais lui présenter son casque. Il doit le chercher partout.

— Dans la situation où nous sommes désormais, pourquoi un Northumbrien aurait-il fait une chose pareille ? reprit-elle en fronçant les sourcils.

— Nous avons une interprétation des événements différente, affirma Brand en tapotant le casque du doigt. Hrearek n'a rien fait dont il puisse avoir honte. Cependant, certains Northumbriens ont pu y trouver à redire. Votre cousine était la maîtresse du seigneur, après tout.

— Je peux vous affirmer qu'aucun de mes gens n'a fait ça, répéta-t-elle, la bouche pincée avec obstination.

— *Vos* gens ?

— Les Northumbriens, si vous préférez, corrigea-t-elle en rougissant. Ceux qui ont été conquis.

— Vous prétendez que c'est là l'œuvre d'un fantôme ?

— Ou d'un Viking, répliqua-t-elle. Qui chercherait à semer la zizanie ? Peut-être quelqu'un nourrit-il des griefs contre vous.

— Pourquoi ? Qu'espérerait en tirer l'un de mes hommes ? Si quelqu'un est mécontent, il est invité à le dire tout haut. Il peut même me défier pour diriger le *felag*.

Edith se mordilla la lèvre et prit un air suffisant.

— Si j'avais réponse à cela, je vous le dirais. Mais je pourrais poser la même question en ce qui nous concerne. Pourquoi les gens qui vivent ici se risqueraient-ils à déplaire à leur nouveau maître ? Ils vous craignent, et redoutent vos châtiments éventuels.

— Quand j'aurai besoin de vos opinions, je vous les demanderai, assena Brand.

Il avait envie de cogner sur quelque chose, très fort. C'était là la première mise à l'épreuve de son autorité, et il n'échouerait pas. En dépit de son récit, et de son air choqué, il avait sans doute devant lui la coupable la plus plausible. Le foin sur sa robe en était une preuve criante. Mais il doutait qu'elle ait accompli ce forfait seule. Il aurait dû la rejoindre au lit et prendre son plaisir, plutôt que la laisser libre de nuire.

— Attendez, je vous en prie ! l'implora-t-elle avec une intensité qui résonna dans la cour déserte.

— Pourquoi ? fit-il en essayant de refréner sa fureur.

— Vous vous êtes fait votre opinion sans même avoir connaissance de tous les faits. Il vous faut réunir tout le monde, et interroger. Alors seulement vous connaîtrez la vérité.

— Pourquoi ferais-je cela, au nom du ciel ?

— Vous avez proclamé être le seigneur de tous, Northumbriens comme Vikings, répliqua-t-elle en pointant le menton. Vous ne voudrez pas diviser, et semer les graines de la discorde.

Brand se figea aussitôt. Il se souvenait de sa mère, qui se plaignait de son impatience.

— Et vous êtes donc certaine qu'il ne s'agit pas de l'un des vôtres.

— Je le jurerais sur ma vie.

— Quand je vous aurai prouvé que le coupable est dans vos rangs, j'attendrai de vous que vous me montriez tout ce qui est encore caché, décréta-t-il alors.

— Je pense que vous avez tout trouvé.

— Insulter mon intelligence ne vous mènera nulle part.

— Comment pouvez-vous avoir la certitude que j'ai caché des choses ? insista-t-elle en se frottant le cou.

— Parce que c'est ce que j'aurais fait moi-même.

Avant qu'elle puisse protester il lui enjoignit de se taire d'un geste.

— Ne vous inquiétez pas, je trouverai tout de toute façon. Mais cela irait plus vite avec votre coopération.

Elle le défia du regard, et fut la première à détourner les yeux.

— Très bien, dit-elle. S'il s'avère que c'est un de mes gens, je vous montrerai toutes les cachettes que je connais. Je refuse que quiconque souffre en mon nom. Mais vous, que me donnerez-vous, s'il s'avère que le coupable est un Viking ?

— Le droit de rester ici, sans la moindre contrainte, aussi longtemps que vous le désirerez.

— En tant que conseillère ? demanda-t-elle en penchant la tête sur le côté.

— Si tel est votre désir.

— J'accepte votre offre avec joie ! s'exclama-t-elle en

tendant la main. Je connais mes gens. Précédons-nous tout de suite au rassemblement et à l'interrogatoire ?

— Avez-vous un meilleur plan ?

— Nous ferons comme vous voudrez, répondit-elle en baissant la tête.

Brand esquissa un sourire. Elle était tombée dans son piège. Il la démasquerait. La journée s'annonçait plus faste qu'il l'avait prévu.

Chapitre 6

Edith attendait dans la cour, tête haute mais la gorge serrée. C'était une chose d'accepter les termes du marché de Brand avec bravache, et une autre d'en attendre le dénouement.

Il fallait qu'elle ait raison quant à l'innocence de son entourage dans cette mascarade. Tout son avenir dépendait de son instinct. Si elle pouvait prouver à Brand qu'il se trompait, elle n'aurait pas à être sa concubine. Elle deviendrait sa conseillère, et l'épée suspendue au-dessus de sa tête disparaîtrait. Dans le cas contraire, elle perdrait tout.

Les bras le long du corps, raide comme un piquet, elle regardait en silence la cour se remplir peu à peu de Northumbriens et de Vikings, tous encore ensommeillés et bâillant sans retenue. Tout le monde avait été réveillé, depuis les guerriers vikings jusqu'au gardien des cochons.

Brand était campé face à l'assemblée, en tenue de bataille, sa double hache posée contre sa jambe, le casque dont avait été affublée la figure de paille tenu derrière son dos.

— Qu'est-ce qui se passe, Brand Bjornson ? demanda Hrearek. Pourquoi nous as-tu réveillés ? Je croyais que nous aurions une journée de repos, surtout après le festin dont tu nous as régalés.

Les autres Vikings firent écho à ces paroles en grommelant.

Brand se renfrogna. Il se racla la gorge et les grommellements cessèrent aussitôt. Les hommes se redressèrent, mais ceux qui avaient semé le trouble au banquet la veille ne se privèrent pas de lui lancer des regards malveillants.

Edith voulut palper son trousseau de clés pour se réconforter, puis se souvint. Si elle avait tort, l'atmosphère de défiance et de mécontentement ainsi engendrée serait bien pire que tout ce qu'elle imaginait. Elle croisa les doigts, et espéra. Le coupable n'était pas Northumbrien, elle en était convaincue. C'était une machination destinée à semer la méfiance.

— Nous avons une question à résoudre, commença Brand d'un ton dur.

Il fit un signe vers le plus vindicatif des Vikings.

— Il semble que tu n'aies plus de casque, Hrearek.

Hrearek se rengorgea, et bomba le torse.

— Il n'est plus là où je l'avais laissé. Je n'ai pas eu le temps de le chercher. Celui qui l'a pris va le regretter quand je lui mettrai la main dessus, je te le jure ! Sur mon honneur de Viking !

— C'est curieux. Moi, je l'ai trouvé tout de suite, assena Brand en lui lançant le casque en pleine poitrine. Cherche-le mieux la prochaine fois, Hrearek ! Ça peut être une question de vie ou de mort. Nous sommes ensemble depuis trop longtemps pour que je risque de te perdre à cause de ton inattention.

Hrearek jura en le mettant brusquement sur sa tête. Edith serra les dents et se concentra pour regarder droit devant elle et ne pas croiser le regard mauvais et arrogant du Viking.

De tous ceux qui auraient pu se faire voler leur casque, il fallait que ce soit lui, l'homme qui avait voulu mettre Hilda dans son lit.

Elle s'était fait un ennemi la veille, mais elle savait qu'elle agirait de la même façon si elle devait de nouveau protéger Hilda ou n'importe quelle femme de sa maisonnée. Le cœur soudain serré, elle inspira une grande goulée d'air, et pria en silence pour que l'épouvantail pendu ne soit pas une vengeancc infantile de Hilda. Elle se rappela un incident avec des noix et un mannequin en paille confectionné par ses soins qui avait mal tourné à Noël dernier. Egbert avait ri, mais le garçon de cuisine avait été battu avant que la vérité se fasse.

— La prochaine fois, Hrearek, je tiens à ce que tu sois correctement vêtu avant de te présenter avec la troupe, tonna Brand.

— Oui, seigneur, dit-il en se redressant.

— L'incident est clos.

Hrearek alla se placer derrière son *jaarl*. Les autres hommes de Brand lui emboîtèrent le pas : une démonstration de force des Vikings, qui prouvaient ainsi qu'ils faisaient corps avec leur chef.

Edith sentit une grosse boule dans sa gorge. Son instinct l'avait-il trompée ? Elle fit prestement taire la petite voix qui lui dictait de se retirer avant dc subir une terrible humiliation, et avant que Hilda se retrouve en danger. Mais rien n'était encore prouvé. Ce n'était pas parce qu'elle avait réalisé des mannequins en paille à Noël dernier qu'elle était responsable cette fois-ci. Elle regretta de ne pas s'être souvenue de cette plaisanterie avant d'ouvrir la bouche, marchandant des trésors cachés contre la liberté de vivre comme elle l'entendait. Elle regarda autour d'elle et s'aperçut que Hilda n'était pas là.

Elle se haussa sur la pointe des pieds pour la repérer dans la foule. Alors qu'elle hésitait à demander à Brand la permission d'aller la chercher, elle vit Hilda entrer dans la cour, enveloppée de plusieurs châles, et bâillant sans discrétion. Elle lui fit signe, et Hilda courut vers elle.

— Que se passe-t-il, Edith ? Pourquoi avons-nous été tirés de nos lits ? Quelles nouvelles tortures ces Vikings ont-ils imaginées ? Est-ce ta faute ?

Edith posa son doigt sur ses lèvres. Quoi qu'il arrive, il fallait qu'elle parvienne à faire garder son calme à Hilda. Il était inenvisageable qu'elle s'affole maintenant.

— Tout va être expliqué, mais on a trouvé un épouvantail.

— Un épouvantail ? C'est magnifique ! s'exclama Hilda en applaudissant. Etait-ce pour se moquer des Vikings ? Comme c'est malin !

— Que sais-tu à ce sujet ?

— Ne me pose pas de questions, ma chère cousine, répliqua Hilda avec un petit geste pour la repousser. Je suis simplement ravie que d'autres veuillent riposter. C'était un avertissement destiné à tous les Vikings : ils contrôlent peut-être les terres, mais nous finirons par l'emporter.

— Ce n'est pas riposter que se livrer à des plaisanteries stupides, rétorqua Edith. Elles pourront revenir te hanter. Ou pire, blesser des innocents qui seraient accusés à tort. Sois un peu plus prudente, Hilda !

— Tu me traites comme une enfant, cousine. Comme si je pouvais faire une chose aussi inconsidérée !

— Je te traite comme une enfant quand tu te comportes comme telle, fit Edith avant de soupirer. Ce petit incident a mis Brand Bjornson très en colère.

— Tu n'as rien fait de stupide, n'est-ce pas ? murmura Hilda, en écarquillant les yeux tout en resserrant ses châles autour elle. Tu as eu tort d'essayer. Toute cette aventure est une erreur, du début à la fin. Tu aurais dû te concilier ses bonnes grâces.

Edith sentit son inquiétude grandir encore. Elle avait

lancé les dés, et maintenant il lui fallait espérer une heureuse issue.

— Je lui ai dit que cela ne pouvait pas être l'un des nôtres. Nous avons passé un marché.

— Que lui as-tu promis, cousine ?

— Commençons-nous, lady Edith ? demanda Brand, coupant court à sa panique.

— Oui, bien sûr, dit-elle d'une voix bien plus calme qu'elle ne l'aurait cru possible. Tout comme vous, je désire tirer cette affaire au clair. Je n'aime pas les mystères.

— Lady Edith et moi avons découvert un épouvantail pendu à un arbre ! tonna Brand, l'air plus féroce que jamais. Qui l'a placé là ? Qui cherche à se moquer de moi, et de mes hommes ? Avouez, tout de suite ! Nous ne sommes pas des criminels qui méritons la pendaison, mais les seigneurs et maîtres légitimes de ce lieu. Nous avons gagné cette terre par la force de nos épées, et nous la garderons !

Il brandit alors son épée et la planta dans le sol.

Toute la cour devint aussitôt silencieuse, et Edith fut surprise qu'une telle foule en soit capable. Mais foudroyée par le regard de Brand, était-ce étonnant ? Elle se mordilla la lèvre inférieure.

Un enfant poussa un faible cri, vite étouffé par les injonctions de sa mère, mais personne ne prit la parole.

— Personne ? demanda Brand en haussant un sourcil, après ce silence qui sembla durer une éternité. Vous prétendez donc que cet épouvantail est apparu comme s'il était tombé du ciel ?

Des murmures et des raclements de pieds lui répondirent. Il porta la main à son oreille.

— J'ai du mal à vous entendre. Il y a un responsable, et je finirai par le découvrir. Je suis un homme pacifique, mais susciter mon courroux ne donne rien de bon. Si l'un de vous protège cette personne, ou des rebelles, il aura de sérieux ennuis.

Le silence seul lui répondit encore, mais Edith constata que le ressentiment commençait à s'exprimer sur les visages des Northumbriens.

— Si personne ne parle, tout le monde sera puni, menaça Brand.

— Et qu'allez-vous faire ? Châtier tout le monde, y compris les enfants ? demanda Edith en essayant de paraître calme. Les innocents comme les coupables ? Aucun rebelle n'est revenu, je veux bien le jurer sur la Bible. Aucun des hommes qui ont suivi Egbert n'a pu faire ça. Le coupable est dans cette cour.

— Que suggérez-vous, lady Edith ? répliqua-t-il d'un ton glacial. Je vais trouver le coupable, faites-moi confiance. Plus cela prendra de temps, plus ce sera terrible… pour tous. Etes-vous sûre de n'avoir rien vu ?

— Vous restez donc persuadé qu'il s'agit d'un Northumbrien ? insista Edith en se forçant à ne pas regarder Hilda.

Plus le temps passait, moins elle pensait que Hilda était impliquée dans l'affaire. Elle ne mettrait jamais ainsi les autres en danger, car elle avait bon cœur.

Brand fit le geste de balayer l'assistance.

— Comme vous le voyez, mes hommes n'ont rien à voir là-dedans. Ils se seraient tout de suite dénoncés, et auraient dit la vérité. Cela fait partie du code du *felag*. Si un homme ne peut pas avoir confiance en ses compagnons, le *felag* ne peut pas tenir. Si quelqu'un avait manqué d'assez de discernement pour commettre ce forfait, il se serait dénoncé, c'est notre code.

— Vous avez confiance en vos hommes.

— Sur ma vie.

— J'éprouve la même chose pour mes gens, assura Edith en croisant les bras. Ce ne sont pas des guerriers, mais ils savent ce dont un guerrier est capable. Ils vous craignent !

— Que proposez-vous ? Ce rassemblement de tous n'a pas donné le résultat que vous escomptiez.

— Si vous devez châtier quelqu'un, alors châtiez-moi.

Aucun innocent ne souffrirait. Cela ne pourrait pas être pire que ce qu'elle avait enduré avec Egbert.

— Vous ? s'étonna-t-il, en haussant un sourcil.

— Si quelqu'un doit assumer la responsabilité de cette plaisanterie stupide, me châtier enverra un message, dit Edith, joignant les mains en un geste de supplication. Cela vaut bien mieux que brûler une réserve ou incendier une grange. Ils ont déjà tant perdu, pourquoi perdraient-ils encore plus ?

Elle s'était assurée qu'on puisse l'entendre distinctement jusqu'au fond de la cour. Les gens hochèrent la tête à ses dernières paroles.

— Il faudrait la fouetter ! s'exclama Hrearek. Pour avoir osé te défier ! Nul besoin de chercher un coupable plus loin. Ta concubine devrait recevoir cent coups de fouet pour sa provocation !

Les autres Vikings frappèrent leur bouclier avec la poignée de leur épée.

Edith se mit à flageoler. Cent coups de fouet… elle n'y survivrait pas !

— Vous avez une si piètre opinion de moi ? demanda Brand, ignorant le brouhaha naissant. Vous pensez que j'ai l'intention de brûler une réserve quelconque ou de priver les gens de nourriture ? C'est pour cela que vous voulez vous faire punir ?

Elle s'obligea à redresser les épaules.

— Je veux que ce calvaire cesse. Vous avez l'intention

de châtier un Northumbrien. Alors châtiez-moi, et qu'on en finisse !

— Ce calvaire, comme vous le nommez, c'est votre idée. Je croyais que vous vouliez trouver le vrai coupable ? Qui soupçonnez-vous ?

Elle croisa de nouveau les bras. Elle ne pouvait pas accuser Hilda sans preuve, et Hilda s'évanouirait avant même que le premier coup ne l'atteigne.

— Je n'en ai pas la moindre idée, et je le regrette.

— Si, vous devez avoir une idée, insista Brand en se tournant vers elle. Allez-vous avouer, lady Edith ? Est-ce la raison pour laquelle vous aviez du foin sur votre robe ?

Edith porta la main à sa gorge, car la journée se transformait soudain en cauchemar.

— Je ne veux pas voir souffrir un innocent, c'est tout, dit-elle, la bouche sèche. Je n'ai pas menti, quand je vous ai dit que j'étais allée voir mon cheval. J'accepterai le châtiment, parce que j'y suis obligée.

Une voix d'enfant s'éleva tout à coup.

— Je… je sais ! Je sais qui l'a fait, et ce n'était pas une lady. Vous ne devez pas punir lady Edith, ce n'est pas juste !

Des murmures d'étonnement traversèrent la foule.

— Qui parle ? cria Brand en mettant sa main en visière sur ses yeux. Je veux le voir, et entendre son récit.

— Moi, seigneur. Je veux parler.

Le cœur d'Edith fit un bond : Godwin ! Mais ce ne pouvait pas être lui. Il n'aurait pas eu la force de soulever la figure de paille, et aurait encore moins osé voler un casque.

La mère de Godwin se précipita et joignit les mains en un geste de supplication.

— Pardonnez mon fils, il ne sait pas ce qu'il dit ! Ce n'est qu'un enfant. Epargnez-le, et châtiez-moi à sa place. Je vous en supplie ! Il est si jeune !

— Je sais ce que je dis, mère, et je sais qui a fait ça, répliqua l'enfant d'une voix forte.

Il se libéra de la main que sa mère venait de poser sur son épaule et fit quelques pas vers Brand.

— Vous devez m'écouter, chef des Vikings, si vous voulez la justice, plutôt que simplement punir la lady.

Edith se mordit la lèvre. Comment Godwin aurait-il pu savoir quoi que ce soit ? C'était une tentative gentille mais maladroite pour la protéger.

— Brand, ce n'est qu'un enfant, intervint-elle. Il est le seul membre masculin de sa famille, désormais. Il n'a rien fait, c'est un bon garçon.

— Avance-toi, Godwin, que tout le monde te voie et entende ton témoignage. Tu n'as rien à craindre, dit Brand en lui faisant un geste impérieux de la main, avant de foudroyer Edith du regard. Tu verras que la justice viking est impartiale.

Godwin s'avança et se campa devant Brand. Il leva le menton et soutint son regard. Edith savait qu'Athlestan, son père, aurait été heureux de voir le genre d'homme que deviendrait sans doute son fils.

— Je vous fais confiance pour être juste, seigneur, dit-il.

— Et comment saurais-tu quelque chose, Godwin ? demanda Edith en ignorant le coup d'œil furibond que lui lança Brand. Tu aurais dû être chez toi, en train de dormir.

— Mais c'était le cas, milady ! répondit à sa place sa mère, l'air terrifié. Je le jure ! Avec tous ces Vikings en pleine célébration, je ne pouvais prendre aucun risque. J'ai verrouillé la porte, et je suis restée assise devant toute la nuit, au cas où il se passerait quoi que ce soit. Mon fils dormait dans le grenier.

Souhaitant qu'il comprenne l'inanité des propos de Godwin, Edith se tourna vers Brand.

— Vous voyez bien ! s'exclama-t-elle.

— Je voulais regarder les guerriers, milady, coupa Godwin en s'inclinant très bas. Je vous demande pardon, ainsi qu'à ma mère. Je suis sorti du grenier en passant par l'extérieur.

Il bomba la poitrine et croisa les bras. Sa voix prenait de plus en plus d'assurance.

— Je suis bon grimpeur, c'était facile. Je vous ai vue quitter le festin avec lady Hilda, et j'ai entendu les chansons du barde sur les exploits de Brand Bjornson. Après j'ai eu peur de rentrer et de réveiller ma mère, alors j'ai décidé de dormir aux écuries, dans la paille.

— C'est vrai, milady, intervint un garçon d'écurie. Je l'ai découvert dans la réserve de paille, roulé en boule comme un loir.

Brand s'accroupit pour que son visage soit à la hauteur de celui de l'enfant. Ce garçon avait vu quelque chose, il le sentait. Etrangement, Godwin lui rappelait un autre enfant, en Norvège, il y avait bien longtemps. Il se souvenait très nettement s'être caché sous une table pour voir festoyer son père.

— Qu'as-tu vu, mon garçon ? Quel Northumbrien a fait ça ?

— Ce n'était pas un Northumbrien, seigneur. Je ne connaissais pas cet homme.

Brand se releva brusquement, un nœud dans l'estomac, révulsé à l'idée que le coupable puisse être l'un des siens. Le garçon devait se tromper, aucun d'eux n'aurait osé !

— Explique-toi. Tu veux dire que c'est un Viking ?

Godwin acquiesça d'un hochement de tête presque imperceptible.

— Je crois, seigneur. Euh… oui, j'en suis sûr.

— Tu vas autoriser ce gamin à nous accuser ? vociféra Hrearek. Tu devrais plutôt châtier lady Edith !

Les autres membres du *felag* martelèrent de nouveau leurs boucliers avec leurs épées. Brand fronça les sourcils. Hrearek parlait bien trop vite, et il était indiscipliné.

Il leva la main, et les Vikings firent aussitôt silence.

— Je veux entendre ce garçon.

— Qui as-tu vu, Godwin ? demanda Edith en lui passant un bras autour des épaules. N'aie pas peur. Dis la vérité et couvre le coupable de honte.

— Je… je l'ai vu, lui, répondit Godwin en pointant le doigt vers Hrearek. Il l'a fait, et maintenant il veut vous faire punir, lady Edith, et c'est très mal !

Le grand Viking devint écarlate et commença à fulminer.

— Moi ? Pourquoi aurais-je fait ça ? Je cherchais mon casque, c'est pour ça que je suis arrivé en retard. Je ne suis jamais allé aux écuries. Je n'aime même pas les chevaux.

— As-tu la moindre preuve, Godwin ? fit Brand.

La signification de ce geste le frappa alors comme une évidence. Hrearek… Au cours des dernières semaines, depuis que Brand avait été honoré par Halfdan, Hrearek était devenu de plus en plus insolent, à la limite de l'insubordination. Essayerait-il de saper son autorité de cette façon ? Ce genre de chose se produisait dans les *felag* mal dirigés, et il se flattait quant à lui de bien mener le sien, tout comme l'avait fait Sven avant lui.

Il serra les dents. Il avait désespérément besoin de preuves. Hrearek et lui étaient ensemble depuis trop longtemps pour qu'il se contente de la simple parole d'un enfant. Cependant, au plus profond de lui-même, il sentait que Godwin disait la vérité. Il avait vu Hrearek, ce qui expliquait la présence de son casque.

— C'est une chose très grave que d'accuser un guerrier, dit-il d'un ton volontairement menaçant.

Les yeux de l'enfant s'embuèrent. Cela ramena Brand à une époque où il était un peu plus jeune que Godwin. Il avait affronté son père, et lui avait raconté la vérité sur sa femme, qui persécutait sa mère, simple concubine, et complotait contre elle. Personne ne l'avait défendu. Il avait été battu après avoir été accusé de mensonge, mais la vérité avait fini par se savoir après la mort de sa mère.

— Je le sais, seigneur, mais je ne pouvais pas laisser lady Edith être punie pour rien.

— Il accuse Hrearek ? Un simple gosse ? Voilà qui est brave ! cria l'un des hommes.

— Tu vas le défendre ? Contre un des hommes du *felag* ? Où est la preuve ? s'exclamèrent d'autres.

Brand se raidit alors que le brouhaha s'intensifiait. C'était là l'issue la pire de toutes. Hrearek était très populaire auprès de certains. Et Brand voulait par-dessus tout éviter que le *felag* se scinde en deux, ce qui amènerait ses hommes à choisir un camp.

Il lui faudrait trouver un moyen pour que Hrearek avoue. Si celui-ci avait vraiment l'intention de le défier pour le commandement du *felag*, Brand avait besoin de s'appuyer sur une preuve indiscutable, qui lui permettrait d'agir ensuite selon la stratégie qu'il aurait choisie. Les sagas regorgeaient de récits d'hommes qui avaient attendu trop longtemps et tout perdu.

Godwin avait maintenant les yeux pleins de larmes.

— Il n'a pas parlé, je n'ai pas entendu sa voix…, bredouilla-t-il.

— Je vois. Donc, pas de preuve, fit Brand en hochant la tête. Aurais-tu pu te tromper ? Il devait faire très sombre, dans les écuries.

— C'était la pleine lune, la nuit dernière, répliqua Godwin. Je voyais très bien, et je sais ce que j'ai vu. Il boite un peu, et il sent l'huile pour les cheveux.

— Godwin, intervint Edith en s'agenouillant devant lui, tu ne peux pas accuser un Viking au hasard. Tu ne pouvais pas être sûr, dans la pénombre. Brand Bjornson a besoin de quelque chose qu'il pourra tenir dans sa main, ou qu'il pourra voir de ses propres yeux. Cet homme a-t-il laissé quelque chose derrière lui, une trace quelconque ?

Godwin pencha la tête sur le côté. Brand souhaita de toutes ses forces qu'il se souvienne de quelque chose d'important. Soudain, le visage de l'enfant s'éclaira.

— J'ai cette broche. Je l'ai retrouvée par terre après son départ, dit-il en plongeant la main dans sa poche.

— Puis-je la voir ? demanda Brand en tendant la main.

Le garçon la lui déposa dans la main, et Brand bénit l'enfant silencieusement. Il n'avait pas besoin de demander à qui elle appartenait. Il l'avait suffisamment vue, accrochée à différents manteaux, ces dix dernières années. Il se rappelait même le jour où Hrearek l'avait achetée. Il referma le poing dessus et contint son envie de hurler de rage. Il aurait dû prendre la mesure du problème depuis des semaines déjà, mais il avait choisi d'ignorer les remarques acerbes et répétées de son compagnon d'armes.

— Tu as dit que tu n'es jamais allé aux écuries, Hrearek ?

— Il a dit jamais, seigneur ! s'écria l'un des proches de Hrearek. Pour moi, c'est suffisant. Un membre du *felag* ne mentirait pas à son chef.

— A moins qu'il n'ait l'intention de le défier pour le commandement, répliqua Brand d'un ton calme. Y en a-t-il parmi vous qui voudraient me défier ?

Il attendit que Hrearek prenne la parole, mais l'homme resta silencieux, évitant son regard. Son estomac se noua.

L'attitude de Hrearek venait de sceller son destin. Il fallait donc agir en conséquence, mais il ne s'en réjouissait pas pour autant.

— Qu'as-tu dit que méritait le coupable, Hrearek ? Rafraîchis donc ma mémoire !

— Cent coups de fouet ! répondit Hrearek avec un air de défi.

— Peux-tu expliquer pourquoi Godwin a trouvé ta broche dans les écuries ? demanda Brand en la brandissant sous le nez de Hrearek.

— Je… je…

— Tu pensais me donner une leçon, peut-être ? Tu estimais que c'était toi qui méritais les honneurs, c'est ça ? Et que toi, plutôt que moi, aurais dû devenir chef du *felag* après la mort de Sven, et devenir comte ?

Une colère légitime grondait en Brand. Hrearek avait encore des choses à apprendre, s'il voulait le défier pour le commandement.

— Je ne sais que répondre, dit Hrearek. Tu es un chef compétent, Brand. Je ne te défierais jamais, tu le sais. Rappelle-toi Constantinople.

Dégoût et déception se mêlaient en Brand. Certes, Hrearek ne l'aurait jamais défié ouvertement. Il aurait cherché à le discréditer avec de petites plaisanteries, des mauvais tours… Puis, quand un autre homme peut-être aurait remis en cause son commandement, il serait entré en scène. La traîtrise du procédé l'écœura.

— Mais moi, je te défie ! répliqua Brand en jetant la broche aux pieds de Hrearek. Quel est le châtiment réservé à un homme qui rompt son serment solennel ?

— La mort ! crièrent tous les Vikings d'une seule voix tout en frappant leurs boucliers.

— Peut-être t'ai-je mal entendu, Hrearek, reprit Brand.

Pourquoi étais-tu aux écuries ? Ou vas-tu nier que cette broche t'appartient ?

Hrearek tomba à genoux, son expression trahissant sa couardise et sa terreur.

— Je t'en prie, par le marteau de Thor ! Je n'avais pas de mauvaise intention ! J'étais ivre. C'était une plaisanterie stupide. J'ai cru que tu trouverais ça amusant. J'allais parler, au moment où le garçon est intervenu. Tu dois me croire.

Il émit un rire forcé, mais personne ne se joignit à lui.

— C'était juste une blague, Brand ! Tu n'as quand même pas perdu ton sens de l'humour ! s'exclama Hrearek, avec un geste de supplication. Toi aussi tu as fait des blagues. Nous en avons fait tous les deux, et n'avons blessé personne. Allez, mon ami, détends-toi !

Brand s'efforça de maîtriser sa rage. Il avait envie d'arracher la tête de Hrearek. Pour qui se prenait-il, à se comporter ainsi ? L'affaire ne pouvait pas être traitée à la légère. Il fallait qu'il considère cela comme une partie de *tafl*. Un seul coup raté, et l'on perdait tout.

— Non. Tu l'as fait pour que je me défie des Northumbriens. Et tu voulais que je châtie une innocente. Tu as accusé lady Edith, et demandé un châtiment public, martela Brand en serrant les poings, ce qui l'aida à reprendre contrôle sur lui-même. Tout cela parce que tu n'as pas réussi à mettre de femme dans ton lit hier soir. Tu as déshonoré le *felag*. C'est indiscutable. Un guerrier qui ne peut pas tenir sa parole et cherche une vengeance mesquine n'est pas fiable et ne me sert à rien.

Hrearek devint blême, et les hommes qui l'avaient entouré dès qu'il était arrivé dans la cour s'écartèrent de lui comme d'un pestiféré. Brand ne regarda pas Edith. Il avait désormais une dette envers elle. Si elle n'avait pas tant insisté, il aurait puni la mauvaise personne, et permis à l'influence néfaste de Hrearek de se répandre.

— Compte tenu de notre passé, Hrearek, je serai clément cette fois. Je vais laisser lady Edith décider de ton châtiment, puisque tu as été si prompt à l'accuser.

Hrearek se releva, une infime lueur d'espoir dans les yeux.

— Clément ? murmura-t-il.

— Souhaites-tu me défier pour le commandement ?

Hrearek se passa la langue sur les lèvres. Il regarda autour de lui, et constata qu'il était seul.

— Non. Je n'ai aucune envie de me battre avec toi, Brand Bjornson, répondit-il. Jamais je ne le ferai. Tu m'as sauvé la vie à de trop nombreuses reprises. Cela ne se reproduira pas. Epargne-moi, je t'en supplie, au nom de notre longue histoire ensemble.

Brand s'inclina vers Edith avec un demi-sourire. Elle prétendait savoir diriger un domaine. Cette affirmation méritait d'être vérifiée. Avait-elle assez de cran pour mater des hommes tels que Hrearek ?

— Qu'en pensez-vous, milady ? Dois-je mettre cet homme à mort, comme mes coutumes l'exigent ?

Il attendit, espérant avoir bien pris la mesure de cette femme.

Elle fit lentement un signe de dénégation.

— La peine de mort devrait être réservée à des forfaits bien plus graves. Vous dites qu'il est un guerrier de valeur ?

— L'un des meilleurs dont dispose Halfdan. Il a combattu longtemps, et très dur. Son avertissement opportun a empêché les rebelles de prendre le dessus quand ils ont rompu la trêve.

Elle hocha la tête, comme si elle avait compris son dilemme. Il souhaita de toutes ses forces qu'elle fasse le bon choix.

— Alors il devrait être renvoyé à Halfdan avec vos recommandations. C'est à Halfdan de juger.

— Les dieux vous bénissent, milady ! s'exclama Hrearek en se jetant à genoux devant elle.

Brand considéra Edith avec un certain étonnement. Il s'était attendu à ce qu'elle demande que l'homme subisse le châtiment qu'il avait exigé pour elle. Se débarrasser de lui résolvait bon nombre de problèmes.

— Attachez-le. Conduisez-le à Jorvik, auprès de Halfdan, ordonna-t-il. Qu'il devienne son problème, et cesse d'être le mien. J'ai l'intention de maintenir la paix dans cette partie du North Riding. Lady Edith a parlé, et j'accède à sa requête. Hrearek est un guerrier de bien trop de valeur.

Les hommes lui obéirent sur-le-champ, et Hrearek fut emmené. Brand choisit pour l'escorter deux hommes qu'il savait ne pas être trop proches de Hrearek. Ils ne se firent pas prier pour obtempérer.

Brand sentit la tension se relâcher dans ses épaules au fur et à mesure que la cour se vidait. Hrearek n'avait pas sapé son autorité d'une manière irrémédiable, mais il ne permettrait plus à quiconque, ou à quoi que ce soit, d'interférer. Il reprendrait la tâche qui avait incombé à Hrearek d'entraîner les hommes, jusqu'à ce qu'il ait décidé quel serait son meilleur remplaçant.

Il jeta un coup d'œil vers Edith, dont les lèvres rouge foncé étaient légèrement entrouvertes. Sa robe plaquée contre son corps par une légère brise moulait ses formes. Personne ne le distrairait. Lady Edith était une épine dans son pied qui attendrait. Sans la saluer, il retourna vers la grande salle, pour commencer l'examen fastidieux des livres de comptes afin de découvrir où ils avaient été falsifiés.

Les poings serrés, Edith attendit patiemment que tout le monde ait quitté la cour. Si Brand pensait pouvoir l'ignorer, ainsi que faire fi de leur accord, il faudrait qu'il trouve autre chose. Le coupable avait été démasqué. Pas entièrement grâce à elle, certes, mais il devrait néanmoins honorer cette partie de leur accord.

Peut-être comprenait-il maintenant pourquoi il fallait qu'elle soit intendante. Si elle n'avait rien à faire, elle deviendrait folle.

Sans se laisser le temps de ruminer, elle se dirigea vers la grande salle et s'arrêta net sur le seuil. Installé à la table haute, Brand était plongé dans les livres de comptes.

Elle se racla la gorge et il releva la tête.

— Etes-vous venue savourer votre victoire ? demanda-t-il, tout en tournant une page.

— Merci d'avoir écouté Godwin. Le vrai coupable a été démasqué, mais vous avez perdu votre bras droit. Je ne peux pas croire que vos hommes l'auraient condamné à mort pour cette peccadille.

— Je sais ce qui s'est passé, j'y étais, la rabroua-t-il, tout en fronçant légèrement les sourcils alors que son doigt suivait les lignes d'une page du registre qu'il consultait. Vous n'avez pas été tout à fait honnête à propos de la morue salée, n'est-ce pas ? Vous ne faisiez réellement pas confiance à votre mari. Vous avez mentionné qu'elle avait été jetée.

— Vous savez lire ? fit Edith, qui en resta bouche bée.

Son étonnement laissa aussitôt place à de la colère. Il s'était moqué d'elle ! Il savait lire ! Elle s'était crue maligne, et voilà qu'il avait utilisé les livres de comptes pour découvrir les réserves cachées !

— Tout comme vous, j'ai appris l'alphabet il y a bien

longtemps, répondit-il, les yeux pétillants, l'air nullement contrit.

Edith se laissa choir sur un banc, et essaya de rassembler ses idées. Brand Bjornson savait lire. Il s'était diverti à ses dépens quand elle s'était plantée devant lui pour lui lire la liste des réserves. En le considérant, la veille, comme un Barbare sans éducation, elle s'était montrée arrogante et condescendante. Elle secoua la tête. Sans doute méritait-elle cette déconvenue…

— Vous auriez dû me le dire, répliqua-t-elle. Cela aurait épargné des ennuis.

— Et vous priver de votre plaisir ? Certainement pas. Vous sembliez apprécier de vous mettre en avant.

— Et à quel degré savez-vous lire ?

— Mieux que la plupart des scribes, et je sais également écrire, répondit-il avant de montrer le registre. Je n'ai pas besoin d'intendant, lady Edith. Je n'ai pas l'intention de quitter cet endroit. J'en ai assez des errances, et de me battre pour les autres. Il est temps pour moi d'échanger mon épée contre une charrue.

— Il faudra toujours mener des batailles. Votre roi l'exigera.

— Halfdan devra trouver d'autres hommes pour cela. J'ai l'intention de tenir ces terres pour lui.

— Nous avions un accord, vous et moi, insista-t-elle en serrant ses mains l'une contre l'autre.

— Si vous aviez réussi, vous auriez eu votre récompense.

— Si j'avais réussi ? répéta-t-elle en croisant les bras pour essayer de contrôler la fureur qui montait en elle.

Tout d'abord il lui faisait croire qu'il ne savait pas lire, et maintenant, il osait dire qu'elle restait sa concubine en dépit de tout !

— J'avais mis dans la balance votre liberté contre

de l'or si vous démasquiez le coupable, dit-il. Je ne vous demanderai pas l'or, puisque le coupable a été trouvé.

— Comme c'est généreux de votre part, marmonna-t-elle entre ses dents.

— C'est aussi mon avis. Nous sommes arrivés dans une impasse, vous et moi. De mon point de vue, personne n'a gagné.

— Mais… j'ai… Enfin, j'ai aidé ! s'exclama Edith. Ce n'est que sur mon intervention que Godwin s'est résolu à parler.

— C'est Godwin qui a fourni la preuve. Et connaissant le garçon, j'imagine qu'il serait venu à moi en temps utile, répliqua-t-il en haussant un sourcil. Allez-vous le contester ?

Pour ne pas montrer qu'elle était ébranlée, Edith se redressa. Ainsi donc, en dépit de tout, elle resterait sa concubine. Ce n'était plus qu'une question de temps avant qu'il découvre son ignorance dans l'art de la séduction. Que se passerait-il ensuite ?

— Si je comprends bien, vous voulez donc dire que nous devons en rester aux termes de notre dernier arrangement, dit-elle lentement, incapable de prononcer le mot « concubine ». C'est-à-dire que je dois dormir dans votre lit, avec tout ce que cela implique ?

— Cette idée ne vous excite donc pas ?

Edith passa sa langue sur ses lèvres sèches. L'exciter ? Elle était terrifiée à l'idée de se montrer lamentable ! Mais elle avait envie de goûter sa bouche de nouveau. Comment pouvait-elle alors se qualifier ?

— Pas le moins du monde, lança-t-elle.

Elle attendit qu'il la traite de menteuse mais, imperturbable, il tourna une nouvelle page du registre.

— C'est bien dommage.

— C'est vraiment ce que vous pensez ? demanda-t-elle.

Je croyais que vous vouliez seulement vous affirmer. Je n'étais pas censée accepter, et vous voilà désormais lié par un arrangement que vous ne désirez pas.

— Cherchez-vous à parler à ma place ?

— Plutôt à clarifier les événements d'hier. C'est pour cela que vous avez offert de me faire la cour.

Elle décela un bref éclair dans ses yeux.

— Les choses ne se sont peut-être pas passées comme vous l'aviez prévu, mais Hrearek a été démasqué avant de pouvoir réellement me nuire. Ce n'est pas rien. Vous méritez une récompense, conclut-il en refermant le livre avec un claquement sec.

— Je n'ai donc pas à être votre concubine ?

Une vague de joie l'envahit, aussitôt suivie d'une surprenante sensation de déception. Elle avait envie de sentir ses bras l'enserrer, sa bouche contre la sienne, surtout après la façon dont il l'avait embrassée ce matin.

— Vous pourrez vous retirer dans votre propre lit le soir, dit-il avec un regard plein de malice. Puisque j'imagine que vous n'avez nulle envie d'aller dans un couvent, considérez-vous comme ma conseillère... pour le moment. Cela devrait vous faciliter la vie.

Son cœur cessa de battre une fraction de seconde. Il ne l'envoyait pas dans un couvent, et elle resterait ici, avec la position qu'elle voulait. Elle sentit alors de petits picotements dans sa nuque. Il n'avait rien mentionné sur le fait de partager son lit dans l'avenir, mais elle s'en soucierait plus tard.

— Etes-vous sincère ?

— Je ne vous fais pas cette offre à la légère, répliqua-t-il, ses yeux soudain de la couleur d'un lac en été.

— Je comprends.

— Quand j'aurai besoin de vous, je m'attends à ce que vous veniez à moi. De jour comme de nuit, reprit-il.

— Vous n'aurez guère besoin d'un conseiller la nuit, lui fit-elle remarquer avec un petit rire.

— Ce sont mes conditions. A prendre ou à laisser, dit-il en haussant les épaules.

La sensation de picotement dans sa nuque revint. Il mijotait quelque chose, mais son cœur lui souffla que cela n'avait pas d'importance. C'était peu à payer pour que la perspective de son avenir en tant que concubine disparaisse comme si elle n'avait jamais existé. Il n'aurait jamais besoin d'apprendre son incompétence au lit.

— Très bien, j'accepte vos conditions, conclut-elle en tendant la main. Je dormirai dans ma chambre, plutôt que d'attendre votre bon plaisir dans la vôtre.

Il enroula ses doigts chauds autour des siens, et le léger frisson qui semblait toujours la parcourir dès qu'il l'effleurait se manifesta de nouveau. Edith savait qu'elle avait les joues embrasées, et qu'il était fort conscient de l'effet qu'il lui faisait.

— Je... je vais informer Hilda de ces nouveaux arrangements, bredouilla-t-elle, le souffle un peu court. Immédiatement, ajouta-t-elle après s'être reprise en fronçant le nez.

Le sourire de Brand s'accentua, et il lâcha lentement ses doigts, comme s'il s'était agi d'une caresse qui s'attarderait. Elle dégagea prestement sa main et la mit derrière son dos, mais le contact avec sa robe ne fit qu'amplifier ses sensations.

— Pourquoi ? demanda-t-il.

— Il faudra qu'elle me laisse mon lit.

— Ce serait une bonne chose. Je n'aime pas l'idée que

vous partagiez votre lit avec qui que ce soit, déclara-t-il avant d'incliner la tête. Faites de beaux rêves, Edith.

Elle recula prudemment d'un pas.

— Il est loin d'être l'heure du coucher. De plus, je veux laisser à Hilda le temps de procéder à d'autres arrangements.

— Vraiment ? Je pensais que vous aviez passé une nuit troublée. Vous devriez vous reposer un peu, car vous ne savez pas ce que la soirée apportera.

— Je ne vois pas ce qu'elle apporterait d'autre que la paix.

— On peut l'espérer, dit-il, et l'ombre d'une fossette se dessina au coin de sa bouche. La paix, c'est ce dont on a besoin, quand on veut se reposer.

Edith quitta la grande salle en hâte, en s'efforçant de ne pas entendre le rire viril plein de chaleur qui accompagna sa sortie. Elle aurait dû se sentir soulagée que tout se soit déroulé comme elle l'avait espéré, elle en était consciente. Cependant, elle avait l'impression qu'elle venait de sceller un pacte avec Lucifer en personne.

Chapitre 7

Brand porta son gobelet d'hydromel à ses lèvres tout en observant Edith qui venait d'entrer dans la grande salle pour le souper. Plutôt que s'asseoir à côté de lui, elle s'arrêta à quelques sièges de lui et s'installa avec un grand déploiement de sa robe bleu foncé rehaussée de fils d'argent. Elle était tête nue, avec un vrai port de reine.

Il sourit intérieurement. La suite de son plan allait commencer. Il voulait sonder l'esprit d'Edith, afin de la connaître avant de la mettre dans son lit. Cela ne se terminerait sans doute pas par un mariage. Il avait choisi des années plus tôt le genre de femme qu'il épouserait : docile, excellente maîtresse de maison, et pour laquelle ses moindres paroles auraient force de loi. Edith ressemblait plus à une Walkyrie qu'aux femmes qu'il avait laissées en Norvège.

Le souvenir de sa réponse passionnée à son baiser de la matinée le hantait.

Elle pouvait croire qu'elle n'était plus sa concubine, mais pour lui la réalité était tout autre. Qu'elle soit désignée ainsi ou autrement n'avait pas d'importance. Ce qui comptait, c'était ce qu'il se passait maintenant.

En acceptant ses termes, elle avait commis une erreur tactique mais il ne voyait pas la nécessité de l'en informer.

Elle finirait par se rendre… Il était impatient de découvrir le prochain coup qu'elle lui réservait. Jouer à ce genre de *tafl* le faisait se sentir incroyablement vivant.

Brand fit signe à l'un des serviteurs, et s'assura que sa voix porterait. Il regarda avec insistance l'endroit où Edith riait avec l'un de ses hommes. Elle n'avait pas à rire avec Starkad. Il avait plus de femmes qui lui couraient après qu'il n'y avait d'étoiles dans le ciel.

— Informez lady Edith qu'elle doit s'asseoir à côté de moi, plutôt que se divertir avec l'un de mes hommes.

Edith devint cramoisie et se hâta de se lever. Le bleu de sa robe faisait ressortir la couleur de ses yeux.

— Je pensais que vous préféreriez souper avec vos hommes. Je les trouve très amusants.

— Vous êtes censée être ma conseillère, il est donc tout naturel que vous soyez assise à côté de moi.

Ignorant le sous-entendu selon lequel il n'était quant à lui pas amusant, il hocha la tête. Il pouvait être aussi amusant que n'importe qui, s'il le voulait.

— Au cas où j'aurais besoin d'un conseil, reprit-il. A quoi bon avoir un conseiller s'il est ailleurs à ce moment-là ?

— J'essaierai de m'en souvenir, dit-elle en s'installant avec grâce. Je ne veux que vous plaire.

Brand fronça les sourcils : il sentait qu'elle avait gagné cette joute oratoire sans le moindre effort.

Pendant le repas, elle mangea très peu, et répondit à ses questions d'une manière bien trop calme. Brand lui posa donc des questions de plus en plus embarrassantes, pour voir s'il pouvait susciter une réaction, mais elle garda un ton d'une politesse distante.

— Vous avez mentionné que vous jouiez au *tafl*, il me semble… Avec le départ de Hrearek, j'ai perdu un excellent adversaire, finit-il par dire alors que le souper touchait à sa fin et qu'elle s'apprêtait à se lever.

— Aucun de vos hommes…, commença-t-elle en s'asseyant de nouveau.

— Mes hommes ne sont pas à la hauteur. Vous, en revanche, me semblez avoir du potentiel.

Edith se raidit aussitôt mais garda les yeux fixés sur la table pour ne pas le regarder.

— Mon père m'a appris à jouer, mais…, dit-elle en essayant visiblement de garder un ton impassible.

— Mais vous n'avez pas joué depuis longtemps. Votre mari n'a pas été à la hauteur de vos attentes, l'interrompit-il, essayant de deviner. Il perdait contre vous.

— Malheureusement mon mari pensait que c'était un jeu d'hommes, mais j'étais très forte.

— Vous aimiez gagner.

— Ce n'est pas très amusant de jouer pour perdre !

— Je suis entièrement d'accord, approuva-t-il.

Elle leva la tête, et il décela une ombre infime de vulnérabilité dans son regard.

— Pourquoi me posez-vous la question ? demanda-t-elle.

— J'aimerais jouer avec vous, et tester vos capacités, répondit-il en résistant à la tentation de poser sa main sur la sienne, car elle ne l'en remercierait pas. Pas encore. J'aime m'assurer que mes conseillers comprennent les rudiments de la stratégie.

— Et quand cela ? fit-elle, tête penchée sur le côté.

— Ici, et tout de suite.

Il adressa un signe à l'un de ses hommes qui accordait un luth et ajouta :

— Un peu de musique en accompagnement, Starkad, je te prie. La saga de Ragnar.

— C'est celle où le roi Aella a subi le supplice de

l'aigle de sang, dit Edith avec un léger frisson au nom de cet homme qui avait largement contribué aux grandes invasions vikings dix ans auparavant.

— Le connaissiez-vous ?

— Mon père n'avait pas grande estime pour lui.

— Alors écoutons celle de Lindisfarne, avec Haakon le Brave. Elle est très ancienne, mais je l'apprécie toujours.

— Vous allez la faire chanter ici ? s'exclama Edith qui semblait sincèrement choquée.

— Au vainqueur ses privilèges ! clama Brand en portant son gobelet à ses lèvres. L'homme qui a conduit le raid était l'un de mes ancêtres, du côté de mon père. On dit que je lui ressemble.

— Et vous en êtes fier ?

— C'était un grand guerrier, dit-il en installant les pièces du jeu. Etes-vous prête à commencer ?

— Vous devrez m'expliquer les règles, car je n'ai joué que selon celles de mon père.

Elle baissa les yeux, ses longs cils lui dissimulant alors son regard.

— Sachant la férocité de votre ancêtre, je ne voudrais vraiment pas commettre d'erreurs.

Brand sentit un picotement sur sa nuque. Edith était parfois bien trop transparente. Elle voulait gagner. Pas cette partie de *tafl*, mais ce jeu entre eux. Elle se battait contre sa nature, et ne dévoilait sa personnalité qu'en de rares occasions. Il aurait dû s'en rendre compte plus tôt.

— La modestie ne vous va pas, Edith. Vous vous appliquez trop à vouloir la montrer.

Surprise, Edith immobilisa sa main au-dessus de la pièce qu'elle allait déplacer.

— Que voulez-vous dire ? Je n'ai même pas encore joué !

Brand se pencha vers elle de sorte à lui caresser l'oreille de son souffle.

— Détendez-vous. Vous essayez trop de vous montrer agréable. En fait, vous avez plutôt envie de me voir au fin fond des ténèbres glacées de l'Hadès, surtout depuis que j'ai évoqué Lindisfarne. Vous espériez vous retirer avant que je vous piège avec ce jeu, et maintenant vous avez peur d'y prendre plaisir.

— L'enfer est une fournaise, rétorqua-t-elle en croisant les mains sur ses genoux, et en feignant une attitude pieuse.

Toutefois, l'éclat de ses yeux la trahissait.

— Pas là d'où je viens, dit-il en faisant signe qu'on lui resserve de l'hydromel. Allons, reconnaissez que j'ai raison à propos du jeu.

Elle éclata alors de rire, le premier vrai rire qu'il entendit chez elle.

— Oui, vous avez raison. Je me divertis à mesurer mon esprit au vôtre.

Edith contempla le plateau du *tafl*. Encore un coup, et elle gagnerait. Ses doigts tremblèrent sur la pièce d'ivoire sculptée. Oserait-elle ? Elle était furieuse de s'être divertie ce soir bien plus que depuis des années. C'était comme si cette époque horrible avec Egbert n'avait jamais existé, et qu'elle pouvait enfin être elle-même.

Hilda lui avait lancé plusieurs regards d'avertissement. Edith avait essayé de tenir compte du discours qu'elle lui avait tenu avant le souper, mais cela s'avérait impossible. Tout le plaisir qu'elle avait pris à jouer avec son père était revenu d'un coup. Elle voulait jouer pour gagner, sans laisser la victoire à Brand, comme le lui avait conseillé Hilda.

— Tu as peut-être raison. Un homme aime à penser qu'il est supérieur, Hilda, marmonna Edith pour elle-même alors que la saga atteignait le paroxysme de sa fin. Cela ne veut pas dire forcément que je doive m'incliner, mais je peux faire quelque chose.

— Avez-vous dit quelque chose ? demanda Brand en se penchant vers elle.

— Je crois qu'avec ce coup je remporte la partie, dit-elle en cédant à une impulsion.

Elle déplaça sa pièce d'un geste sûr. Mais, s'il jouait bien, Brand pouvait encore gagner.

— Pas si vite, intervint-il en retenant sa main. Vous n'avez pas encore gagné. J'ai encore un coup à jouer.

— Et vous pensez qu'il vous sauvera ?

— Oui, dit-il en déplaçant sa pièce vers la case qui lui fit remporter la partie. C'est moi qui gagne, milady. Cela n'apporte rien de bon d'être présomptueux.

Bouche bée, elle l'observa. Il avait réussi là où Egbert avait toujours échoué.

— Vous avez gagné, murmura-t-elle.

Il prit soudain un air sérieux.

— Edith, promettez-moi que vous ne serez plus jamais tentée de me laisser gagner.

Elle se couvrit la bouche de la main et se mit à rougir.

— Puis-je préciser que la musique m'a distraite ?

— Vos yeux vous ont trahie, et j'ai vu le signe de tête de votre cousine, expliqua-t-il en posant la main sur la sienne. Je préfère que mes adversaires soient honnêtes. La victoire n'en est que plus douce.

— Savourez-la donc tout votre soûl, répliqua Edith en écartant la main de Brand, pour préparer les pièces sur le plateau en vue d'une nouvelle partie. Je demande une revanche ! Cette fois sans saga en fond sonore.

— C'est facile, répondit Brand en déplaçant son premier

pion. Allons-nous lancer un défi à l'assemblée ? Quelque chose pour les occuper ?

— Quel genre de défi ?

— Je donnerai une bourse d'argent à l'homme qui jouera un morceau qui plaira à vos oreilles.

— Les guerriers font donc de la musique ?

— Vous devriez nous attribuer plus de crédit, milady. Nous, les Vikings, savons jouer aussi bien que n'importe quel musicien. Je ne voudrais pas que vous prétendiez que la musique est mauvaise afin de m'éviter au *tafl*.

Edith nota sur le journal qu'elle tenait sa quatrième victoire au *tafl*. Ce n'était pas un mauvais score, et elle commençait à gagner du terrain sur Brand. Elle attendait leurs parties du soir avec impatience. Après qu'il avait lancé son concours sur la musique lors des parties, la grande salle avait résonné des chants des lyres et des flûtes tandis que les guerriers essayaient de surpasser leurs compagnons.

— Lady Edith, j'espérais bien vous trouver ici !

Margaret, la femme d'Owen le Laboureur, s'avança d'un pas lourd. Margaret avait été la nourrice d'Edith, et ne l'avait quittée que pour épouser le fermier dont la jeune épouse était morte en couches. Elle n'avait jamais apprécié Egbert, et s'était tenue à l'écart du donjon.

Edith se leva et tendit les bras. Margaret la serra contre elle avec affection.

— Margaret, à quoi dois-je ce plaisir ? demanda Edith quand elles eurent cessé de s'étreindre.

— Le père Wilfrid est venu nous voir, dit la vieille femme, l'air préoccupé. Le nouveau seigneur a ordonné que le blé soit semé maintenant, au lieu d'attendre la fête de l'Annonciation comme d'habitude. Owen a peur que nous n'ayons pas de récolte, si les semailles ne sont pas bénies selon la tradition. Le père Wilfrid est d'accord avec lui. Que dois-je faire, milady ? Si mon mari contrarie le nouveau seigneur, il pourrait tout perdre, mais il n'ose pas déplaire au prêtre.

Edith soupira. Le père Wilfrid semait la zizanie, elle le savait bien, mais il ne le faisait pas ouvertement. Il glissait quelques mots par-ci par-là dans des oreilles complaisantes, et soudain les gens se mettaient à contester les décisions. Elle l'avait déjà affronté, et n'enviait pas Brand.

— Où est Owen ?

— Il est ici, répondit Margaret en claquant dans ses mains avant d'aller chercher son mari dans le couloir et de l'amener devant Edith.

Il resta planté devant elle, silencieux, en tournant son chapeau entre ses mains.

— Margaret me dit que vous avez des ennuis, Owen le Laboureur, commença-t-elle en lui tendant la main. Si je peux vous aider, je le ferai.

— Je savais que vous interviendriez, milady, dit Margaret soudain tout sourires. N'ai-je pas dit que ma lady nous aiderait, Owen ? Elle fera entendre raison au barbare.

Edith sentit un frisson lui parcourir le dos. Elle s'éclaircit la voix.

— Comment savez-vous que Brand Bjornson est un Barbare ?

— C'est un païen viking. Que serait-il d'autre ?

— Il lit et écrit le latin, objecta Edith. Ce qui est bien plus que ce dont est capable le père Wilfrid.

— C'est donc encore plus honteux. Il devrait savoir distinguer le bien du mal. Tout le monde sait que le grain doit être béni avant d'aller dans la terre. C'est dans la Bible. C'est ce que dit le père Wilfrid, assura Owen le

Laboureur, les yeux mouillés. Je vous en prie, lady Edith, aidez-nous ! Attendrissez son cœur !

Edith eut soudain l'impression d'avoir un énorme poids sur les épaules. Si Owen le Laboureur croyait en cela, combien d'autres y croyaient aussi ? Et personne n'avait besoin d'ennuis supplémentaires, en particulier quand on approchait du temps des semailles.

— Avez-vous donné votre avis à lord Bjornson ?

— Nous ne pourrions jamais…, bredouilla Margaret en blêmissant.

— Je vois, fit Edith en soupirant de nouveau.

Il fallait donc qu'elle fasse comprendre à Brand ce qui était en jeu s'il persistait dans sa demande.

— Ah ! je vous trouve enfin ! Je vous ai cherché partout, personne ne savait où vous étiez ! s'exclama Edith quand elle découvrit Brand dans la cour réservée à l'exercice.

Le voir ainsi, sa tunique humide de sueur plaquée à son torse, lui coupa le souffle.

— Et où devrais-je donc me trouver ? demanda-t-il en penchant la tête sur le côté. Je n'ai pas envie de me rouiller. Je suis ici tous les matins, sans cela ce serait mal. Mes hommes et moi devons rester entraînés.

— J'ai cru comprendre que vous aviez demandé que le blé soit semé tout de suite, commença-t-elle après avoir pris une longue inspiration, consciente d'avoir un peu trop longtemps regardé son torse. Et ce, sans la bénédiction du grain le jour de la fête de l'Annonciation. Cela ne se fait pas, voilà tout. Sans cela, ce sera une catastrophe.

Il lança un bâton d'exercice à l'un de ses hommes et la rejoignit.

— Vous avez un problème ? L'année avance. Si le blé n'est pas bientôt semé, nous n'aurons rien à manger quand viendra l'automne. Pourquoi attendre, alors que la terre est prête ?

Elle regarda résolument ailleurs qu'en direction de son torse et de ses bras musclés, mais elle ne pouvait penser qu'à cela, d'autant plus qu'il se tenait suffisamment près pour qu'elle puisse sentir la chaleur qui émanait de son corps. Ses pensées en étaient complètement embrouillées, et elle ne trouvait plus ses mots. Elle ne put s'empêcher de jeter un coup d'œil à ses bras avant de continuer.

— L'un des fermiers est venu me trouver, les larmes aux yeux. Il est très préoccupé qu'on lui ait demandé pourquoi il n'a pas semé, et qu'on lui ait dit que, s'il ne le faisait pas, vous lui prendriez son grain.

— Personne n'est venu se plaindre auprès de moi, dit-il, l'air surpris.

— Ils vous craignent.

— Qu'êtes-vous venue me dire, lady Edith ? demanda-t-il, un sourcil levé. Pourquoi avez-vous interrompu notre entraînement à l'épée avec ces inepties superstitieuses ?

Edith s'efforça de garder son calme. C'était de la superstition, selon lui ?

— La bénédiction a une grande importance pour les fermiers, objecta-t-elle. Les fermages ont toujours été payés à l'Annonciation.

— Les temps changent.

— Avez-vous jamais cultivé du blé ?

— Mon père en cultivait, dit-il avec un regard glaçant. J'ai grandi dans une ferme. Nous semions le blé dès que la terre pouvait être travaillée, que le prêtre de Freya ait donné sa bénédiction ou non. On peut semer maintenant. Je l'ai dit au prêtre quand il est venu me débiter ses bêtises l'autre jour.

Sentant une colère noire monter en elle, Edith tapa du

pied. Il n'allait ni l'écouter ni même la consulter, alors qu'il lui avait accordé la fonction de conseillère. Et il avait insulté le père Wilfrid. Elle se représentait très bien les bajoues du prêtre en train de frémir quand il s'était entendu dire qu'il se comportait comme une prêtresse païenne.

— Quand avez-vous parlé avec le père Wilfrid ?

— Devons-nous en discuter maintenant ?

— On approche du jour de l'Annonciation. Il est nécessaire de demander la bénédiction de notre Vierge Marie. Ensuite nous sèmerons, après la première pleine lune. C'est très simple, et efficace. C'est ainsi qu'on fait les choses dans le North Riding.

— J'aurais cru que la chaleur du sol était un élément bien plus important pour décider du moment.

— Ce n'est pas ce que dit le prêtre.

— Et je suis censé écouter ce corbeau noir ? s'exclama-t-il en écarquillant les yeux. Il m'a déjà chapitré sur le fait que mon âme était en péril, à moins que je ne renvoie tous les païens de ma troupe, et fasse acte de contrition pour avoir acquis une bonne terre chrétienne. Il a suggéré une donation à son église.

Edith chancela. Elle avait toujours trouvé le père Wilfrid trop zélé. Cette fois, il était allé au-delà de ses attributions, qui se bornaient à s'occuper de ses ouailles.

— Je ne le savais pas, murmura Edith.

— Ce n'était pas votre problème, dit-il, la mâchoire de plus en plus crispée.

— Vous lui avez donc assuré que vous pouviez vous charger seul du salut de votre âme ?

— Comment le savez-vous ? s'exclama-t-il, sidéré.

Elle éclata de rire et regretta presque de ne pas avoir assisté à la scène pour voir le prêtre rencontrer quelqu'un qui ne pliait pas devant lui. Les bajoues du père Wilfrid avaient dû littéralement trembler de rage.

— Parce que c'est le genre de réponse que j'aurais faite.

— Vous n'êtes pas l'une de ses plus grandes admiratrices, semble-t-il.

Réalisant soudain qu'elle s'aventurait en terrain glissant, elle fit un vague geste de la main. Certes, elle n'appréciait pas le prêtre, mais son ministère était important. Il faisait du bon travail dans sa paroisse, et elle ne voulait surtout pas que celui-ci soit compromis.

— Il prend ses responsabilités très au sérieux, et professe certaines idées très arrêtées.

— Je lui ai dit que je me préoccupais moins de la manière de prier d'un homme que de la force de son bras quand il tient une épée. Comment je prie, ou si je me baigne ne le regarde pas.

— Il a osé vous parler de cela ?

Brand croisa les bras et prit un air buté.

— Il désirait que je sois un bon exemple. Mon habitude de prendre un bain le matin a apparemment été remarquée, et a fait l'objet de commentaires.

Edith fut stupéfaite, et voulut bien le croire. Le prêtre, comme ses prédécesseurs, croyait que se baigner était un péché, et permettait aux démons de pénétrer dans le corps des gens. Mieux valait faire une toilette que s'immerger. Quand elle était petite, Edith avait demandé pourquoi, si ce que disait le prêtre était vrai, Jésus avait été baptisé dans le Jourdain. Ses parents l'avaient fait taire, mais dès lors tous les prêtres l'avaient considérée avec méfiance, comme si elle était une croix à porter plutôt qu'une fidèle à accepter au sein de l'Eglise. Le père Wilfrid avait de loin préféré la compagnie d'Egbert.

— Cela ne change pas la légitimité de la protestation

à propos des semailles, reprit-elle. Les fermiers attendent beaucoup de cette bénédiction à l'Annonciation. Ils la considèrent comme nécessaire.

— Et ma réponse reste la même. Le blé doit être semé maintenant. Je refuse qu'un homme pareil bénisse quoi que ce soit.

— Mais… mais…

— Considérez cela comme un ordre, à moins que vous ne souhaitiez lancer un défi pour le droit d'être seigneur et maître. Je suis surpris que vous ayez ressenti le besoin d'intercéder dans cette affaire. Comment espériez-vous me convaincre ? demanda-t-il en la déshabillant du regard d'une façon éhontée.

Elle croisa les bras et essaya d'ignorer la soudaine tension de ses seins. Comment osait-il insinuer qu'elle tenterait de le séduire pour obtenir gain de cause ? Comme si cela pouvait marcher !

— Vous commettez une erreur ! Une grave erreur !

— Je ne crois pas, rétorqua-t-il en faisant un geste vers la cour d'exercice. Maintenant, à moins que vous ne vouliez me rejoindre et éprouver ma force à l'épée, je vais retourner entraîner mes hommes.

Il lui tourna le dos et ramassa son épée en bois, puis ordonna à ses hommes de continuer l'exercice. Il la congédiait, sans tambour ni trompette.

— Vous n'allez donc même pas écouter ? marmonna-t-elle en serrant les poings. J'essaye de vous aider, de vous empêcher de faire des erreurs et de faire du mal à ces gens.

Elle eut pour seule réponse ses épaules carrées qui s'éloignaient.

Brand jura et ramassa l'épée de son adversaire. Les six hommes qu'il avait affrontés depuis le départ furieux d'Edith avaient été désagréablement faciles à désarmer.

— Essayons-nous encore une fois, Starkad ! lança-t-il. Cette fois, attaque-moi vraiment. Tu rends les choses trop faciles. J'en attendais plus de la part d'un guerrier avec ton expérience.

— Tu nous as démolis toute la matinée, rétorqua le vétéran grisonnant. Hrearek ne nous a jamais entraînés aussi durement, même avant les batailles. Quel est ton but, si nous n'allons pas nous battre ?

— Hrearek n'a rien à voir là-dedans. Il faut nous tenir prêts en cas de problème.

— J'en suis conscient. Nous nous sommes battus épaule contre épaule trop d'années, toi et moi. Tu devrais savoir ce que je vaux.

Brand le scruta longuement en plissant les yeux.

— Je ne veux voir aucun de tes talents se rouiller sous prétexte que nous nous occupons désormais de ces terres.

— Mais autant de véhémence est-elle bien nécessaire ? s'exclama Starkad en jetant son épée par terre. Je te le jure, Brand Bjornson, tu devrais mettre cette femme dans ton lit une bonne fois pour toutes. Cela éviterait bien des soucis à tous. Vas-y donc ! Qu'est-ce que tu attends ?

— Tu vas trop loin, Starkad.

— Tu es pire qu'un ours qu'on a tiré de son hibernation ! Invectivant en tous sens, et à exiger des heures interminables d'exercice dans cette cour !

— C'est simplement parce que nous en avons besoin. Il reste encore des rebelles. Ils pourraient tenter de revenir ici.

Brand secoua la tête. Son désir pour Edith était-il si évident ?

— Je refuse que mes relations avec lady Edith soient utilisées comme prétexte à de la paresse et de l'indolence.

— Nous en avons trop vécu ensemble, toi et moi, insista Starkad en tapant sur l'épaule de Brand au lieu de s'incliner.

J'étais avec toi en Norvège avant Constantinople. Je t'ai vu tuer ton premier homme.

Ce n'était pas son premier homme. Le premier, c'était lorsqu'il s'était enfui de la ferme de son père. Il avait tué l'homme en légitime défense, et vomi dans un fossé juste après. Celui dont parlait Starkad, il l'avait tué sur le champ de bataille, sans vomir cette fois.

— Et alors ? répliqua-t-il.

— Tu dois mettre cette femme dans ton lit. C'est une manière plus agréable de passer le temps que d'essayer de nous trancher la tête.

— Quand j'aurai besoin d'un conseil, je te le demanderai, dit Brand en se penchant pour ramasser l'épée et la lancer à Starkad, en pleine poitrine. En attendant, si on continuait ?

Edith était installée dans la grande salle, essayant de filer, mais fulminant intérieurement. Brand l'avait congédiée sans l'écouter. Le pire, c'était l'horrible regard qu'il lui avait lancé.

— Tu t'inquiètes trop, déclara Hilda, qui terminait un fuseau avec dextérité, une poignée de laine sur les genoux.

Edith l'observa avec envie. Hilda semblait exceller à toutes les taches féminines, alors qu'elle avait réussi à casser son fil trois fois ce matin et à perdre son fuseau, qu'elle ne retrouva que lorsque l'un des chiens de Brand le dénicha sous un banc et se mit à jouer avec.

— Au contraire. Le blé est extrêmement important pour le domaine.

Désireuse d'exposer son raisonnement, tout ce qu'elle aurait dû dire à Brand mais n'avait pas eu la présence d'esprit de lui expliquer, elle se pencha vers Hilda.

— Que crois-tu que tu mangeras l'hiver prochain si le

blé n'est pas semé au bon moment, avec le respect dû aux saints ? Et tu ne voudrais pas que les fermiers murmurent derrière ton dos. C'est ainsi que naissent les problèmes, mon père le disait tout le temps. Peut-être n'était-il pas toujours d'accord avec le vieux prêtre, mais il ne s'est jamais moqué de lui.

— Cette date pour les semailles est-elle donc vraiment si importante ? Un jour de plus ou de moins, la belle affaire ! s'exclama Hilda en haussant les épaules. Tu devrais laisser les hommes s'occuper de cela, et vaquer à tes propres tâches. Crois-tu que quiconque osera se plaindre, connaissant la réputation de Brand Bjornson ? Brand et ses guerriers seront impitoyables avec tous les fermiers qui ne se soumettraient pas, et ils le savent. Quant à ce prêtre, il n'aurait jamais dû faire de réflexions. Il aime rabaisser les gens. C'est lui qui cherchera à semer la zizanie, pas notre nouveau seigneur.

— Le père Wilfrid a agi selon ses convictions. Cela dit, je suis d'accord avec toi : il causera des ennuis pour le simple plaisir. C'était une créature d'Egbert. Mais, avec toutes ces histoires, Owen le Laboureur avait les larmes aux yeux.

Hilda soupira.

— Brand Bjornson fait son devoir, à la manière qu'il a choisie. Quand vas-tu apprendre que cela ne t'apporte rien de bon de t'opposer aux hommes, que ce soient des prêtres ou des seigneurs ? L'autre soir, je n'ai cessé de t'envoyer des messages avec mes clins d'œil, mais tu as malgré tout joué au *tafl* comme si tu voulais gagner. Tu as même relevé les erreurs de Brand Bjornson !

— Je joue du mieux que je peux. Le contraire serait faire un affront à Brand.

— Ton problème, Edith, c'est que tu as horreur de

perdre. Apprends donc à le faire de bonne grâce. Et si tu gagnes, fais comme si c'était par accident, et ne triomphe pas ouvertement parce que tu lui as fait mordre la poussière. Les hommes aiment se sentir supérieurs.

— C'est une leçon que j'espère ne jamais apprendre, grommela Edith en faisant sauvagement tourner son fuseau. Je connais les gens qui cultivent ces terres, et je sais ce qui risque de se passer… Le prêtre jouit d'une certaine notoriété, et mieux vaut travailler avec lui que contre lui.

— Tu tiens profondément à cette terre. Je ne m'en étais pas rendu compte…, dit Hilda. Tu prends tes responsabilités vraiment à cœur.

— Toujours.

Edith laissa échapper un petit soupir quand son fil se rompit une fois de plus. Savoir quelle serait l'issue probable de la situation la troublait. Personne ne se plaindrait à hauts cris, mais le ressentiment prendrait racine. Elle avait vu cela se produire avec Egbert et, à la fin, il avait dû se résoudre à admettre qu'elle savait ce qu'elle faisait.

Mais le pire était qu'elle ignorait quel était désormais son rôle. Elle avait dirigé ce domaine si longtemps que se retrouver là, en train de filer la laine en écoutant les bavardages de Hilda, lui semblait irréel. Elle se sentait gauche, alors qu'il aurait fallu pouvoir terminer ce travail rapidement et efficacement. Peut-être, tout compte fait, devrait-elle de nouveau envisager la question du couvent, mais chaque nouveau problème qui surgissait l'empêchait d'y réfléchir.

— Je m'y connais pour un certain nombre de choses, et l'une d'elles est la date qui convient pour semer le blé dans ce domaine, reprit-elle. Et nous avons toujours fait bénir les semailles par un prêtre. C'est la tradition.

— Bah ! Les traditions sont faites pour être bousculées, lança Hilda.

— Et d'où vient cette toute nouvelle attitude envers nos conquérants ?

Elle observa avec attention sa cousine, qui arborait un nouveau châle qui rehaussait le bleu-vert de ses yeux, et ressentit un petit pincement de jalousie. Elle ne demanderait pas qui le lui avait offert. Si Brand avait trouvé une autre femme pour réchauffer son lit, cela ne la regardait pas.

Ce qui l'ennuyait, c'était qu'elle attendait avec impatience leur partie de *tafl* quotidienne.

Hilda s'empourpra légèrement et resserra son châle autour d'elle.

— Tout ce que je sais, c'est qu'il n'est pas dans ton intérêt de te quereller avec le nouveau seigneur, répliqua-t-elle. N'as-tu rien appris de ton expérience avec Egbert ? Un homme aime à être flatté, plutôt que voir sa fierté piétinée, surtout par une femme. Tu t'es obstinée à vouloir gagner au *tafl*, et maintenant tu lui reproches de prendre des décisions arbitraires.

— Pourquoi es-tu tout à coup si compréhensive envers les Vikings ? N'essaye pas de changer de sujet, Hilda. Je te connais trop bien.

— Certains d'entre eux ont de très bonnes manières, se défendit-elle. Starkad chante d'une très belle voix. On dirait un rouge-gorge au printemps. C'est lui qui a interprété la saga de Lindisfarne l'autre soir, mais il préfère les ballades. Il m'en a chanté une, sur laquelle il travaille pour la compétition de chant organisée par Brand Bjornson. J'en ai eu les larmes aux yeux.

— Et comment cela se fait-il qu'il te chante des chansons ?

Hilda fit une petite moue avant de répondre.

— Nous nous sommes rencontrés, et il a chanté pour

moi. De la poésie pure. Je n'hésite plus à reconnaître que certains Vikings peuvent être différents. Il sourit bien plus qu'Egbert. Et tu as raison à propos des cicatrices ; elles confèrent de la dignité à certains hommes.

— Lady Edith, lord Bjornson vous demande aux écuries, annonça un serviteur entré en trombe alors qu'Edith s'apprêtait à interroger Hilda plus avant. Immédiatement, et il n'acceptera aucune excuse pour que vous ne veniez pas.

Le cœur d'Edith fit des bonds, et elle fut aussi assaillie par le doute. Pourquoi maintenant, après leur querelle ? Avait-il découvert une autre cachette ? Ou encore provoqué le prêtre ?

— Je viens, puisqu'il le requiert si poliment, répondit-elle.

— Ne te presse pas, cousine, recommanda Hilda en lui posant une main sur l'épaule. Tu ne veux tout de même pas qu'il pense que tu t'es précipitée !

— Hilda !

— Oh ! c'était juste une remarque ! fit Hilda. J'ai vu comment il te dévore des yeux, comme si tu étais un fruit mûr à point ! Quel qu'ait été le sujet de votre dispute, et je refuse de croire qu'il s'agissait de blé, tu devrais le tirer au clair. Si le *jaarl* est bien disposé, toute la maisonnée en tirera un bénéfice.

— Et qui prétend que Brand est de mauvaise humeur à cause de moi ?

Hilda émit un petit roucoulement ironique.

— Tu es aveugle, ma cousine, aveugle !

Excédée, Edith sortit avant de dire ses quatre vérités à Hilda. S'en prendre à elle ne résoudrait pas son problème immédiat. Une fois dehors, elle rassembla ses jupes et traversa la cour en courant, en s'efforçant de ne pas imaginer le pire.

Chapitre 8

A la surprise d'Edith, Brand était campé au milieu de la cour des écuries. Il s'était changé et portait des vêtements bien plus riches et voyants que ceux qu'il avait pour s'exercer. La cape rouge bordée de fourrure et les bracelets en or à ses bras le désignaient sans ambiguïté comme un noble. Des gouttes d'eau dans ses cheveux scintillaient telles des pierres précieuses.

Edith sourit. De toute évidence, il venait de se baigner dans le lac. Etrangement, elle sentit son cœur se mettre à battre plus vite.

D'une main, il tenait par la bride la jument d'Edith et, de l'autre, un étalon bien plus imposant. Elle se pinça la racine du nez, et s'obligea à ralentir le rythme de son cœur. Le fait que Meera soit sellée ne signifiait pas pour autant qu'elle allait être invitée à une promenade à cheval. Il y avait tant de possibilités et de raisons plus logiques à ce qu'il ait fait préparer Meera !

— Y a-t-il un problème ? Hilda et moi sommes très occupées à filer, il faut que ce soit fait.

Elle ne s'excuserait pas pour ce qui s'était passé un peu plus tôt ; elle avait eu raison de lui exposer les craintes d'Owen le Laboureur.

— Avez-vous l'intention d'aller quelque part à l'étranger

sur-le-champ ? Et d'utiliser ma jument comme animal de bât ? Je tiens à vous préciser qu'elle est fougueuse et doit être tenue court.

— Pas le moins du monde. Votre jument ressemble à sa maîtresse.

— Alors qu'y a-t-il ? répéta Edith en se frottant les bras.

Elle regrettait de ne pas avoir pris de châle, et elle n'allait pas épiloguer sur le fait qu'il avait comparé son attitude à la fougue de Meera.

— Je veux mettre votre expérience à profit, plutôt que vous savoir en train de faire quelque chose que vous détestez comme filer la laine. Puisque vous semblez tout savoir sur la culture du blé, je requiers votre assistance cet après-midi, annonça-t-il, le regard soudain dur comme de la pierre. Nous pourrons aller ensemble voir les fermiers et vous leur expliquerez pourquoi ils ont tout intérêt à obéir à mes ordres.

Une petite lueur d'espoir naquit en elle. Il voulait partir à cheval avec elle. Certes, elle aurait à expliquer aux métayers et aux fermiers pourquoi ils devaient obéir à Brand, mais ce n'était rien comparé à la joie de monter de nouveau à cheval.

— Vous voulez dire, tout de suite ?

— Je n'aurais certainement pas demandé que l'on selle votre jument maintenant si cela avait été pour demain matin. Montrez-moi le domaine, dit-il avant d'esquisser un fin sourire. Enfin… si vous savez monter.

— Ah oui, et au grand dam de mon mari ! s'exclama-t-elle avec un petit rire.

Il lui fut impossible de décrypter ce qu'en pensait Brand.

— Il estimait qu'une vraie lady ne devait pas monter comme un homme, ajouta-t-elle. Et ma chère mère aurait abondé dans son sens. Elle était désespérée par mes manières, mais mon père m'encourageait. « Un bon maître doit savoir tout ce qu'il se passe sur ses terres, et un jour tu auras à t'en occuper comme si c'était ton premier-né », me disait-il.

— Vous savez donc monter ? insista-t-il.

— Sans cela, comment pourrais-je inspecter toutes les parties du domaine en une seule journée ?

Elle jeta un coup d'œil à sa robe. Par bonheur, c'était l'une de ses vieilles robes, non l'une de ses plus jolies.

— J'ai fait couper cette robe pour être décente lorsque je monte. C'est ma concession aux réticences de ma mère. Mais le bon sens exigeait que je monte, en particulier lorsque feu mon mari était absent.

Il avait fallu qu'elle se batte sans cesse pied à pied sur cette question, et comme elle n'osait pas s'opposer ouvertement à Egbert, elle montait quand il n'était pas là. A l'annonce de sa mort, une paix merveilleuse l'avait envahie. Plus jamais elle n'aurait à renoncer à monter à cheval ! Ah ! cette sensation de sentir le vent dans ses cheveux, les rênes dans ses mains quand elle lâchait Meera et qu'elles galopaient sur la lande ! Ce jour-là, elle avait fait seller sa jument et elles avaient chevauché très longtemps, et très loin.

Brand afficha une expression sceptique.

— Montrez-moi que vous savez monter. Ici, tout de suite.

— Ainsi, vous ne me croyez pas…

— Les femmes de Northumbrie montent rarement. Toutes celles que j'ai vues à Jorvik se déplacent en carriole.

Elle se força à sourire.

— Les Vikings lisent rarement le latin. Et encore moins l'écrivent correctement.

— Il y a une différence entre s'asseoir sur la selle d'un cheval, et filer comme le vent, répliqua-t-il en inclinant la tête. Il faut que vous puissiez vous maintenir à mon allure, si vous désirez m'assister. Je le dis une fois encore : si vous avez besoin d'une carriole, avouez-le franchement et cessez de prétendre que vous montez.

Edith serra les poings. Elle était impatiente de voir sa tête et celle des autres Vikings quand ils la verraient en selle. Elle avait peut-être perdu la dernière partie de *tafl*, la veille, mais là, elle ne perdrait pas.

— J'adore monter, et je ne recule jamais devant un défi. Ce n'est pas un problème de démontrer ma maîtrise.

— Avez-vous besoin d'aide pour vous mettre en selle ?

— Je peux le faire seule, répliqua-t-elle en se refusant à penser aux mains de Brand lui enserrant la taille.

Elle amena Meera à la hauteur du marchepied prévu à cet effet devant la porte des écuries et, lestement, se jucha en selle. Puis elle fit avancer la jument dans la cour avec un petit claquement de langue.

Quand elle en eut fait le tour, elle toisa Brand avec défi. Son air sceptique et amusé s'était transformé en étonnement.

— Alors, est-ce que je monte assez bien ou avez-vous besoin d'autres preuves ? lança-t-elle.

— Vous dites la vérité.

Edith regarda les oreilles de Meera pour ne pas croiser les yeux de Brand. Ces paroles l'avaient vexée bien plus qu'elles ne l'auraient dû. Il ne lui faisait toujours pas confiance.

— Et pourquoi mentirais-je là-dessus ? s'indigna-t-elle.

— Si nous partions, et mettions vos talents à vraie épreuve ?

Il enfourcha son cheval d'un bond et sortit de la cour sans prendre la peine d'attendre une réponse. L'homme et l'animal semblaient ne faire qu'un. Elle en fut stupéfaite. A présent, après avoir vu Brand sur son étalon, elle comprenait pourquoi les bardes évoquaient dans leurs chants des créatures mi-homme mi-cheval.

Elle remarqua que certains hommes commençaient à parier sur le temps qu'il lui faudrait pour le rattraper. Elle compta jusqu'à vingt pour s'assurer qu'il ait une bonne avance.

— Il vous faudra avancer plus vite qu'au pas ! lui cria l'un des Vikings.

Elle talonna la jument qui fila aussitôt à vive allure, et rejoignit Brand qui l'attendait.

— Meera et moi pouvons fort bien garder la même allure que votre cheval. Je pense que quelques-uns de vos hommes auront perdu leur pari.

— Cela leur servira de leçon. On ne parie jamais contre une lady quand on n'est pas impliqué soi-même dans la course, bien sûr. Car on joue pour gagner, ajouta-t-il avec un fin sourire.

— Où allons-nous ? demanda Edith en songeant qu'ils jouaient tous deux à un jeu très différent, très semblable à leurs affrontements au *tafl*.

Mais elle finirait par gagner. Elle raffermit sa prise sur ses rênes. A partir de maintenant, elle gagnerait n'importe quel jeu initié par Brand.

— Je veux voir les fermes isolées, dit-il.

— Avez-vous une raison particulière pour cela ?

Brand scruta la femme à ses côtés. Elle ne faisait qu'un avec sa monture. Il ne l'avait pas réellement crue quand elle avait affirmé savoir monter, mais il devait désormais le reconnaître. Elle le faisait d'ailleurs mieux que bon nombre de ses hommes.

Il lui laisserait un répit de quelques jours, mais il restait déterminé à découvrir ses secrets. Non pas l'endroit où elle avait caché son trésor, mais pourquoi elle cherchait à dissimuler sa beauté. Il rêvait d'elle sans cesse, ainsi que des sensations qu'il avait éprouvées lorsque leurs bouches s'étaient mêlées. Il fallait absolument qu'elle lui appartienne, qu'il la possède, et qu'elle comprenne qu'il n'avait jamais renoncé à son idée de faire d'elle sa concubine.

— Mes raisons me regardent, mais je veux voir si ce que vous affirmez est vrai. Si cet Owen le Laboureur a besoin de voir son blé béni par ce corbeau chevrotant.

— Qu'y a-t-il de mal à demander une petite intervention divine ? rétorqua-t-elle en le défiant du regard. Vous devez savoir qu'Owen est très pieux. Il prend très à cœur ce que dit le prêtre.

— Je veux voir comment sont les fermes, et vous voir leur parler.

— Vous ne prêtez aucun crédit à mon estimation de la situation ?

— Je veux voir de quel bois vous êtes faite.

— Et tester mes talents sur une selle ?

— Cela m'a surpris. Très peu de femmes montent à cheval.

— Je ne suis pas comme la plupart des femmes.

— Je commence à m'en apercevoir, concéda-t-il en riant. Vous avez des qualités cachées.

Il plissa les yeux : il se moquait d'elle !

— Si nous faisions la course jusqu'à la ferme d'Owen ? suggéra-t-elle.

— Si vous voulez…

— Oui, je le veux. Et si je vous démontre que je sais parfaitement monter, m'écouterez-vous ?

— Je ne refuse jamais un défi.

Elle talonna sa jument, qui partit au galop avant qu'il ait le temps de changer d'avis.

— Vous le voyez bien, tout s'est résolu rapidement et de façon satisfaisante. Le prêtre bénira le grain à l'Annonciation après qu'il aura été semé, dit Edith lorsqu'ils quittèrent la ferme d'Owen.

L'entrevue s'était bien mieux passée qu'elle s'y était attendue. Owen n'avait cessé de s'incliner en répétant à quel point il était honoré de cette visite, et Brand avait écouté.

— Vous avez gagné la course pour arriver à la ferme, fit-il remarquer, changeant volontairement de sujet.

— Meera est rapide.

— Nous aurions dû parier, pour y ajouter un intérêt.

— Est-il nécessaire de parier quand on fait une course ? J'ai simplement apprécié de laisser Meera filer la bride sur le cou.

Elle avait l'impression qu'une nuée de papillons l'habitait.

— Il doit y avoir une raison, pour motiver une course, rétorqua-t-il avec une ombre de sourire. Mais je vais vous donner une chance. Si nous voyions qui arrivera le premier à la rivière ?

— Et pour quoi faisons-nous la course ? Il vaudrait mieux que ce soit quelque chose qui m'intéresse.

Edith sentait son cœur faire des bonds irréguliers. Elle flirtait, et sans se forcer. C'était d'ailleurs plaisant, loin d'être une corvée. Elle passa la langue sur ses lèvres sèches.

— Quelque chose de spécial, ajouta-t-elle.

— Quelque chose de simple, répondit-il en se penchant en avant pour flatter l'encolure de son cheval. Un baiser.

— Un baiser ?

Edith eut l'impression de se liquéfier. Il voulait l'embrasser ! Depuis la dernière fois, il n'avait pas essayé de recommencer.

— Un baiser librement consenti, si je gagne, précisa-t-il avec un sourire qui devint franchement démoniaque. Si vous gagnez, vous pourrez choisir le gage.

— Vous allez perdre, affirma Edith qui ne voulait pas penser au goût de ses lèvres.

Il cherchait à la déstabiliser et la distraire. Meera était plus rapide que son cheval de guerre.

— Vous en êtes certaine ?

— Si je ne l'étais pas, je ne ferais pas la course, répliqua-t-elle. Vous voulez un adversaire honnête.

Elle devait gagner, pour sauver sa fierté.

— Je vais vous laisser un peu d'avance, décréta-t-il d'un air innocent. Mais vous devez décider d'un gage avant que nous commencions.

— Très bien. Je vais demander le droit pour le prêtre de bénir le grain, répondit-elle vite, avant de céder à l'impulsion de demander un baiser elle aussi.

Il pencha la tête sur le côté pour la scruter attentivement.

— Vous pensez toujours aux autres avant de penser à vous-même.

— Il faut bien que quelqu'un pense à ces gens.

Il était tellement sûr de gagner qu'il lui avait même offert de prendre de l'avance !

— Et je n'ai nul besoin d'actions inutiles, ajouta-t-elle. J'ai l'intention de gagner cette course. Pourquoi alors ne pas courir pour quelque chose de réellement important ?

— Un baiser n'a-t-il aucune signification ?

— Pas la moindre, répondit-elle, le cœur battant.

Elle espérait avoir adopté un ton qui ne trahissait pas son trouble intérieur. L'embrasser de nouveau ferait remonter tous les sentiments qu'elle essayait de garder enfouis. La nuit dernière, elle avait réussi à retrouver le sommeil. Elle n'était pas restée allongée à contempler le plafond tout en repassant inlassablement dans sa tête tous les moments passés avec Brand. Elle essayait de se persuader que ses insomnies étaient liées à ses préoccupations concernant la tenue de la maisonnée, mais chaque fois ses pensées dérivaient vers les mains ou la carrure du nouveau maître des lieux.

— Choisissez autre chose. Pour vous seule. Une nouvelle robe, ou un voile pour vos cheveux ?

Elle crispa les mains sur ses rênes. Il lui était difficile de se rappeler la dernière fois qu'on lui avait proposé de choisir un présent. Après leur mariage, Egbert ne s'en était jamais soucié, et sa mère lui avait inlassablement répété qu'il était mal élevé d'en demander. Hilda allait sans doute lui dire qu'elle avait eu tort, qu'elle aurait dû demander quelque chose qui la mette en valeur, mais Edith savait très exactement ce qu'elle désirait.

— J'aimerais un exemplaire de *Beowulf*. J'ai perdu le mien il y a des années.

Nul besoin de lui révéler qu'Egbert l'avait vendu pour payer l'une de ses dettes de jeu. Elle avait noyé son chagrin dans les tracas du domaine, plutôt que lui montrer à quel point elle avait été contrariée.

— J'en aimais beaucoup le style. Mon cœur s'était littéralement envolé la première fois que j'avais entendu réciter des fragments de ce poème lors d'une veillée au solstice d'hiver. Je devais avoir quatre ans.

— Ce sera donc *Beowulf* si vous gagnez, dit-il en inclinant la tête.

La plume de son chapeau accompagna son mouvement, faisant ressortir ses traits anguleux.

— Il vaut toujours mieux faire la course pour quelque chose de vraiment important, répéta-t-il.

— Nous y allons ? demanda-t-elle, soudain prise de frissons.

Il estimait donc qu'un baiser d'elle était important ? Impossible !

— Je compte jusqu'à trois, annonça-t-il. Le premier qui arrive au vieux chêne sur la rive. Et nous verrons ce qui est le plus important, un baiser ou un livre.

Quand elle entendit « Partez ! », Edith talonna Meera, qui s'élança au galop. Penchée contre son encolure, elle se concentra. Le but de la course était moins de gagner que de prouver à Brand qu'il était suprêmement arrogant. Hélas ! il la dépassa à une centaine de mètres avant l'arrivée.

Il éclata de rire quand elle le rejoignit.

— Vous avez perdu ! De toute évidence, un baiser est plus important.

Elle avait mal aux mains tant elle s'était cramponnée à ses rênes, et son cœur tambourinait dans sa poitrine. Elle avait envie d'être embrassée.

— Oh ! Mais j'ai essayé de gagner, de toutes mes forces ! *Beowulf* devra attendre.

— Etre trop sûr de soi joue des tours, dit-il en descendant de cheval et en passant les rênes autour d'une branche. Il est temps de payer votre gage.

— Ici ? demanda-t-elle en regardant par-dessus son épaule.

Ils étaient seuls sur la berge paisible de la rivière, mais cela ne signifiait pas qu'ils étaient à l'abri des regards. N'importe qui pourrait les surprendre.

— Vous voulez que je vous embrasse tout de suite ? demanda-t-elle, la bouche sèche.

Les yeux de Brand pétillèrent.

— Je suis partisan de régler ce genre de dette immédiatement, avant que la dame en question change d'avis.

Avant qu'elle puisse protester, il saisit les rênes de Meera et les enroula à la même branche que celles de son cheval.

Ses mains puissantes la prirent alors par la taille et il la fit descendre de selle. Tout autour d'eux des anémones blanches et des primevères roses tapissaient le sol. Les bois étaient passés de la désolation hivernale à une débauche de couleurs printanières en quelques jours à peine.

Si proche de lui, seule avec lui, elle frémit de tout son être, stupéfaite de se sentir aussi vivante, comme si elle aussi avait soudain fleuri dans la chaleur et la lumière du printemps après avoir vécu des années d'hiver rigoureux. Elle fit un pas en arrière et s'efforça de garder un air digne et calme en s'affairant à remettre en place les plis de sa robe.

— Je suis capable de descendre de cheval toute seule.

Il arbora aussitôt un air extrêmement sérieux, démenti par le bleu de ses yeux qui s'intensifiait.

Je m'efforcerai de m'en souvenir.

Elle eut la très nette impression qu'il se retenait pour ne pas éclater de rire. Elle feignit d'accorder de nouveau une grande importance aux plis de sa robe pour éviter de penser, mais elle était obsédée par une seule chose : elle perdait toujours à ce genre de petits jeux. Elle était incapable de flirter sérieusement.

— Pourquoi nous sommes-nous arrêtés ici ? fit-elle quand le silence devint trop pesant. Y a-t-il une raison pour que vous ayez choisi cette clairière, charmante comme elle est ?

— Je veux ma récompense, dit-il d'une voix qui l'enveloppa telle une fourrure soyeuse, la réchauffant tout entière dans l'air frais du printemps. C'est mon droit. Je la veux ici et maintenant, pas dans un futur lointain. Les gains des paris sont toujours meilleurs quand on les récolte sur-le-champ.

— Un baiser ? fit-elle sur un ton qu'elle voulait naturel, alors qu'elle commençait à bouillir intérieurement.

— Un seul baiser de vous. Ici, et tout de suite.

— C'est l'affaire d'un instant.

Elle se haussa sur la pointe des pieds et pressa ses lèvres sur sa joue. Son odeur masculine lui emplit les narines. Si elle tournait légèrement la tête, sa bouche rencontrerait la sienne, et cela deviendrait le genre de baiser qui avait hanté ses six dernières nuits.

Refusant de céder à cette impulsion, elle recula. Les admonestations de Hilda lui résonnaient aux oreilles, lui rappelant aussi les conseils de sa mère naguère : une vraie lady supporte les contacts physiques, mais n'y prend pas plaisir. C'était mal de sa part de vouloir plus. Il fallait qu'elle aille plus doucement et soit soumise, plutôt que d'essayer de toujours gagner. Mais c'était tellement contre sa nature !

— Un vrai baiser, dit-il, son souffle lui caressant l'oreille. J'ai été patient, ma petite, il me semble. Il est temps que votre éducation commence sérieusement.

Elle leva les yeux vers lui. Son cœur cognait dans sa poitrine, et elle se mit soudain à trembler, mais d'excitation plutôt que de nervosité. Il allait l'embrasser. Un vrai baiser. Et, en dépit des horribles prédictions de Hilda, qui affirmait que les hommes ne voulaient jamais d'une femme qui les contredisait, il en avait envie.

— Patient ? Mon éducation ? Je n'ai nul besoin d'instruction !

— Si, répliqua-t-il en l'attirant contre lui.

Son corps se moula instantanément contre le sien.

— Vous avez désespérément besoin d'instruction. Voici comment on embrasse correctement. Apprenez-le, et souvenez-vous en pour la prochaine fois que nous parierons.

Il approcha sa bouche de la sienne. Cela commença comme un frôlement d'aile de papillon, mais il devint vite beaucoup plus insistant quand les lèvres d'Edith épousèrent le mouvement des siennes, comme mues par une volonté propre.

La langue de Brand caressa sa lèvre inférieure. Elle ouvrit alors la bouche et lui permit de la savourer, et de jouer avec la sienne. Il avait le goût de l'air du printemps et du renouveau de la vie, du miel et de la fraîcheur, goûts mêlés qu'elle n'avait jamais connus avant, et qui lui faisaient désirer beaucoup plus encore. Submergée de sensations délicieuses, elle ne pensait qu'à sa bouche qui emprisonnait la sienne, à sa langue enroulée autour de la sienne, et à son corps qui se pressait contre le sien.

Elle gémit en s'arquant contre lui. Son corps semblait ne plus lui obéir.

— Maintenant, vous savez comment embrasser, murmura-t-il. Et que diriez-vous de vérifier que vous avez bien retenu la leçon ?

— Vous voulez que je vous embrasse ainsi ?

— Jusqu'à ce que vous l'ayez fait, le gage n'est pas effectué, et ce n'en sera pas terminé entre nous. Préférez-vous que cela se passe plus tard en public ?

— Ce serait mal, d'autant plus que je ne suis pas habituée à votre façon d'embrasser.

Elle glissa les mains autour du cou de Brand pour lui faire baisser la tête, se hissa sur la pointe des pieds et approcha sa bouche de la sienne. Il resta un moment sans réagir, l'obligeant à laisser courir ses lèvres sur les siennes comme il venait de le faire, afin de susciter une réponse de sa part. Quand elle commença à penser que c'était en vain, il entrouvrit la bouche. Elle osa alors le caresser avec sa langue. Cette fois, le baiser n'avait rien de chaste ; c'était intense et charnel, exigeant aussi. Un sentiment de pouvoir exaltant l'envahit. C'était elle qui avait été à l'initiative de ce baiser, et qui le contrôlait. Et c'était à elle de décider combien de temps il durerait.

Il la serra aussitôt plus fort dans ses bras afin de la plaquer contre lui, et elle sentit l'excitation de Brand au contact de ses formes voluptueuses.

Il s'écarta de sa bouche et déposa de petits baisers le long de la ligne de sa mâchoire jusqu'à son oreille, l'embrasant tout entière. Elle se cramponna à ses cheveux.

— Doucement, doucement..., murmura-t-il, son accent soudain plus prononcé. Détendez-vous et savourez, mon petit oiseau. Nous avons tout le temps qu'il nous faut.

— « Petit oiseau » ? répéta-t-elle en le regardant, se perdant instantanément dans les grandes flaques liquides de ses yeux bleus. A vous entendre, je serais une délicate créature. Je suis très forte, je peux vous le jurer.

— Arrêtez de cogner vos ailes contre les barreaux de la cage. Vous volerez bien assez tôt.

Avec un demi-sourire, il lui caressa le visage du bout du doigt.

— Vous avez donc bien compris comment embrasser après avoir perdu une course, n'est-ce pas ? Vous apprenez vite.

Consciente qu'elle pouvait se permettre de le taquiner un peu, elle hocha la tête et se laissa aller à son étreinte.

— Si c'est tout ce qu'il vous faut... je vous ai donné votre baiser. J'ai respecté mon gage. Peut-être devrions-nous songer à rentrer au donjon. Vous avez sans doute à faire.

— Pareil baiser mérite une réponse appropriée.

— Ai-je besoin de plus d'une leçon ?

— Vous avez besoin de nombreuses leçons.

Il prit soudain le lobe de son oreille entre ses dents et tira tout doucement. La sensation était bien plus excitante que tout ce qu'elle avait expérimenté auparavant. Elle avait cru ne jamais pouvoir éprouver de plaisir avec un homme, mais Brand était en train de lui démontrer à quel point elle se trompait.

Il glissa ses mains dans sa chevelure pour la libérer de sa guimpe, qu'il jeta derrière elle. Il enroula des mèches de ses cheveux autour de ses doigts et les porta à ses lèvres.

Une chaleur bienfaisante la baigna tout entière, et le monde autour d'elle disparut. Elle voulait davantage qu'un baiser, elle avait besoin de plus, de sentir sa peau glisser contre la sienne. Elle se serra contre lui pour absorber encore un peu plus de sa chaleur, les seins soudain trop lourds. En ce lieu désert, elle avait l'impression de renaître. Quelque chose s'éveilla en elle, qui la fit se sentir belle et désirable aux yeux de cet homme.

— Que voulez-vous ? lui demanda-t-il à l'oreille d'une voix rauque. Dites-le-moi, maintenant.

— Vous, dit-elle en cédant à son impulsion, tout en prenant son visage entre ses mains.

Elle effleura la cicatrice de son cou, et y posa les lèvres.

— S'il vous plaît, ajouta-t-elle.

— Puisque vous le demandez si poliment, vous pouvez m'avoir, répondit-il en lui embrassant le coin de la bouche.

Il s'écarta d'elle, se débarrassa de son manteau et l'étala sur l'herbe de printemps avant d'ôter sa tunique. Sa peau dorée luisait au soleil. Elle découvrit sur son torse et ses épaules un entrelacs de cicatrices blanches qui dessinaient la carte de sa dure existence avant qu'il n'entre dans la sienne. C'était un guerrier dans l'âme, à peine civilisé en dépit de son éducation. Elle sursauta quand elle vit qu'il portait une lourde croix en or.

— Où l'avez-vous eue ? demanda-t-elle en la soupesant.

— C'est un cadeau de l'empereur, pour lui avoir sauvé la vie.

— Etes-vous..., commença-t-elle avant d'hésiter.

— J'ai toujours estimé qu'il valait mieux ne pas demander à un homme comment il priait, ou quel dieu il priait, mais quelle était la force de son bras pour tenir l'épée. La façon dont je m'adresse à mon dieu ne regarde que moi, et certainement pas un prêtre ignorant qui ne s'est même pas donné la peine d'apprendre le latin.

— J'aurais dû m'en douter, quand vous avez dit que vous saviez lire.

— Ma mère était Irlandaise, et elle me racontait des histoires. Mon père croyait aux anciens dieux, tout comme sa femme. Le choix était facile.

— Vraiment ?

Il posa un doigt sur ses lèvres.

— Il y a des sujets de conversation plus importants.

Lorsqu'il enleva ses braies, elle eut le souffle coupé. Son érection ne pouvait démentir son désir pour elle.

Elle s'avança et le caressa, sentant ses muscles se contracter sous sa main. Elle suivit ses cicatrices du bout des doigts, effleura la toison dorée de sa poitrine, et ses mamelons durcirent aussitôt. Chaque caresse qu'elle lui prodiguait était plus séductrice que la précédente, et elle ne désirait plus qu'une chose : sentir sa peau contre la sienne. Elle résista au sourire qui se dessinait sur ses lèvres. Sa mère n'approuverait certainement pas, mais son corps s'en moquait. Une sensation si agréable ne pouvait être mauvaise...

Il l'aida à s'allonger sur le manteau dont la fourrure douce lui chatouilla la nuque, la faisant délicieusement frissonner.

Elle posa la main sur le visage de Brand, et riva son regard au sien.

— Et quelle est la prochaine leçon ?

Il éclata d'un profond rire de gorge.

— Permettez-moi d'explorer tout de vous. J'ai rêvé de vous, et des choses que nous ferions ensemble. Et à quel point ce serait délicieux.

Ainsi, il avait rêvé d'elle ! Et, d'après son expression, il était aisé de deviner que cela l'avait conduit au même état de frustration qu'elle.

Elle leva les bras pour lui permettre d'enlever sa robe. Sa chemise suivit le même chemin. La brise de printemps l'enveloppa et lui fit prendre conscience de sa nudité.

Soudain inquiète à l'idée de ce qu'il pouvait penser d'elle, elle tenta de dissimuler sa poitrine et son sexe avec ses mains. Tous les doutes qu'elle nourrissait quant à son apparence remontèrent à la surface. Ses seins étaient trop petits, ses hanches trop larges… Elle attendit qu'il se détourne avec une expression de dégoût.

Il posa doucement ses mains sur sa taille et inspira profondément tandis que son regard brûlant la parcourait tout entière, la réchauffant bien plus que le soleil ne le pouvait.

— Vous êtes si belle, Edith…, dit-il tout bas. Bien plus que je ne l'imaginais. J'aimerais que vous puissiez vous voir, sur le fond rouge du manteau, avec vos cheveux noirs qui encadrent votre peau laiteuse.

Elle sentit ses joues devenir brûlantes, et détourna le visage.

— Dois-je croire vos flatteries ?

— Vous doutez de ma sincérité ? Très bien, je vais vous le montrer.

Il se pencha sur elle et embrassa l'un de ses seins, le suça et enroula sa langue autour du mamelon jusqu'à ce qu'il soit complètement érigé. Il répéta l'exercice avec l'autre, tout en excitant le premier de ses doigts. Edith se cambra, soudain parcourue de milliers d'étincelles.

Puis sa bouche descendit lentement sur son corps, laissant une trace brûlante sur son passage. Elle aurait dû avoir honte de sa réaction, elle le savait, mais elle ne se souciait plus de ce qui était décent ou pas. Tout ce qui comptait, c'était ce qu'il était en train de lui faire, et comment il jouait avec elle, tel un barde talentueux pinçant les cordes de son luth, à l'affût de ses réactions à chacune de ses caresses.

Elle se cambra quand sa bouche atteignit le creux de ses cuisses, et que sa langue s'enfouit dans son intimité. La chaleur de son ventre l'embrasa alors tout entière, et explosa en ondes voluptueuses.

— Pourquoi avez-vous fait ça ? demanda-t-elle quand elle toucha de nouveau terre, et le découvrit appuyé sur un coude, en train de l'observer.

— La prochaine fois, répondit-il en posant une main étonnamment délicate sur sa joue, ne vous dévalorisez pas. Cela ne vous va pas. Maintenant, êtes-vous prête à accepter mon compliment ? Vous êtes mille fois plus délicieuse en chair et en os que dans mes rêves.

— J'y penserai, dit-elle avec un rire de gorge qui le fit rire aussi.

Elle trouva agréable de rire, sa peau contre la sienne. Elle n'avait jamais pensé à l'union entre un homme et une femme comme à un moment propice à l'humour et à la plaisanterie, mais ça l'était avec lui. Et ce n'en était que mieux.

Elle enfouit les mains dans ses longs cheveux blond foncé.

— Est-ce un ordre ?

— Vous pouvez le considérer comme tel, dit-il en lui mordillant le menton.

D'un mouvement souple il se plaça au-dessus d'elle,

son érection pressée contre son ventre. Elle s'ouvrit aussitôt pour l'accueillir, enroulant les jambes autour de lui pour l'attirer plus fort. Il la pénétra alors pour l'emplir de chaudes pulsations.

Auparavant, quand venait le moment de l'union, elle essayait de rester parfaitement immobile en pensant à autre chose. Mais, en cet instant, elle était plus que présente. Ses hanches s'accordèrent au mouvement de celles de Brand, lui intimant de plonger en elle toujours plus profondément. Des vagues de puissantes sensations se succédaient, et chaque fois elle avait l'impression d'être emportée plus haut, toujours plus haut. Jusqu'à atteindre les étoiles.

Brand regardait dormir Edith, une petite ride entre les sourcils, ses lèvres rouge sombre légèrement pincées, et ses longs cheveux flottant librement. Il n'avait pas nourri le projet que les choses se passent ainsi quand il avait suggéré la sortie à cheval, mais il ne le regrettait pas un instant. Son corps la réclamait de nouveau. Cette fois dans un lit bien chaud, plutôt que sur la terre froide. Avec le loisir d'explorer toutes ses facettes. Il n'avait pas menti en avouant que, dans la réalité, elle surpassait ses rêves. Elle avait quelque chose de spécial, un peu comme les mosaïques qu'il avait admirées à Constantinople : plus on s'approchait, plus les motifs devenaient complexes, et plus on désirait les étudier.

Il écarta une mèche de cheveux noirs de son front d'albâtre. Qu'Edith soit si sûre d'elle dans de nombreux domaines, mais si timide quand il s'agissait de faire l'amour, jusqu'à ce qu'elle s'oublie et laisse libre cours à sa passion l'étonnait. Sa réponse ardente méritait qu'il ait eu la patience d'attendre.

Il contempla les nuages qui défilaient au-dessus d'eux.

Que lui arrivait-il ? Avant Edith, il pensait connaître son chemin mais, avec elle, il avait semble-t-il pris un détour. Et les détours étaient sources de problèmes ; il avait appris cela, il y avait bien longtemps. Il savait ce qui était important dans sa vie, et pourquoi il le voulait. Son avenir n'incluait pas cette femme saxonne.

— Il est temps de se réveiller, ma beauté, dit-il plus abruptement qu'il n'en avait eu l'intention. Nous avons trop tardé ici.

Elle cligna des yeux, et ses lèvres tremblèrent légèrement, puis elle étira ses bras au-dessus de sa tête. Le corps de Brand réagit aussitôt. Le désir, pur et simple. Il avait eu tort de s'imaginer qu'il y avait plus que cela.

— Je ne voulais pas dormir, se justifia-t-elle en ramenant ses genoux contre sa poitrine.

— Après cet exercice, je suis loin d'être surpris.

Il laissa courir sa main sur sa hanche, et regarda ses mamelons se contracter, lui confirmant qu'elle aussi le désirait encore.

— La passion peut exténuer, reprit-il.

Elle s'assit d'un coup. Ses cheveux noirs la couvrirent tel un voile, cachant son expression.

— Cela ne m'était jamais arrivé. D'habitude, j'ai une foule d'idées qui se bousculent dans ma tête.

— Vous n'étiez pas avec moi, avant.

Il l'attira dans ses bras. Il voulait effacer toutes les traces de l'homme auquel elle avait été mariée, qui l'avait ainsi blessée, emprisonnant son esprit de sorte qu'elle avait peur de montrer sa nature passionnée. Quand elle se laissait aller, celle-ci jaillissait en étincelles jusqu'au bout de ses doigts.

— C'est là la différence, expliqua-t-il.

— Je… j'imagine, en effet.

— J'en suis sûr.

Tandis qu'il pressait ses lèvres sur sa tempe, il essaya de se contrôler. Il aurait voulu transpercer son mari de son épée pour lui avoir fait cela.

— Etait-il si violent avec vous ? Vous battait-il souvent ?

— Comment… comment savez-vous qu'il me battait ? demanda-t-elle en levant les yeux vers lui.

D'un doigt léger, il effleura la cicatrice argentée qui striait son épaule.

— J'imagine que vous n'avez pas ceci par hasard.

— Egbert était un homme violent, murmura-t-elle avec un sourire triste. A en croire ma cousine, il réservait sa violence à moi seule. Il ne supportait pas que je sois plus intelligente que lui. Il se moquait de mon habitude de lire et de mon amour de la musique.

Brand fut envahi d'une rage jalouse.

— Et il partageait votre lit ?

— Je devais toujours aller dans le sien.

— Celui où je dors désormais, déduisit Brand.

— Oui. Mais cela a cessé… après que j'ai perdu notre enfant. C'est alors que la vraie violence a commencé.

— Je suis désolé. Vous n'avez pas besoin d'en parler.

— Si, je le dois, dit-elle, la gorge serrée. Je veux que vous compreniez pourquoi il disait que je n'étais pas une vraie femme. C'était sa faute. Il m'a battue parce que je voulais l'empêcher de frapper une servante qui avait renversé un peu de vin.

Brand aurait voulu pouvoir tuer Egbert lentement, cruellement. Frapper une femme était déjà terrible, mais s'en prendre à une femme attendant un enfant était totalement révoltant. Le pire était qu'il savait qu'Egbert était mort vite, sans souffrir. Tout ce qu'il voulait, ce jour-là, c'était défendre Sven contre la traîtrise des Northumbriens. Il ne pouvait même pas affirmer qu'Egbert avait péri par son épée. Il savait ce qu'en pensait Halfdan, mais lui n'avait aucune certitude.

— Heureusement, il est mort. Sans cela, je le tuerais, affirma-t-il en lui prenant le menton pour qu'elle le regarde dans les yeux. Un vrai guerrier combat d'autres guerriers, pas les femmes ni les enfants. C'est mon credo. Il tient sa parole, et défend ceux de son *felag*.

Elle l'observa pendant un long moment, puis se détourna.

— Je n'ai jamais pu lui pardonner, quoi qu'ait pu dire le prêtre, murmura-t-elle.

— Vous savez ce que je pense de cet homme.

Elle serra ses bras contre elle et frissonna.

— Cela rend les choses plus faciles de le savoir. Cela m'aide, je vous remercie.

Brand eut soudain le cœur serré. En pensant à ce qu'elle avait dû éprouver en l'attendant la première nuit, il était révulsé. Il se pencha vers elle et lui embrassa le front.

— Créerons-nous de nouveaux souvenirs dans cette chambre qui vous en rappelle de funestes, ou devrai-je venir à vous ?

— Je ne comprends pas ce que vous voulez dire, dit-elle, étonnée.

— J'ai fini de vous courtiser, Edith, expliqua-t-il en lui posant la main sur l'épaule. Vous êtes désormais ma concubine. Nous allons dormir ensemble... tant que j'aurai besoin de vous.

Quittant aussitôt ses bras, elle se rhabilla en hâte. La tête lui tournait. Qu'elle avait été stupide ! Elle n'avait pas songé aux conséquences de ce qu'ils venaient de faire, et pensait qu'ils avaient laissé toute cette histoire derrière eux. Brand ne voyait pas les choses ainsi. Elle avait été très naïve.

— Votre concubine ? s'exclama-t-elle.

Elle remarqua que Brand n'avait pas esquissé le moindre geste pour se rhabiller. Il semblait tout à fait à l'aise dénudé.

— Après ce que nous venons de partager, vous ne pensez quand même pas que je ne voudrais le faire qu'une fois ? Il n'est pas dans ma nature de me cacher, précisa-t-il.

— Mais… mais… je croyais… vous ai-je plu ?

— C'était même au-delà du plaisir.

Edith essaya de retrouver le fil de son raisonnement dans la tempête qui agitait ses pensées. Ce qui occultait tout le reste était que, loin d'avoir échoué, elle avait au contraire réussi ! Brand l'avait désirée, comme un homme désire une femme. Egbert se trompait. Elle était capable d'être féminine, et de plaire à un homme.

Jamais elle n'aurait osé rêvé qu'une telle sensation soit possible. Il suffisait de trouver l'homme parfait.

Son estomac se noua. Brand n'avait fait aucune proposition de mariage. Elle le savait avant de se donner à Brand, et il serait vain de prétendre le contraire. Elle avait bel et bien perdu sa réputation, alors qu'elle était une lady.

— Nul besoin de se cacher, articula-t-elle lentement. Je partagerai votre couche. C'est la personne qui importe, pas le lit où elle se trouve.

Chapitre 9

— Ah ! te voilà ! Je t'ai cherchée partout, dit Hilda en rejoignant Edith dans la chambre qu'elles partageaient. Tu es rarement là où je voudrais, ces derniers jours.

— Je suis allée me promener à cheval avec Brand, se justifia Edith en espérant ne pas s'empourprer.

— Tu sembles toujours être occupée avec lui.

Edith, qui était revenue de sa sortie à cheval depuis peu, avait tout juste eu le temps de se rafraîchir et de se changer. Elle jeta un coup d'œil vers le lit. Allait-elle dire maintenant à Hilda qu'elle ne le partagerait pas avec elle ce soir ou le ferait-elle un peu plus tard ? Elle était endolorie, en des endroits qui lui paraissaient invraisemblables, et ses lèvres restaient plaisamment gonflées. Elle avait même l'impression de sentir encore le frottement de son torse viril contre sa peau.

Elle avait envie de chérir en secret ce moment qu'ils avaient partagé, comme s'il s'agissait d'une parenthèse hors du temps. Jamais elle n'avait rêvé que de telles choses pourraient être possibles. Elle se sentait réellement proche de Brand, comme s'ils ne faisaient plus qu'un. Et c'était une bonne chose, quoi que l'on puisse en dire. Un beau jour, qui sait, s'ils restaient en accord, il déciderait peut-être de faire d'elle sa compagne pour la vie…

— Tu n'as fait que te promener ?

Edith se tourna vers son coffre et souleva le couvercle. Elle se força à ranger ses peignes, pour se donner une contenance.

— Brand voulait visiter les fermes isolées.

Hilda leva les yeux au ciel.

— Brand t'a emmenée à cheval, je sais. Tout le monde en a parlé. Ils ont parié que tu serais désarçonnée, mais j'ai expliqué à Starkad que tu montais mieux que la plupart des hommes. Ne pariez jamais contre ma cousine, leur ai-je conseillé. Vous êtes partis longtemps. C'est presque l'heure du souper.

— Cela a plu à Brand, dit Edith en choisissant ses mots avec soin. Aussi sommes-nous restés plus longtemps qu'il ne l'avait prévu. Je pense d'ailleurs que nous recommencerons bientôt.

Elle rangea autrement ses peignes alors que Hilda se lançait dans de longues considérations sur la supériorité des carrioles par rapport aux chevaux, et sur la raison pour laquelle elle ne montait jamais. Edith lui prêta une oreille distraite tandis que son esprit échafaudait des rêves. Et s'ils se mariaient ? C'était la meilleure solution. Ils avaient des affinités, et elle connaissait le domaine. Leurs enfants pourraient en hériter. Cette pensée lui coupa le souffle. Leurs enfants… Elle se refusa à y réfléchir plus longuement. C'était bien trop tôt. Elle ne savait même pas encore ce qu'elle éprouvait pour lui, excepté le fait qu'il la faisait se sentir pleine de vie. Elle avait été intérieurement morte pendant si longtemps !

Hilda agita la main devant les yeux d'Edith.

— As-tu écouté un seul mot de ce que j'ai dit ? Ou es-tu dans la lune ?

— Bien sûr, répliqua Edith en essayant désespérément

de se souvenir de la dernière remarque de Hilda. Brand est différent de mon mari. Il me voit comme un défi, plutôt que comme un affront.

— J'en suis heureuse, assura Hilda. Je ne peux pas me retenir de t'avouer à quel point je craignais qu'il te soit arrivé quelque chose, et que je doive me retrouver à gérer toute seule la situation où nous sommes. Fais attention, Edith. C'est important, bien plus que ce qui s'est passé pendant ta promenade.

— Nous sommes tous deux de très bons cavaliers. Tu aurais dû te douter que je reviendrais sans encombre. Le donjon n'a pas brûlé pendant mon absence.

Edith essayait de décrypter l'expression perplexe de Hilda. En quoi la durée de sa promenade la regardait-elle ? Ce n'était pas comme si elle avait disparu la journée entière ; ils n'étaient partis que quelques heures.

— Nous sommes allés jusqu'à chez Owen le Laboureur, expliqua-t-elle, et le problème avec lui a été résolu. De plus, leurs femmes ne sont pas censées rester muettes et faire tapisserie. Il a l'habitude que les femmes défendent leur point de vue.

— Leurs femmes ? Ainsi tu lui appartiens donc, maintenant ? demanda Hilda en la scrutant avec attention. Vraiment ? J'avais cru… c'est-à-dire…

— Tout le monde en parle. Je refuse de garder cela pour moi. Je suis sa concubine, Hilda. Sa femme.

Edith s'émerveilla de pouvoir se qualifier ainsi, mais cela semblait naturel, et elle avait horreur de mentir. Tout serait plus facile, ainsi. Bientôt tout le monde saurait qu'ils partageaient le même lit. De toute façon, ils croyaient tous que cela s'était déjà produit la première nuit. Elle avait fini par faire ce à quoi elle s'était publiquement engagée.

Hilda passa son bras sous le sien et arbora une expression soudain très grave.

— Cela n'aurait pu se produire à un meilleur moment. Il va falloir que tu fasses en sorte qu'il soit bien disposé. Comme nous tous. Te souviens-tu avoir entendu que tous les rebelles étaient morts ? Ce n'est pas le cas. Ils ne le sont pas tous.

Un frisson glacé parcourut l'échine d'Edith. C'était un désastre ! Elle aurait dû se douter qu'être heureuse avait été bien trop facile. Jamais elle n'aurait dû faire cette promenade à cheval, ou répondre au baiser de Brand. Elle aurait dû rester ici, pour régler ce problème.

— Qu'est-ce qui ne va pas ? Que s'est-il passé ? Qu'as-tu fait, Hilda ? Pourquoi as-tu besoin qu'on gère la situation ? Et que veux-tu dire par « situation » ? s'exclama Edith.

— Athlestan, le père de Godwin, est revenu, bredouilla Hilda en attrapant sa cousine par le coude. Il est vivant, Edith.

Edith se dégagea et se dirigea vers une tapisserie tissée par sa mère. Elle se souvenait très bien des heures heureuses et insouciantes qu'elle avait passées à l'y aider. Puis, quand sa mère était tombée malade, elle l'avait terminée seule. Ensuite, Athlestan et son père l'avaient accrochée pour préserver la chaleur de la chambre où sa mère était alitée.

Ainsi, Athlestan était revenu… Qu'en était-il alors d'Egbert ? Et s'il revenait aussi ?

Elle inspira profondément pour chasser sa panique. Non. Egbert était mort. Elle savait ce qui lui était arrivé, et que son corps avait été exposé au public.

— Je croyais qu'ils avaient tous péri, dit-elle enfin quand elle put retrouver une voix ferme. Halfdan a ordonné qu'ils soient tous exécutés après avoir brisé la trêve, et c'est ce qui s'est passé. Le fils d'Edward le boulanger en a réchappé uniquement parce qu'il s'est faufilé dans des buissons.

— Ils n'ont pas tous péri, répliqua Hilda. Athlestan est rentré. Il est passé par le tunnel la nuit dernière. Comme elle ne te trouvait pas, Mary est venue me voir. Il a été blessé et te demande. Iras-tu le voir ? Et lui dire de nous laisser en paix ? Nous avons assez souffert.

Edith ferma les yeux, en se rappelant les paroles de Brand quand Hrearek avait été démasqué. Quiconque abriterait un rebelle serait considéré comme un traître. Mary et Godwin prenaient un risque terrible en l'hébergeant, même pour une seule nuit. Hilda avait raison. Pour le salut de tous, il fallait qu'Athlestan reparte, et fuie vers le sud. C'était un homme plein de ressources, il survivrait.

Il y avait certaines choses que Brand ne pardonnerait pas. Elle savait après son verdict sévère concernant Hrearek que c'était le genre d'homme qui voyait le monde en noir ou blanc. Son père était ainsi. Quand il avait décidé d'une orientation, rien ne l'en faisait dévier. Il ne servirait à rien de plaider la cause d'Athlestan auprès de Brand.

Mais comment tourner le dos à un homme qui avait servi sa famille si longtemps simplement parce qu'un quelconque roi l'avait décrété ? Leurs familles avaient toujours été liées. Elle se souvenait du père et du grand-père d'Athlestan, Son père faisait grand cas des avis d'Athlestan qui, par la suite, était intervenu plus d'une fois quand Egbert était en plein accès de rage meurtrière. Il n'avait consenti à partir avec Egbert que pour veiller sur les hommes, et uniquement sur l'insistance d'Edith. Dans un premier temps, il avait d'abord demandé à rester, car Mary venait d'avoir son bébé.

Elle refusait qu'un tel homme soit exécuté de sang-froid,

simplement parce qu'il avait la malchance d'être du côté des perdants.

— Athlestan est une bonne personne. Il a bien servi mon père, dit-elle.

Elle se concentra sur la tapisserie, et repéra quelques-uns de ses points maladroits. Athlestan avait ri quand elle s'était plainte qu'elle ne soit pas parfaite, assurant que l'important n'était pas d'atteindre la perfection mais de toujours faire de son mieux.

— Va-t-il vivre ? demanda Edith.

— Il a été blessé à l'épaule et à la jambe gauche, mais Mary est convaincue qu'il va s'en sortir, maintenant qu'il va pouvoir être soigné correctement. Tu la connais, ajouta Hilda avec un pauvre sourire. Et Godwin y croit dur comme fer. Il est heureux que son père soit revenu, et pas Egbert le méchant.

— Il faut que tu m'emmènes le voir, dit Edith en prenant son châle.

Sa tête commença à la lancer et elle eut du mal à rassembler ses idées. Elle se sentit vaciller.

La sensation de joie pétillante qui l'avait habitée jusque-là s'évanouit comme si elle n'avait jamais existé. Sa responsabilité envers ses gens passait avant tout le reste. C'était ce qui la motivait, et elle aurait voulu trouver un moyen d'assurer à cette histoire un dénouement heureux pour Athlestan et sa famille. Elle doutait que Brand lui pardonne quand il découvrirait ce qu'elle avait fait. Elle respira profondément, et redressa les épaules. Personne n'avait jamais prétendu qu'il était facile d'assumer ses responsabilités. Et elle avait une dette envers Athlestan.

— Quand veux-tu y aller ?

— Tout de suite, sans attendre, répondit Edith.

Elle ferma un instant les yeux pour réfléchir. Plus vite

Athlestan serait informé de la situation et du danger qu'il faisait courir à tous, mieux cela vaudrait.

— Nous ne serons pas revenues pour le souper, et c'est la finale du concours de chant, ce soir. C'est toi le juge, je te le rappelle. Et Brand Bjornson a aussi promis de chanter après que tu auras couronné le vainqueur. Starkad dit qu'il a une voix merveilleuse.

Edith se laissa tomber sur le bord du lit près de Hilda. Sa cousine avait raison. Si elle se précipitait, la cachette d'Athlestan serait vite découverte. La meilleure chose à faire, ce soir, était de ne pas penser à lui, de le ranger dans une petite boîte et de l'oublier. Par bonheur, elle avait de l'expérience dans ce genre de comédie. Dire qu'avant d'apprendre le retour d'Athlestan elle avait prévu de tout partager avec Brand ! Désormais, il y aurait des secrets entre eux, et cela la désolait. Elle se mordit la lèvre.

— Tu as raison, reconnut-elle. Et veux-tu m'aider, ou dois-je y aller seule ?

— Oui, j'ai raison, dit Hilda en se levant, avant de lisser ses jupes. Je sais que tu feras au mieux pour tous, comme toujours. J'ai honte de mon attitude avant l'arrivée des Vikings. Tu as sans cesse essayé de me protéger, même quand j'étais dévorée de jalousie et paradais au donjon. N'importe qui d'autre que toi m'aurait rejetée. Tu auras mon aide, cette fois ; tu es loin d'être seule.

— Ne nous précipitons pas. Il nous faut un plan. Nous devons rassembler des provisions pour Athlestan, en veillant à ne pas nous faire remarquer. Nous nous en occuperons demain, pendant que Brand entraînera ses hommes. J'imagine qu'Athlestan est en sécurité pour le moment.

— Sais-tu vraiment ce que tu fais, Edith ? demanda Hilda en lui lançant un regard circonspect. As-tu bien réfléchi ? Tu pourrais mettre tous tes gens en danger, s'il reste. Tu devrais lui ordonner de partir, ce qui sauverait tout le monde. Il n'a plus d'avenir, ici. Il ne fera que répandre le malheur autour de lui.

— Il a été un serviteur loyal, et il est revenu. Je me dois de l'aider, ainsi que sa famille. Si par malheur il devait être découvert, j'en assumerais la responsabilité. Personne d'autre n'en subira les conséquences.

Elle sentit un grand vide s'ouvrir en elle. Brand ne comprendrait pas, c'était évident. Il lui faudrait donc agir en secret, en espérant trouver une solution.

— Penses-tu qu'ils t'écouteraient, s'il était découvert ? Et Mary, Godwin, le bébé ? Ils seront mêlés à l'affaire. Qu'adviendrait-il d'eux ? Y as-tu réfléchi ? C'est pire que je le croyais.

— Que veux-tu donc que je fasse ? Lui tourner le dos et jouer la comédie ? Refuser de le voir ? Il a donné son sang pour ces terres et ma famille ! Tu peux rester à l'écart, si tu estimes que le risque est trop grand.

— Je n'ai jamais dit ça !

— Vas-tu le répéter à quelqu'un ?

— Je sais garder un secret, se défendit Hilda en devenant écarlate. Mary est venue me voir quand elle ne t'a pas trouvée. Elle me fait confiance, contrairement à toi. Je ne connais pas vraiment Athlestan, mais Mary m'a aidée à coudre ma dernière robe. Je ne voudrais pas qu'il lui arrive quoi que ce soit.

Edith lui sourit. C'était un réconfort d'avoir une amie.

— Il nous faudra quelques provisions de la cuisine, et des remèdes. Demain matin sera idéal pour les porter chez Athlestan, quand les Vikings seront à l'entraînement. Je pourrai alors m'éclipser sans qu'on me pose de questions.

— Nous irons toutes les deux, décida Hilda, qui haussa les épaules sous le regard surpris d'Edith. Je veux être au courant de ce qui se passe. Et tu as besoin de moi. Je peux aider pour d'autres choses.

Après s'être levée, Edith se mit à faire les cent pas. Elle avait horreur d'attendre, mais c'était le meilleur moyen de garantir la sécurité d'Athlestan. Si son état le permettait, elle pourrait lui expliquer la situation et lui demander de fuir avec sa famille. Elle prendrait ce qu'il lui restait d'argent pour assurer leur subsistance. Les talents de cet homme seraient grandement appréciés dans le Wessex. Elle savait que ses parents auraient approuvé. Quant à Brand, il n'avait pas besoin de le savoir avant très longtemps… si toutefois il l'apprenait jamais.

Son mal de tête s'était un peu atténué.

— Et comment peux-tu aider, Hilda ?

— Je peux me procurer du pain aux cuisines, le commis a un faible pour moi, expliqua-t-elle en faisant bouffer sa chevelure.

— Les remèdes sont gardés dans un coffre, dit Edith, avant de songer qu'il était déjà assez dévoué de sa part de proposer le pain.

— Je les prendrai aussi, assura Hilda. Nous sommes cousines, de la même famille. Cesse donc de vouloir tout faire seule !

— Merci, dit Edith en pressant la main de sa cousine.

— Je crois que tu as un suçon dans le cou…, ironisa celle-ci.

Edith resserra vite son châle autour de son cou. Combien de personnes l'avaient vu, et s'étaient retenues de faire un commentaire ?

— Ça ne te regarde pas.

— Tu as couché avec lui.

— Et quand bien même l'aurais-je fait ? rétorqua Edith

en redressant les épaules. J'ai accepté d'être sa concubine. Il n'y a aucune honte à cela ; j'ai tenu ma parole.

— Cela facilitera les choses. Starkad m'a dit que Brand était d'une humeur massacrante, et que l'entraînement aujourd'hui avait été particulièrement pénible. Et, au fait, tu n'en as pas ! ajouta Hilda avec un air innocent.

— Qu'est-ce que je n'ai pas ? demanda Edith.

— De suçon. Je voulais simplement voir ta réaction. Elle m'a dit tout ce que je voulais savoir. Je suis heureuse pour toi, cousine, sincèrement. Tu rayonnes, cet homme est bon pour toi, et il n'est pas marié. Il y a toutes les raisons de penser qu'il pourrait t'épouser.

— Hilda ! Une chose à la fois ! Je ne suis pas certaine de vouloir me remarier.

— Mais il serait un bon choix, et les gens se tairont à ton sujet, plutôt que te calomnier.

— Qui me calomnie ?

— Le père Wilfrid a parlé de l'inconséquence et du manque de volonté des femmes, dit Hilda en haussant les épaules.

— Il aime causer des problèmes.

— Il est préférable pour tous que Brand Bjornson soit de bonne humeur, au moment où Athlestan est de retour. Nous allons avoir besoin de toute l'aide dont nous pourrons disposer.

Edith se mordit la lèvre. Il était peut-être de bonne humeur présentement, mais quelle serait sa réaction s'il apprenait qu'elle avait ouvertement enfreint ses ordres ?

— Vous semblez distraite, Edith, lui fit remarquer Brand en posant sa main sur la sienne quand Starkad termina sa chanson.

Edith sursauta à cette caresse douce et se força à revenir au présent, plutôt que spéculer sur l'avenir.

— Je me fabriquais un souvenir, dit-elle.

— Un souvenir ? répéta-t-il en portant sa main à ses lèvres.

L'aisance et le naturel de ce geste la surprirent. On aurait dit qu'ils siégeaient à la table haute ensemble depuis toujours.

Elle fut envahie d'un désir empreint de mélancolie. Elle aurait voulu que ce bonheur continue, mais elle avait une responsabilité envers Athlestan et tout autre rebelle qui reviendrait. Pourtant ce n'était pas mal agir que savourer une nuit de bonheur… Elle aurait bien assez de temps pour tout avouer à Brand plus tard…

— Je veux me souvenir de tous les détails de cette journée, afin de me les remémorer quand je serai vieille et grisonnante, expliqua-t-elle.

— Je suis heureux que vous passiez un agréable moment. Mais je ne vous envie pas la tâche qui vous incombe de choisir le gagnant.

— Puisqu'il faut choisir, je désigne Starkad. Parfois, c'est le fond de votre cœur qui vous dicte quelle chanson l'emporte.

Brand proclama alors le nom du vainqueur, et toute la salle éclata en applaudissements. Cramoisi, Starkad vint chercher sa bourse de pièces d'argent puis regagna sa place.

Edith se tourna vers Brand.

— Hilda m'a dit que vous saviez chanter…

— Je sais chanter.

— Alors pourquoi n'avez-vous pas participé ?

— Parce que cela n'aurait pas été juste, dit-il en faisant signe à Starkad, qui apporta prestement une lyre. Je peux chanter, maintenant que vous avez fait votre choix.

Il se mit à chanter, et sa voix chaude emplit la salle. C'était un chant sur la nostalgie et la loyauté. Pourquoi l'avait-elle considéré comme un Barbare ? se demanda Edith. Il était bien plus qu'un guerrier belliqueux. Quand son chant cessa, toute la salle resta silencieuse.

— Eh bien ? Ce n'était pas si affreux que cela ? demanda-t-il.

— C'était magnifique, murmura Edith. J'aimerais entendre d'autres chants du Nord dans cette salle. Et, plus que cela, j'aimerais apprendre celui-ci.

— C'est ma mère qui me l'a appris. Elle le chantait à mon père.

— Votre mère devait être une personne spéciale.

Il lui posa la main sur l'épaule.

— Vous me la rappelez. J'ai commis une erreur, le premier jour. J'ai pensé que vous étiez comme la femme de mon père, mais ce n'est pas le cas. Vous êtes honnête.

— Je l'espère.

Brand se renfrogna tandis qu'il écoutait une nouvelle litanie d'excuses sur le fait que tels ou tels bâtiments n'étaient pas réparés ou ne convenaient pas à l'usage que l'on voulait en faire. Ses pensées le ramenaient sans cesse à Edith et à l'après-midi de la veille.

Elle avait été un peu lasse au souper, mais ensuite il lui avait démontré comment pleinement profiter d'un lit, et elle avait répondu avec une passion fiévreuse. Ce matin, il avait été tenté d'annuler l'entraînement et n'avait quitté la chaleur de son corps blotti contre le sien qu'avec réticence. Plusieurs de ses hommes avaient fait des réflexions en le voyant arriver en retard, mais il les avait ignorées. A son étonnement les derniers jours avaient été profitables, et l'exercice à l'épée ce matin-là n'avait pas duré très longtemps, car il ne pensait qu'à Edith et au dessin de ses lèvres.

Il peinait à se souvenir de la dernière fois qu'une femme avait ainsi dominé son esprit. Il avait mis un terme à l'entraînement et envoyé ses hommes surveiller les bâtiments éloignés, tâche destinée à lui laisser du temps avec Edith, mais qui générait en fait ses propres problèmes.

— Nous avons découvert des bains ! s'exclama Starkad en le rejoignant. Nul besoin d'en construire ! Il y en a déjà ici !

— Des bains ? Je croyais que leur prêtre interdisait ce genre de choses. Il ne tarit pas d'arguments sur le sujet !

— Ce sont vraiment des bains. Ils ont servi à entreposer du grain, et sont un peu encombrés de gravats, mais j'aurais pu jurer être à Constantinople, continua Starkad. On peut facilement les remettre en état. Les hommes sont impatients de s'y mettre.

— Voilà un problème résolu, dit Brand en souriant.

Il était impatient d'initier Edith aux délices du bain. Il était bien décidé à passer du bon temps avec elle, quelques semaines ou quelques mois, même si elle avait semblé distante et distraite la veille. Dans la nuit ils avaient été tous deux emportés par la passion, mais dans la grande salle elle avait semblé sur le qui-vive, comme si elle attendait qu'un événement survienne.

Quelques semaines pour la conquérir et apprendre ses secrets, après quoi il reprendrait le cours de sa vie tel qu'il l'avait planifié depuis tant d'années. Il pouvait encore faire venir Siegfrieda, ou une autre, qui lui donnerait le genre de garçons dont il rêvait, et qui serait une épouse approuvée par Halfdan. Il ne pouvait risquer de susciter la colère du roi, pas après avoir bénéficié de tant de faveur. Il aurait aimé connaître la raison précise pour laquelle Halfdan ne lui avait pas ordonné d'épouser Edith.

— Je pensais que tu aimerais le savoir, dit Starkad en s'étirant. Par la barbe de Loki, ça va faire du bien de prendre un bon bain, au lieu de se geler les fesses dans le lac !

— Dis-moi quand ce sera remis en état. J'espère que ce sera pour ce soir.

— Nous l'espérons tous, renchérit Starkad, tout en fouillant dans sa sacoche. Eh ! j'ai failli oublier ! Un message est arrivé.

— Pourquoi n'en ai-je pas été informé immédiatement ?

— Le messager ne te trouvait pas, expliqua Starkad avec un haussement d'épaules. Il est en train de s'occuper de son cheval.

— Tu aurais dû me le remettre tout de suite ! Quand le messager aura fini, je souhaite le voir et avoir des nouvelles de ce qui se passe à Jorvik.

— Tu veux toujours que les choses soient faites dans le bon ordre. Loin de moi l'idée de procéder autrement.

— Le message, je te prie ? demanda Brand en lui faisant les gros yeux.

Il le parcourut rapidement. Il ne contenait rien qu'il ne sût déjà. Tous les rebelles n'étaient pas morts, et certains tenteraient de revenir. C'était l'une des raisons pour lesquelles il avait entraîné ses hommes avec tant de rigueur. Personne ne lui reprendrait cette terre. Il se battrait pour la garder. Les rebelles n'avaient montré aucune pitié ; il n'en aurait aucune pour eux.

Après s'être brièvement entretenu avec le messager de Halfdan, et avoir appris que le roi restait toujours aussi inflexible pour punir les rebelles, Brand aperçut Edith qui marchait en compagnie de sa cousine, toutes deux plongées dans leur conversation. Tous ses sens furent aussitôt en alerte. Elle avait l'air plus désirable encore que lorsqu'il l'avait quittée ce matin.

Il fronça les sourcils, se demandant s'il devait lui parler des ordres de Halfdan, qui interdisait que l'on offre le moindre refuge aux rebelles. Ce n'était pas nécessaire, décida-t-il. Il avait été très clair dès son arrivée : il ne tolérerait aucune remise en cause de son autorité, et quiconque aiderait un ancien rebelle, pour quelque raison que ce soit, serait châtié.

— Edith, puis-je avoir un moment ?

Edith se pétrifia. Mais comment devinerait-il ? Elle n'avait fait que remplir un panier de vivres à la cuisine.

Comme Hilda lui lançait un regard affolé, elle lui pressa la main.

— Tout ira bien, chuchota-t-elle.

— Vas-tu lui dire ?

— Quand il aura besoin de le savoir, dit-elle à Hilda en lui tendant le panier. Porte-le à Mary, et fais vite.

Hilda s'empara du panier et s'éloigna en hâte.

— Y a-t-il un problème avec votre cousine ?

— Nous avions prévu d'aller voir la mère de Godwin. Elle voulait s'assurer que les gâteaux restent chauds.

Edith fut la première surprise la fermeté de sa voix. Elle ne mentait pas ; elle ne lui disait pas toute la vérité, voilà tout. Plus tôt dans la matinée, quand elle reposait entre les bras de Brand, elle avait décidé d'aller voir Athlestan, puis de tout avouer à Brand par la suite.

Tant qu'elle n'aurait pas vu Athlestan, elle ne disposerait que du récit de Hilda. Il y avait toujours la possibilité qu'il désire se rendre ; elle voulait pouvoir lui parler, et entendre son histoire. Elle le lui devait, pour le temps passé au service dans sa famille, et elle le devait à Godwin, pour l'avoir sauvée en parlant, déjouant ainsi le piège tendu par Hrearek. Elle ne serait pas celle qui le trahirait.

Elle frissonna légèrement. Le risque qu'elle prenait était terrible, mais elle n'avait pas le choix. Il fallait que tout reste secret, jusqu'à ce qu'elle sache ce que Athlestan voulait précisément, et pourquoi il était revenu.

— Je suis content que vous me remettiez Godwin en mémoire. J'avais presque oublié ce garçon, avec tout le reste.

Les yeux de Brand se réchauffèrent, lui rappelant pourquoi elle avait si peu dormi la nuit précédente.

— Il faut que je parle à sa mère, ajouta-t-il.

— Pourquoi ? demanda-t-elle en essayant de rester impassible et d'ignorer les picotements de la peur. Qu'a donc encore fait Godwin ?

— Je veux le former pour qu'il devienne un guerrier. Il pourrait avoir un grand avenir à mon service. Et s'il est assez bon, je l'enverrai à Halfdan en temps voulu.

Elle suffoqua. C'était inattendu, et généreux. Cette offre était exactement ce dont Godwin avait besoin ; il pourrait aller loin. Mais elle se présentait au plus mauvais moment.

— Souhaitez-vous parler à sa mère maintenant ?

— Le plus tôt sera le mieux. Le garçon a besoin d'être guidé. Il me ressemble, quand j'avais le même âge. Nous pouvons y aller ensemble.

— Ce n'est pas le moment idéal, croyez-moi, dit-elle ne tortillant sa ceinture entre ses doigts.

— Pourtant vous y alliez vous-même, répliqua-t-il, perplexe.

— Il y a… c'est-à-dire, euh… quelqu'un qui est souffrant chez eux. La mère de Godwin serait perturbée, car elle serait incapable d'accueillir son seigneur comme il se doit.

Edith souffla. Ce n'était pas tout à fait un mensonge, Hilda avait dit qu'Athlestan était gravement blessé.

— Mais je vais demander à Hilda de dire à Mary de venir vous voir dès qu'elle pourra se libérer.

Il hocha la tête, le front plissé.

— Et vous êtes certaine que tout ira bien ?

— Certainement. C'est un grand honneur que vous faites à Godwin.

Elle appela Hilda qui s'arrêta et se retourna, surprise de la voir venir vers elle en courant.

Edith lui expliqua rapidement la situation. Sa cousine écarquilla les yeux, mais accepta de prévenir Mary. Edith sentit la tension dans ses épaules se relâcher légèrement ; elle avait gagné un peu de temps. Elle finirait bien par trouver la solution, qui permettrait à Athlestan de vivre, et à elle de préserver les bribes de bonheur qu'elle savourait. Etait-ce si mal de sa part de penser à elle d'abord, pour une fois ? Comme Hilda le lui avait fait remarquer la veille, il était important pour tous que Brand soit satisfait, et bien disposé.

— C'est fait, dit-elle en rejoignant Brand et en lui posant la main sur le bras.

Il passa son bras sous le sien et prit la direction de l'ancienne réserve, dans l'intention de lui montrer les bains que ses hommes avaient découverts.

— Votre cousine a semblé surprise de ma proposition. Pensait-elle que je ne voudrais pas quelqu'un d'aussi prometteur que Godwin dans ma suite ? C'est le genre de garçon qui ira loin. Et j'ai l'intention de lui donner cette chance.

— Hilda pense que votre geste est plein de bonté, expliqua Edith en essayant de rester calme. Godwin est très doué, mais sa mère voudra peut-être qu'il reste encore un peu avec elle. Elle s'est à peine remise d'avoir perdu son mari.

— Sa mère ne lui rendra pas service en le maintenant dans sa position de petit garçon. Il va rapidement devenir un homme, d'autant plus que son père est mort.

Sa voix avait pris une tonalité voilée. Il avait été le même genre d'enfant. Edith comprit soudain : il voyait en Godwin une âme sœur. Il fallait qu'elle en sache plus. Chaque fois qu'elle l'avait interrogé au sujet de son enfance, il avait habilement détourné la conversation. Peut-être y trouverait-elle cette fois un indice pour aider Athlestan et Godwin. Elle lui reposa donc la question.

— Nous parlons de Godwin, pas de mon passé malheureux, trancha Brand.

— Mais vous avez bien grandi quelque part, répliqua Edith. Vous n'êtes pas sorti de terre tout armé, prêt à pourfendre les Northumbriens. Je voudrais connaître ce passé.

— Nul besoin d'en parler. Je vis dans le présent, répondit-il en souriant.

— Vous voyez mon passé tout autour de moi, mais vous ne voulez pas parler de votre enfance, insista Edith en effleurant la joue de Brand avec ses lèvres. Or, c'est l'enfance qui fait de vous l'adulte que vous êtes. Faites-moi plaisir, je suis curieuse.

— Pourquoi cet intérêt soudain ?

Elle pinça les lèvres. Elle pouvait difficilement lui révéler qu'elle cherchait une réponse à son problème.

— Je veux savoir si la rumeur est exacte… Votre mère a-t-elle essayé de vous faire pendre ?

— Mon père était un *jaarl*, l'un des conseillers les plus proches du vieux roi Viken.

— Alors, pourquoi n'êtes-vous pas là-bas ?

— Parce que ma mère était sa concubine, dit-il en palpant la cicatrice de son cou. La femme de mon père avait d'autres projets quant à la personne qui hériterait de la fortune de mon père. Elle ne voulait pas suivre notre coutume qui exige que l'on dote tous ses enfants, légitimes ou non.

— Ainsi, elle vous a fait cela ? dit Edith dans un souffle. Ce n'est pas votre mère, mais l'épouse de votre père ? C'est elle qui vous a fait pendre !

— En précisant que personne ne devait me venir en aide, sous peine de mort, ajouta-t-il avec un rictus. J'avais commis l'erreur d'aimer la femme destinée à mon demi-frère, et d'avoir osé le vaincre à l'épée. Elle avait prétendu que j'avais volé mon épée.

— Pourtant quelqu'un a pris le risque de vous aider ?

— L'un des serviteurs de mon père. Je crois qu'il était amoureux de ma mère. Il a arrangé une pendaison truquée. J'étais à demi mort quand on a coupé la corde. Il m'a fait disparaître, et je ne suis pas retourné en Norvège avant très longtemps.

— Où est-il, maintenant ?

— Il est mort. Son fils Sven était mon compagnon d'armes. Nous avions grandi ensemble. Il était bien meilleur que je ne le serai jamais, et mon père l'a chassé comme on se débarrasserait d'un esclave.

— Quel âge aviez-vous ?

— Quatorze ans. Je suis parti en bateau pour Constantinople, et je m'y suis fait un nom. J'imagine que l'une des raisons pour lesquelles j'ai été enrôlé à l'origine était ma cicatrice, dit-il avec un demi-sourire. La femme de mon père a raté son coup.

Edith serra les mains. Son récit lui donnait de l'espoir. Il savait donc ce que c'était que d'être un réprouvé. Elle pourrait éventuellement l'utiliser pour sauver Athlestan.

— Pourquoi avez-vous quitté Constantinople ?

— Il n'y avait rien là-bas pour moi.

Un muscle tressauta dans sa joue.

— J'ai accordé ma confiance à une femme qui ne la méritait pas, et j'ai été renvoyé. Quand Halfdan et ses frères ont échafaudé leur plan pour envahir l'Angleterre, ça m'a donné un but. Halfdan a tenu sa parole : il m'avait promis une terre, pour que je puisse épouser la femme de mes rêves.

— Est-ce aussi rare de tenir sa parole pour un noble Viking que pour un Northumbrien ? demanda Edith avec légèreté, alors qu'elle était transpercée de douleur.

Il était amoureux de quelqu'un…

— Oui. Je tiens en haute estime un homme qui respecte la parole donnée. Quand j'ai choisi mon chemin, je n'en dévie pas.

— Même si une meilleure voie apparaît ?

— Je n'en ai jamais eu besoin, dit-il avec un signe de dénégation. Je trouve important de ne jamais perdre de vue mon but essentiel.

— Et quel est-il ?

Il écarta les bras pour englober l'espace autour de lui.

— Avoir ma terre, que je pourrai faire fructifier sans crainte. Y planter mes racines. Le vagabond a trouvé un endroit où s'arrêter.

— Et c'est tout ?

— Où mène cette conversation, Edith ? demanda-t-il en soupirant. Si vous voulez le savoir, j'ai l'intention de demander une épouse en Norvège. J'ai dit à Halfdan, au moment où je suis entré à son service, que je le ferais quand j'aurais une terre.

— Ainsi vous avez quelqu'un en vue ? fit-elle, la gorge serrée.

— En quelque sorte. Il y a une femme avec qui j'avais des affinités. Son père m'a donné latitude de lui demander sa main si je devenais *jaarl*. J'imagine qu'il pensait que cela ne se produirait jamais, mais tout le monde connaissait mes intentions.

Tout le monde, sauf elle. L'histoire qu'elle s'était racontée, où il en viendrait à l'aimer et désirerait l'épouser s'écroulait. A peine avait-elle réalisé qu'elle nourrissait ce rêve qu'il avait déjà disparu. Refusant de montrer à quel point ses paroles venaient de la blesser, elle se redressa.

— Et quand aviez-vous l'intention de m'en parler ?

— Pourquoi aurais-je dû le faire ? Cela n'a rien à voir avec nous, répliqua-t-il.

Edith serra ses mains si fort que ses jointures blanchirent.

— Vous auriez dû dire quelque chose. Cela aurait fait une différence.

— Pourquoi ? s'enquit-il, l'air sincèrement étonné.

— Parce que je ne pourrais jamais infliger à une femme ce que l'on m'a fait subir ! s'exclama Edith, en se retenant de pleurer. Voilà pourquoi !

— J'ai l'intention de veiller sur vous. Je n'esquive jamais mes responsabilités. Je sais ce que c'est d'être le fils d'une concubine, ajouta-t-il en fronçant les sourcils.

Chacun de ses mots lui déchirait l'âme. Elle avait vécu une sorte de rêve, cru qu'après cette nuit passionnée il ne pourrait faire autrement que lui demander de l'épouser. C'était la solution la plus logique. Et voilà qu'elle découvrait qu'elle n'avait aucune importance pour lui, et qu'elle n'était qu'un corps auquel se réchauffer la nuit. Son cœur appartenait déjà à quelqu'un d'autre. Cela n'aurait pas dû l'affecter, et pourtant… Une fois dans sa vie, elle avait envie d'être aimée.

Le fait d'éprouver des sentiments pour Brand était d'ailleurs une chose entièrement nouvelle pour elle. Ce n'était pas de l'amour, se persuada-t-elle. L'amour était censé vous apporter confort et paix, ce que ses parents s'étaient apporté l'un à l'autre. Et ce qu'elle vivait avec Brand bouleversait toutes ses certitudes.

— Mais vous avez malgré tout l'intention de l'envoyer chercher, en dépit de ce qui s'est passé entre nous ? Vous avez le projet de me traiter comme votre père a traité votre mère. Pourquoi ? Pour m'humilier ?

— Ne comparez pas ! s'exclama-t-il, les yeux étincelants.

— Je vois.

Edith rassembla toute la dignité qu'elle put puiser en elle. Elle aurait voulu s'enfoncer dans le sol de désespoir, mais cela n'aurait fait que conforter son orgueil masculin.

— Vous ne nourrissiez quand même pas le faux espoir que j'allais vous épouser ?

Elle pinça les lèvres, et compta jusqu'à dix pour reprendre le contrôle sur elle-même. Qu'elle avait été stupide !

— Je ne saurais comment vous répondre, dit-elle.

— J'ai été clair avant que tout ne commence, Edith. Vous êtes ma concubine pour un an. Quand ce sera terminé, je vous garantirai ainsi qu'à vos possessions un voyage en sécurité, pour la destination de votre choix. J'ai cédé à votre sensibilité, et je vous ai courtisée.

— Et les hommes n'épousent pas ce genre de femmes ?

La repartie lui avait échappé avant même qu'elle ait réfléchi.

— Vous êtes impossible, Edith ! Vous me questionnez en détail sur ce que j'attends de la vie puis, quand je vous l'expose, vous le prenez mal. Si vous ne voulez pas entendre la réponse, alors abstenez-vous de poser la question. Vous devriez être contente de ma franchise.

Ce genre de franchise ne lui était d'aucune utilité. Elle s'était bercée d'illusions, dans un monde imaginaire.

— Et vous cherchez à me congédier, comme on le fait avec un enfant ? Qu'aviez-vous prévu précisément ?

— Je n'ai pas envisagé l'avenir aussi loin. J'aime vivre au jour le jour.

— Mais vous alliez bientôt prendre une décision.

— Vous n'êtes pas raisonnable, c'est le choc, répondit-il en voulant la prendrc dans scs bras.

Elle se dégagea lestement. Un baiser maintenant ne ferait qu'empirer les choses, et elle avait sa fierté.

— Pas raisonnable, dites-vous ? Vous me traitez comme une enfant écervelée.

— Un *jaarl* doit prendre femme, Edith, dit-il lentement, son accent de plus en plus prononcé à chaque mot. La question ne se pose pas. Et il faut que ce soit une personne qui rehausse son prestige. Halfdan doit approuver l'union. Il veut que ses comtes fassent de beaux mariages. Vous devriez l'entendre sur ce sujet. Pour Halfdan, la femme idéale est norvégienne.

D'instant en instant, Edith se sentait rapetisser. Bien évidemment, après la rébellion avortée, elle n'avait plus de position, ni de rang à tenir. Il n'avait aucune raison de l'épouser. Il la désirait, sans plus. Il ne voulait même pas qu'elle reste au-delà de l'année convenue.

Elle ne s'était pas rendu compte qu'elle espérait en fait un mariage d'amour. Elle avait été si naïve ! Elle avait cru que cela durerait éternellement, alors que Brand avait toujours eu à l'esprit que leur histoire serait à court terme. Elle se sentait utilisée et trahie. Elle avait pensé que ce qu'ils partageaient était spécial et unique, et qu'il ressentait la même chose.

— Merci d'éclaircir votre position, parvint-elle à dire malgré sa gorge serrée.

— Je ne voulais pas que vous vous berciez d'illusions.

— Ça me regarde, répliqua-t-elle.

Elle garda la tête haute, et s'appliqua à rester imperturbable. Elle était heureuse d'avoir passé tant d'années à perfectionner son masque d'impassibilité avec Egbert. En cet instant précis elle avait envie de hurler, et de lui lancer au visage qu'il était injuste. En la rabaissant, il avait avili ce qu'ils avaient partagé.

— Et ne vous inquiétez pas. Je n'installerai pas de femme ici tant que vous y résiderez, ajouta-t-il.

Edith dut prendre plusieurs profondes inspirations avant de se sentir capable de reprendre la parole. Installer une femme ? Sans doute estimait-il lui faire ainsi une énorme faveur…

— Et cela est censé m'amadouer ? Vous vous assurerez que tout est terminé entre nous avant de vous marier.

— C'est le mieux que je puisse offrir. Je veillerai aussi à ce que vous n'ayez aucun souci d'avenir.

Elle tressaillit, comme s'il venait de lui assener une gifle.

Brand fronça les sourcils. Que voulait-elle, à la fin ? Sa tête sur un plateau d'argent ? En lui disant la vérité, il s'était comporté honorablement. Il n'y pouvait rien, si un jour il devait se marier et engendrer un héritier, mais il ne l'humilierait jamais de la manière dont sa mère l'avait été.

— Vous ferez ce que je dis, Edith.

— Nous avons un accord, Brand, et je l'honorerai. Je m'attends à en être libérée quand mon année sera écoulée.

— Et où irez-vous ? lança-t-il, mâchoire crispée. Où trouverez-vous refuge ? Qui vous recueillera ? Je veux vous savoir en sécurité, bien installée. Vous pourrez avoir un cottage, avec un peu de terre. J'ai l'intention d'être généreux, Edith.

— C'est mon affaire ! s'exclama-t-elle en le foudroyant

du regard, poings serrés. Quand je m'en irai, je ne serai plus votre problème, pas plus que je n'aurai besoin de votre prétendue générosité. J'irai peut-être dans le Wessex. J'y ai de lointains parents. Ou dans un couvent sur la côte, dont ma cousine issue de germain est la mère supérieure. Mais je ne resterai pas ici, comme une mauvaise odeur qui stagne.

— Vous pensez à deux endroits à la fois ? fit-il, étonné, en haussant un sourcil.

— Je n'ai pas décidé, répondit-elle en rougissant. Cela dépendra de beaucoup de choses. Quand l'heure sera venue, je saurai où j'irai. Vous n'avez jamais dit que je devais me décider tout de suite. Vous cherchez à changer les termes de notre accord. Ce n'est pas permis, Brand.

— Je devrais avoir mon mot à dire, rétorqua-t-il avec une politesse glacée. Il peut y avoir d'autres considérations, un enfant…

— Vous ne devriez rien avoir à dire ! Le problème, avec vous, c'est que vous voulez tout, et ne donnez rien en retour.

Brand réussit tout juste à ravaler son envie de hurler. S'il se laissait aller à son humeur, Edith aurait gagné. Il se concentra, respira lentement et profondément. Edith était impossible ! Quand elle serait calmée, elle comprendrait qu'il la respectait assez pour être honnête avec elle, alors qu'il aurait pu se borner à lui servir des propos suaves qui n'auraient pas de suite.

Il n'était pas pressé de se marier, et il ne reproduirait en aucun cas ce qu'avait fait son père. Mais il n'offrait pas non plus de faux espoirs. Une année, c'était très long. Il refusait d'envisager à quel point sa vie serait vide sans elle, et de penser à quel point il appréciait de s'éveiller et de la trouver à ses côtés, sans parler du plaisir de leurs joutes verbales. La solution lui apparaîtrait, et Edith entendrait raison.

— Quand le temps sera venu, je conduirai l'escorte qui vous protégera pendant votre voyage, dit-il quand il se sentit enfin capable de s'exprimer calmement. Vous m'indiquerez alors votre destination.

— Quand ce jour viendra je vous le dirai. Mais sachez déjà que ce sera très loin d'ici, dit-elle avant de tourner les talons et de s'éloigner vivement.

— Je ne crois pas vous avoir donné la permission de partir ! lança-t-il.

— Je dois donc la demander ?

Elle s'arrêta et lui fit une révérence moqueuse.

— Très bien. Puis-je prendre congé, Votre Seigneurie ?

— Vous êtes impossible. Partez ! Hors de ma vue ! Allez où bon vous semble. Partez, c'est tout !

Chapitre 10

Edith réfléchissait en silence dans la chambre de Brand, en tendant l'oreille aux bruits de la beuverie qui lui parvenaient assourdis de la grande salle. Ce soir-là elle avait prétexté un mal de tête pour se retirer. Son message était laconique, conçu pour provoquer une réaction, d'autant plus qu'une servante lui avait confié que l'envoyé du roi était arrivé.

Brand ne s'était pas donné la peine de prendre de ses nouvelles personnellement, mais il avait chargé l'une des servantes de lui dire que son excuse était acceptable, et qu'il comprenait son indisposition.

Acceptable ? Il comprenait ? Pour qui se prenait-il, à décréter que ce qu'elle faisait était acceptable ou non ? La colère bouillait en elle. Elle aurait voulu se ruer hors de la chambre et aller l'invectiver. Elle refusait qu'on lui dicte ses actes. Certes, elle avait accepté de rester en tant que concubine parce qu'elle n'avait pas le choix, mais cela ne signifiait pas qu'elle était son esclave !

Quand elle était revenue dans la soirée, Hilda lui avait expliqué à mots couverts qu'Athlestan avait refusé de la voir, mais, par l'intermédiaire de Mary, avait confirmé son intention de rester. C'était son foyer, l'endroit où étaient enterrés ses ancêtres. Il y resterait jusqu'à son dernier souffle.

Il avait aussi appris sa liaison avec Brand, et la désapprouvait. Hilda lui avoua que tout le monde la critiquait d'être devenue la prostituée du Viking. Tout le village.

Elle jeta un coup d'œil au lit. L'une des raisons pour lesquelles elle était restée, plutôt que préserver son honneur en se retirant au couvent, était d'assurer la sécurité de ses gens. Certes, elle savait que certains la montreraient du doigt et la jugeraient, mais elle n'avait pas imaginé qu'elle pourrait en être aussi profondément blessée.

Il fallait qu'elle fasse quelque chose pour aider Athlestan et sa famille. Quelque chose de concret.

— Un homme est jugé par la qualité de ses actes, plus que par ce qu'il proclame, maronna-t-elle. Je l'ai toujours dit, et maintenant il est temps de le prouver.

Elle s'approcha du mur de pierre au fond de la chambre et, dans l'obscurité, compta sept pierres depuis le coin. Elle posa les doigts sur les bords de la pierre qu'elle avait repérée, et tira. Il ne se passa rien. Elle redoubla d'efforts, et soudain un crissement bruyant se fit entendre.

Elle se figea, aux aguets. Les bruits provenant de la grande salle s'étaient amplifiés. Les mélodies de la saga d'Ivar le Balafré résonnèrent dans la chambre. Elle avait entendu cette saga deux jours plus tôt, et l'avait alors trouvée fantastique. Elle le semblait encore plus en cet instant. Des gouttes de sueur dégoulinèrent dans son dos.

Après avoir craché dans ses mains, elle recommença à tirer. La pierre céda soudain. Déséquilibrée, Edith tomba sur son séant à grand bruit.

Elle s'immobilisa une nouvelle fois, le souffle suspendu, à l'écoute. La grande salle était plongée dans un silence de mort. Elle ressentit les battements désordonnés de son cœur dans ses oreilles et, au moment où elle commençait à se dire que tout était perdu, elle entendit d'énormes rugissements de rires, et le son de la harpe s'éleva de nouveau. Elle était sauve !

Repoussant la pierre sur le côté, elle plongea la main dans la cavité. Au lieu des pièces d'argent et des bijoux qu'elle s'attendait à y trouver, il n'y avait qu'une coupe d'argent renversée tout au fond de la cache. Fébrilement, elle palpa tout le renfoncement.

Les bijoux de sa mère, dont la broche en forme de lièvre avec des yeux de saphir qu'elle aimait lui voir porter, devaient se trouver là ! Elle les y avait mis l'après-midi qui avait suivi le départ d'Egbert !

Il ne restait rien.

A l'exception de la coupe, tout avait disparu. Les sourcils froncés, elle tenta de résister au grand vide qui s'ouvrait en elle. Ce trésor était censé assurer sa survie en cas d'événement funeste.

S'il avait découvert cette cachette, Egbert aurait tout pris. Donc, ce ne pouvait être lui, d'autant qu'elle avait attendu qu'il soit parti avant de tout y placer.

Il n'y avait qu'une possibilité : c'était Brand, et il lui avait laissé un message pour qu'elle le sache. Lui en parler était impossible, car elle devrait expliquer pourquoi elle avait ouvert la cachette. Elle ne put qu'imaginer qu'il avait laissé la coupe, au cas où elle aurait voulu s'enfuir.

Un petit rire lui échappa quand elle saisit la coupe.

— Je ne m'en vais pas, Brand. Je ne l'ai pas fait, et je n'en ai pas l'intention. Cette coupe servira à autre chose.

— Pourquoi êtes-vous revenu, Athlestan ? demanda Edith le lendemain matin à l'homme qui reposait dans un lit de fortune.

Elle s'était faufilée hors de son lit à la première heure, et avait filé vers le cottage d'Athlestan. A chacun de ses pas, alors que la coupe battait contre ses jambes, sa résolution de faire tout son possible pour Athlestan s'était renforcée. Mais surtout, elle devait le convaincre de partir. Sa présence sur ses terres mettait tout le monde en danger.

Mary l'avait fait entrer et conduite dans la pièce du fond où était caché le blessé. L'endroit ressemblait plus à une étable qu'à un lieu convenable pour le repos d'un guerrier de sa réputation.

En la voyant, il se leva au prix d'un immense effort. Il vacillait légèrement mais, en dépit du regard suppliant de sa femme, il s'obstina à rester debout.

— Milady, c'est une visite inattendue.

— Ma cousine a laissé entendre que vous refuseriez de me voir. Je voulais savoir si c'était vrai.

— En vertu de quoi Athlestan refuserait-il, milady, alors que vous vous déplacez en personne ? intervint Mary en lançant un regard noir à son époux. Mon mari sait tout le bien que vous faites.

Edith se concentra sur l'homme. Il se dandinait d'un pied sur l'autre, et évitait de la regarder en face.

— Oui, dit-il. Je ne refuserais jamais de voir ma lady Edith alors qu'elle se déplace spécialement pour moi.

— Mary vous a-t-elle averti du danger ? demanda Edith, ignorant son ton désapprobateur. Il n'y a pas de place pour vous ici, Athlestan. Votre tête est mise à prix, mais votre famille peut encore avoir un avenir. Elle a servi la mienne pendant des générations, et je ne vous abandonnerai pas.

— Je sais que les Vikings sont là, et que vous avez été déshonorée, objecta Athlestan avec un geste impatient de la main. Toute la contrée en parle. Vous n'aviez pas le choix. Je le comprends, milady, mais ce n'est pas ce que votre père ou votre mère auraient désiré pour vous.

— J'imagine que je peux remercier le père Wilfrid pour ce commérage, dit Edith avec un sourire désabusé.

Elle refusait cependant de s'excuser pour ses actes.

— Il a semblé particulièrement offusqué de cet arrangement entre le Viking et moi, reprit-elle, mais qu'il soit choqué de mon comportement n'est en rien une nouveauté ! Vous devez être conscient que j'ai les intérêts de tous à cœur.

— Je sais que vous avez fait ce que vous deviez faire, milady. Il ne restait plus personne pour défendre ce donjon, ou vous-même. Je le regrette profondément, déclara-t-il en baissant la tête. J'ai l'intention de rétablir la situation. Je serai toujours votre champion.

Edith serra les poings. Elle ne laisserait certainement pas Athlestan décider d'arranger les choses sur un coup de sang.

— Nous n'avons pas de temps pour les regrets, répliqua-t-elle. Le nouveau seigneur veut prendre Godwin sous son aile ; c'est une énorme chance pour votre fils. Nous vivons dans un nouveau monde, avec de nouveaux maîtres.

Elle entendit Mary soupirer de joie derrière elle.

— Il s'intéresse à Godwin ? Quelle chance pour nous !

— Silence, femme ! ordonna Athlestan. Si on te laissait faire, il se retrouverait sous l'aile du démon lui-même !

— Brand Bjornson est loin d'être un démon, mon époux.

— C'est vrai et c'est une grande chance, mais Brand ne doit pas apprendre qu'Athlestan est chez vous, continua Edith en s'adressant à Mary. Il faudra aller le voir, Mary, plutôt que d'attendre qu'il vienne ici. Et quand Athlestan sera suffisamment rétabli, il devra partir dans le Wessex. Il pourra y refaire sa vie.

Elle sortit la coupe d'argent de sous son manteau.

— Cela devrait vous permettre de redémarrer, Athlestan.

Elle appartenait à mon grand-père. Il… il aurait voulu que vous l'ayez.

Mary fit un léger signe de tête.

— Je comprends ce que vous essayez de faire, milady, mais vous devriez la garder au cas où vous en auriez besoin. Ce ne serait pas bien que nous la prenions.

— Femme, grommela Athlestan, je reste le chef dans cette maison. J'ai mon mot à dire. Et moi aussi, je dis non. Vous devez garder cette coupe, lady Edith, et vous en servir quand vous en aurez besoin. Cela pourrait devenir un jour indispensable.

— Je vous en prie, Athlestan, insista Edith en lui tendant la coupe.

Elle voulait qu'il comprenne ce qui lui était offert. Il n'avait sans doute nul avenir ici, mais on veillerait pour toujours sur sa famille. Et elle était tout à fait capable de s'occuper d'elle-même. Elle refusait de penser à l'avenir, au moment où elle aurait besoin d'argent.

— Pourquoi voulez-vous laisser passer cette occasion ? reprit-elle. C'est là une chance de reconstruire votre vie. Votre tête est mise à prix, ne l'oubliez pas !

Athlestan prit la coupe et la posa sur le lit. Edith soupira de soulagement. Tout irait bien. Avec l'aide de Mary, elle l'aiderait à s'installer pour une nouvelle vie, loin d'ici.

— Pensez-vous que ce Brand Bjornson est un homme honorable ? demanda-t-il en la dévisageant avec un air farouche.

Elle sursauta. Jusqu'à présent, elle n'y avait pas réellement réfléchi, mais elle se remémora toutes ses petites attentions, ainsi que la manière dont il avait traité l'affaire de l'épouvantail. Un homme moins attaché à ses principes aurait trouvé un prétexte pour protéger son compagnon d'armes.

— Il est fidèle à ses principes, affirma-t-elle.

— Enfin, ne vois-tu rien, mon époux ? Notre lady est resplendissante. Brand Bjornson lui a mis le rose aux joues. Si elle est heureuse, cela me suffit. Il répare des bâtiments, et a veillé à ce que le grain soit semé. C'est un meilleur seigneur que le précédent.

— Tu dis cela parce que tu es une femme, et que tu n'y connais rien.

Edith croisa les bras, et inspira profondément pour garder son calme. Athlestan n'avait aucun droit de parler ainsi à sa femme, ni de la juger. Mais si elle sortait de ses gonds cela ne résoudrait pas le problème immédiat.

— Athlestan, j'ai très peu de temps, reprit-elle avec le ton le plus autoritaire qu'elle put. Ce qui se passe entre Brand et moi est une affaire privée, mais cela bénéficie à tout le monde sur ces terres. Vous devez faire confiance à mon jugement là-dessus. Vous n'étiez pas là, vous n'avez pas vu toutes les améliorations qu'il a apportées. Ce domaine doit avoir un seigneur, et il s'en occupe bien.

— N'importe qui peut réparer un bâtiment ou semer du blé ! se récria Athlestan. Je veux connaître sa vraie valeur. Il doit se montrer à la hauteur. Rien de ce que j'ai vu ou entendu ne me laisse à penser qu'il ait la moindre parcelle d'honneur.

— Et de quelle manière doit-il faire ses preuves ? Que voulez-vous qu'il fasse ? demanda Edith.

— Il devrait faire la seule chose décente : vous épouser ! s'exclama Mary. Alors je dirai à tous combien il est honorable ! Mon mari aussi.

— Combien de fois dois-je te répéter de te taire, femme ?

— Mary a le droit d'émettre son opinion, intervint Edith avant de se diriger vers la porte. La décision de

Brand Bjornson de se marier dépendra des désirs de son roi, pas des siens. Je ne veux plus rien entendre.

Athesltan leva les mains en un geste de supplication.

— J'ai le droit de m'exprimer, milady. Ce n'est pas parce que vous n'aimez pas ce que vous entendez qu'on ne peut rien dire.

Edith s'arrêta, embarrassée. Elle se comportait encore plus mal que Hilda mais, contrairement à elle, elle ne pouvait s'offrir le luxe de céder à ses impulsions. Combien de fois ses parents l'avaient-ils réprimandée pour cela ?

— Très bien, dites ce que vous avez sur le cœur, répondit-elle.

— Votre père était très respecté. A la différence de l'homme qui se proclame notre seigneur désormais, il n'a jamais jeté le discrédit sur son nom. Celui de Brand Bjornson est utilisé pour terrifier les enfants. Les nourrices leur chuchotent qu'il va venir les prendre s'ils n'obéissent pas. Lui avez-vous jamais demandé pourquoi il a cette cicatrice ? C'est unc cicatrice de pendaison.

— Vous êtes trop dur, le rabroua Edith avec un geste de la main qui trahissait son agacement.

Elle avait oublié qu'Athlestan se considérait comme son protecteur. Cela ne lui donnait pas pour autant le droit de divulguer les confidences de Brand.

— Brand Bjornson n'a rien fait qui aille contre l'honneur, plaida-t-elle. Donnez-moi un exemple autre que sa liaison avec moi qui le déconsidère à vos yeux. Les rumeurs et les histoires racontées autour des feux de camp rapportent qu'il est seulement un guerrier. Et les guerriers ont toutes sortes de cicatrices.

Athlestan haussa un sourcil.

— Savez-vous comment est mort votre mari ? Il a été assassiné pendant des pourparlers par l'homme qui trône désormais dans la grande salle, et se remplit le ventre sur le dos des autres. Je le sais, j'y étais. J'ai vu le corps de votre mari, et ceux de sa garde personnelle. Démembrés. Ils hantent encore mes rêves aujourd'hui. J'étais en train de dire une prière quand j'ai entendu des voix de Vikings. Je me suis caché pour attendre qu'ils s'en aillent, mais j'ai entendu le plus grand d'entre eux se vanter d'avoir rompu la trêve.

— Et vous êtes certain que c'était Brand Bjornson ?

— Comment cela aurait-il pu être quelqu'un d'autre ? Il portait une hache ensanglantée, dit-il, en serrant le poing. Je l'aurais transpercé de mon épée, si je l'avais pu.

Edith plaqua sa main sur sa bouche. Brand aurait donc tué Egbert de sang-froid, et non au cours d'un combat ? Ce genre de chose ne lui ressemblait pas…

En revanche, apprendre qu'Egbert avait rompu une trêve n'aurait rien eu de surprenant pour elle. Elle aurait aimé que Brand lui relate en détail la bataille finale, mais il devenait soudain logique qu'on lui ait attribué ces terres en particulier.

— Etes-vous certain de ce que vous avancez ? demanda-t-elle quand elle put enfin s'exprimer posément.

— Oui, j'en suis sûr, milady, dit Athlestan avec un hochement de tête ironique. J'étais suffisamment près. Six hommes sont partis un matin d'hiver, et aucun n'est revenu. Les Vikings nous sont tombés dessus ensuite, tels des loups affamés. Nous étions assis autour du feu, en train de manger notre porridge, en attendant le retour de lord Egbert. Nous n'étions pas préparés à l'attaque. J'ai reçu un coup à l'épaule, et un autre à la tête. Je pensais que j'allais y rester, et j'ai feint d'être mort. J'ai dû m'évanouir. Quand je suis revenu à moi, tout le monde était parti. Il ne restait que des cadavres et des corbeaux.

— Et comment savez-vous de quelle façon est mort mon mari, si vous n'étiez pas avec lui ?

— J'ai vu les corps, coupés en morceaux. On murmurait que le grand Brand Bjornson était là. Et après, on lui a donné ces terres. J'ai compris alors qu'il fallait que je revienne, et que je fasse quelque chose. Un tel homme ne peut pas être autorisé à gouverner ce domaine !

— Je n'avais pas la moindre idée de tout cela, avoua Edith.

Ils avaient partagé des choses importantes, mais Brand n'avait pas estimé devoir lui confier ce fait crucial : il avait tué son mari de sa propre main. Ou du moins avait-il été présent lors de sa mort.

— Je pensais que vous deviez le savoir, dit Athlestan en baissant la tête. C'était terrible. Ils avaient démembré les corps, comme s'il s'était agi de vulgaires criminels. Je me suis assuré qu'ils soient enterrés.

— C'est une bonne action de votre part.

Athlestan prit la coupe et la poussa dans les mains d'Edith.

— Vous comprenez pourquoi je ne peux pas non plus la prendre, ajouta-t-il. Vous en aurez plus besoin que moi. J'ai pour moi mon expérience au maniement de l'épée, et vous…

— Vous avez une famille, l'interrompit Edith.

— C'est mon affaire. Je vous demande pardon, milady, mais vous, qu'avez-vous ? Que savez-vous de votre amant, alors qu'il ne vous a pas même révélé comment est mort votre mari ?

Edith essaya désespérément de trouver une réponse susceptible de satisfaire Athlestan, alors que son esprit était obnubilé par de tout autres pensées. Qu'y avait-il d'autre que Brand lui avait tu ? Pouvait-elle être sûre qu'il était le genre d'homme qu'elle espérait ?

Quand ils avaient fait l'amour pour la première fois, et qu'il l'avait serrée dans ses bras à la suite de ses confidences sur la perte de son enfant, elle s'était sentie tellement proche de lui… Mais si elle s'était confiée, lui n'en avait dit que très peu au sujet de la bataille, et encore moins en ce qui concernait les circonstances de la mort de son mari. Il était même allé jusqu'à dire qu'il aurait voulu le tuer de sa main. Pourquoi affirmer ce genre de chose ? La vérité n'était donc pas clairement établie, et il fallait qu'elle se fie à son instinct. Et, ces derniers temps, celui-ci n'avait pas garanti sa sécurité.

— Merci de ce récit, Athlestan, dit-elle calmement, les mains crispées sur la coupe. Je tiendrai compte de ce que vous m'avez dit.

— Qu'allez-vous faire, milady ? demanda Mary. Retourner vers lui, sachant ce qu'il est vraiment ?

— Les raisons pour lesquelles j'ai accepté d'être sa concubine restent les mêmes. Je peux difficilement m'en aller pour la simple raison que des pourparlers ont dégénéré. Athlestan a beau dire, il n'y a pas assisté. Il a vu ce qui s'est passé ensuite, pas ce qu'il s'est réellement passé. Je sais très bien de quoi mon mari était capable.

— Vous êtes inconsciente ! s'exclama Athlestan en grimaçant, mais il est vrai que vous êtes une femme. Votre grand-mère était pareille, à toujours vouloir croire les gens meilleurs qu'ils l'étaient !

— Je ne peux pas laisser mon fils sous la protection d'un monstre, mais je ne peux pas non plus refuser la proposition de mon seigneur sans causer de friction, se lamenta Mary en se tordant les mains. S'il est aussi mauvais que tu le dis, mon époux, ce serait une grosse erreur d'encourir son courroux.

— Quoi qu'il en soit, Athlestan ne peut pas rester ici. Le risque est bien trop grand, insista Edith.

Elle s'appliqua à regarder le mur derrière Athlestan, pour ne pas croiser leurs regards. Brand n'était pas un monstre ; Egbert en était un. Qu'Athlestan soit aussi véhément la contrariait, mais elle refusait de se quereller avec lui. Il fallait se concentrer sur les problèmes, plutôt que débattre des qualités et défauts des uns et des autres.

— Vous avez dit ce qui vous tenait à cœur, Athlestan, et je vous y ai autorisé, au nom de notre longue amitié. Maintenant, vous allez me permettre de vous protéger, ainsi que votre famille. Vous allez prendre cette coupe et partir. Vous pouvez emmener votre famille, si vous le jugez préférable, mais moi, je reste ici. J'ai donné ma parole. Et ma parole a une valeur.

— Je ne veux pas la coupe, grommela Athlestan.

— Et que va-t-il advenir de nous ? Allons-nous devenir des mendiants ? se lamenta Mary.

— Vous pouvez partir avec lui si vous le souhaitez, mais les routes sont traîtresses, et vous avez un enfant. Prenez votre temps, voyagez de nuit. Quoi que vous décidiez, il est bien trop dangereux que votre époux reste ici. Je suis désolée, Athlestan. Vous ne pouvez pas mettre tout le monde en péril pour poursuivre une vengeance personnelle. Je ne peux le permettre. Il n'y a pas que votre famille à considérer.

La tête de Brand le faisait souffrir comme si Thor en personne lui avait martelé l'intérieur du crâne, et il avait un goût de cendres et de bière aigre dans la bouche. Un vague grognement s'échappa de sa gorge alors qu'il gisait sur le ventre à même le sol de pierre glacée de l'écurie. Il roula sur le dos en priant pour que le monde cesse de tourner, et se retrouva nez à nez avec le cheval d'Edith. Il ne se rappelait pas la dernière fois où il avait autant bu de son propre gré. Peut-être à Constantinople, quand il avait appris que son désir pour une femme avait failli coûter la vie à son empereur.

Il avait bu bien plus que de raison, mais il voulait effacer le visage d'Edith de ses pensées. Quelle créature incroyablement têtue ! Pour le moment, il n'avait l'intention d'épouser personne. Certes, le moment venu, il ne pourrait pas se marier sans l'aval de Halfdan, mais il faudrait que ce soit avec quelqu'un qui lui convienne. Plus il y pensait, plus il se sentait mal. Il refusait de devenir comme son père, qui s'était marié pour assurer sa succession, trahissant ainsi la femme pour qui il avait des sentiments.

L'envoyé de Halfdan lui avait fourni le prétexte idéal pour noyer dans l'alcool son dégoût pour la manière dont il avait traité Edith. Cela avait été facilité par le refus de cette dernière d'assister à la soirée. Il avait caressé l'idée de la traîner de force dans la grande salle, puis décidé que cela manquerait de dignité. Il l'avait donc ignorée. Le résultat était, ce matin, de douloureuses pulsations qui battaient à ses tempes.

Son estomac se rappela à lui. Il secoua la tête. Guerrier depuis vingt ans, et encore capable de ce genre d'inepties !

Il se leva lentement, tituba, et se concentra sur la mangeoire du cheval, jusqu'à ce qu'il ne la voie plus en double, après quoi il épousseta la paille de ses braies. Il lui fallait son lit, de préférence avec Edith dedans, plutôt qu'aller se punir sur le terrain d'exercice.

Il traversa la cour en essayant de ne pas cligner des yeux.

Quand il arriva dans sa chambre il n'y avait personne, et le lit était impeccablement fait.

Aussitôt, il posa son regard sur le mur de pierres. La pierre mobile qu'il avait découverte au cours de la deuxième nuit avait été légèrement déplacée. Le fragment de tissu qu'il y avait coincé était tombé sur le sol, sans que cela ait été remarqué.

Il fut immédiatement envahi de sueurs froides.

Son mal de tête oublié, il alla jusqu'au mur en trois enjambées et ouvrit la cachette. La coupe qu'elle contenait avait disparu. Il inspecta la cavité : vide.

Cela n'avait pas de sens ! Elle lui avait donné sa parole qu'elle resterait. Fou furieux contre lui-même pour avoir été prêt à jurer sur sa vie qu'elle tiendrait parole, il frappa le mur de ses poings serrés.

— Tu avais donné ta parole ! Tu n'as pas fait ça ! Je t'aurais protégée !

La chambre vide lui renvoya ses paroles en écho, comme pour se moquer de lui. Il avait été sur le point d'oublier les leçons de prudence durement apprises sur la confiance que l'on pouvait avoir en les femmes.

Il tourna les talons et quitta la pièce. Toute la maisonnée lui semblait soudain vide, sans le cœur qui la faisait battre. Edith n'était pas là. Il se surprit à épier le moindre bruit ou mouvement qui lui prouverait que ses craintes étaient vaines.

— Edith !

Le silence et le calme lui répondirent. Un chat gris cessa un instant de poursuivre une souris et le regarda d'un air surpris.

Brand se dirigea vers les cuisines et la cour d'exercice, mais ne vit nulle part la haute silhouette qu'il cherchait.

— Où puis-je trouver votre cousine ? demanda-t-il

à Hilda quand il la repéra, à demi cachée au bord de l'étang à poissons.

— Ma cousine est sortie, répondit-elle en se relevant d'un bond, avant d'effectuer une révérence, les joues écarlates. Je pense qu'elle va bientôt rentrer. Puis-je faire quelque chose pour vous ? Je ne pensais pas que quelqu'un viendrait ici. Je… j'aime venir y réfléchir.

Elle battit des cils et se passa la langue sur les lèvres.

Brand sentit le soulagement monter en lui et respira plus facilement. Edith n'abandonnerait jamais sa cousine. Le jour où il était arrivé, elle avait tout risqué pour cette femme. Il était simplement le jouet de sa panique, associée à un abus de bière.

— Savez-vous où elle est allée ? Je la cherche depuis un moment. J'aimerais m'entretenir de certaines choses avec elle.

— Je crois qu'elle est allée voir la mère de Godwin, répondit-elle en battant toujours des cils, le faisant penser à une génisse docile.

Il ne comprenait décidément pas comment quiconque capable de raisonner pouvait préférer ce genre de créature à Edith.

— Ma cousine voulait s'assurer que Mary était bien consciente du grand honneur que vous souhaitez faire à son fils, continua Hilda. Elle pensait s'absenter un court moment Je suis certaine qu'elle va rentrer directement ensuite.

Tout cela semblait plausible, mais n'expliquait pas la disparition de la coupe. Il serra les poings. Il découvrirait le fin mot de l'histoire de la bouche d'Edith, quand elle reviendrait.

— Elle y est donc allée si tôt ? insista-t-il.

— Ma cousine est très matinale. Elle est persuadée de travailler plus efficacement quand tout est calme.

— Je souhaite lui parler. Elle est censée me conseiller ; elle devrait m'informer avant de faire quoi que ce soit, ou d'aller quelque part.

— Ce n'est pas ainsi que se comporte Edith, répliqua Hilda, de plus en plus rouge. Elle a l'habitude de faire les choses à son idée, selon son bon vouloir.

— Elle apprendra.

— Tout va-t-il bien entre vous deux ? A-t-elle fait quelque chose qui vous aurait contrarié ? Ce serait elle la seule responsable. Elle a horreur que l'on interfère dans ses plans.

— Tout va bien, répondit Brand en s'efforçant de rester calme.

Il avait envie de se précipiter là où était Edith et de lui faire part de ses exigences, mais ce serait trop révélateur. Il détestait reconnaître qu'il avait besoin d'elle.

Hilda lui fit une nouvelle révérence.

— Je m'étais posé la question, voilà tout. Ma cousine est une forte tête, impétueuse, mais elle a bon cœur. Elle veut toujours bien faire. Hélas ! elle a un caractère fort, et elle peut être impossible.

Brand pencha la tête sur le côté.

— Devrais-je être informé de quelque chose ? Edith vous a-t-elle fait des confidences ?

Hilda fit un signe de dénégation bien trop rapide au goût de Brand.

— Non, rien, rien du tout. Tout va parfaitement bien. Elle n'a pas assisté à la soirée parce qu'elle avait mal à la tête, c'est tout.

— Mais si quelque chose changeait et si elle était malheureuse, me le diriez-vous si je vous le demandais ?

Hilda se caressa le cou avant de répondre.

— Je ne suis pas sûre de comprendre. Edith est fort capable de faire connaître ses sentiments elle-même.

— Je suis certain que vous comprenez, au contraire. Je m'intéresse à tout ce qui se passe sur mes terres. Je veux que tout le monde ait le sentiment de pouvoir se confier à moi.

— Si quelque chose ne va pas, je suis sûre qu'Edith le criera sur les toits, répliqua-t-elle avec un sourire qui pour la première fois n'était pas contraint. Elle dit que vous aimez argumenter et que, si vous perdez, vous n'en prenez pas ombrage. Si tel est réellement le cas, vous êtes donc bien assortis. Son mari avait horreur de perdre.

— Je gagne toujours, à la fin… La plupart du temps, répondit Brand avant de pincer les lèvres.

Si Edith s'était levée aux aurores pour aller chez Godwin, il la rencontrerait donc sur son chemin du retour. Il lui démontrerait que leur querelle n'avait aucun sens, et qu'il ne servait à rien de se torturer quant à ce que l'avenir réservait.

Quand Edith reviendrait, il lui démontrerait aussi clairement ce qu'elle avait à gagner à être sa maîtresse, et lui donnerait une raison de se confier à lui. Tout ce qu'il voulait, c'était l'avoir à ses côtés, et entendre ses conseils.

Quand Edith rentra, toute la maisonnée était éveillée. La coupe battait contre sa jambe. En dépit de ses injonctions, Athlestan avait refusé de la prendre. Il avait néanmoins accepté de songer à partir avec sa famille, une fois ses blessures guéries. Une petite concession mais, pour Edith, elle était de taille.

Elle se détendit quelque peu en arrivant aux portes

du donjon. La vue des linteaux marqués par les intempéries la réconfortait toujours, même si, çà et là, elle notait déjà les changements apportés par Brand et ses hommes. C'était sa demeure, mais elle n'était désormais plus tout à elle.

— Ah ! Vous voilà, Edith ! Je vous cherchais, dit Brand en sortant de l'une des réserves.

Ses cheveux dorés brillaient à la lumière du soleil, et ses épaules paraissaient bien trop larges pour sa tunique. Etait-il réellement le meurtrier de sang-froid décrit par Athlestan ?

Elle se figea. Brand était la dernière personne qu'elle avait envie de rencontrer, surtout après sa conversation avec Athlestan, et de surcroît alors qu'elle transportait la coupe. Elle voulait vite la remettre dans sa cachette, où elle serait en sécurité jusqu'à ce qu'elle réussisse à convaincre Mary ou Athlestan de la prendre.

— Que me vouliez-vous ? demanda-t-elle avec circonspection, en s'obligeant à ne pas se cramponner à la coupe.

— Je voudrais vous montrer quelque chose, répondit-il en souriant, comme s'ils ne s'étaient jamais querellés.

— Je suis allée chez la mère de Godwin. Je pense qu'elle préférera venir vous voir. L'idée que son seigneur visite sa maison l'a mise dans tous ses états, elle a l'impression de ne pas être à la hauteur.

Brand esquissa un sourire.

— Je peux l'imaginer. Je n'ai aucun désir de lui occasionner des difficultés. Elle pourra venir me voir ici.

— Elle est bien consciente du grand honneur que vous allez faire à Godwin.

— Ce sera bénéfique pour tous de constater que chacun peut obtenir une faveur. Je distingue les gens au mérite, je préfère cela aux allégeances traditionnelles. Votre cousine m'a dit où vous étiez, ajouta-t-il en inclinant la tête.

— Hilda vous l'a dit ? s'exclama-t-elle en haussant le ton vers les aigus, la nuque soudain baignée de sueur.

Cette belle journée de printemps lui sembla tout à coup glaciale.

— Vous a-t-elle expliqué pourquoi j'y étais ?

— Vouliez-vous que ce soit une surprise ? demanda-t-il en s'approchant pour la prendre dans ses bras. Vous pouvez être insensée, parfois. Je vous suis reconnaissant d'avoir voulu informer la mère de Godwin de mon offre, mais je voulais vous parler. L'envoyé de Halfdan m'a rapporté des nouvelles de Jorvik. J'ai pensé que vous aimeriez les entendre.

Elle inspira profondément. Son odeur masculine était à la fois réconfortante et excitante. Ses bras lui avaient manqué cette nuit, bien plus qu'elle ne voulait le reconnaître. Elle avait envie de poser la tête contre sa poitrine, de sentir sa force se communiquer à elle, mais c'était impossible.

— Tout cela est derrière nous, dit-elle. Nous comprenons tous deux désormais la situation.

Il appuya le menton sur sa tête.

— C'est étonnant, à quel point l'air frais matinal peut clarifier les idées, remarqua-t-il. Vous devez savoir, Edith, que je ne vous ferai jamais souffrir intentionnellement. Je connais la douleur mieux que quiconque. Il y a des choses auxquelles je me suis tenu pendant des années, et je continuerai.

— Nous n'en reparlerons plus. Nous avons un marché, vous et moi, et je le respecterai.

— De quoi voulez-vous parler ?

Edith se contracta, mais elle savait qu'il fallait poser la question. Elle s'écarta légèrement de lui et contempla son visage et ses cicatrices.

— Où étiez-vous quand la rébellion a pris fin ?

— Je vois, fit-il aussitôt en la serrant plus fort dans ses bras. J'y étais. J'en ai réchappé, mais je dois avouer que c'est l'une des rares fois dans ma vie où j'ai cru voir la mort en face. Mon meilleur ami est mort à cause de la traîtrise des rebelles. Ils ont rompu la trêve. Ils sont venus aux pourparlers avec des armes dissimulées sur eux.

— Aviez-vous votre hache, ce jour-là ?

— Non, mon épée. C'est ce que j'utilise d'habitude pour combattre. Une hache ne demande aucun talent particulier.

— Vous brandissiez une hache, la première fois que je vous ai vu !

— Celle que j'ai utilisée pour enfoncer la porte appartenait à Hrearek, expliqua-t-il en passant la main dans ses cheveux. Où voulez-vous en venir, Edith ?

Le cœur d'Edith s'emballa. Egbert, et la traîtrise… Elle n'était pas surprise, et accordait foi à la version de Brand.

— Vous le jurez ? Vous en feriez le serment, sur ce que vous avez de plus sacré ?

— Demandez à n'importe lequel de mes hommes. Une hache ne peut en rien se comparer au raffinement du combat à l'épée.

Il lui posa la main sur l'épaule.

— Edith, je sais que votre mari est mort ce jour-là. Si j'avais su ce qu'il vous avait fait, sa mort n'aurait pas été si rapide. Je ne peux même pas affirmer qu'il a péri par le fil de mon épée. Tout s'est précipité quand les rebelles ont rompu la trêve. Sven a été le premier à tomber. Il était prêt à accepter les termes de la reddition quand les armes cachées ont été sorties. Sa mort a été vengée. Sven Odd était extrêmement admiré ; nous étions plus proches que des frères.

— Je suis heureuse que vous ignoriez les circonstances exactes de la mort de mon mari, murmura-t-elle, en se concentrant sur l'échancrure de sa tunique. Cela facilite les choses. Ce qui s'est passé est un fait de guerre, et non une vengeance.

Il lui leva le menton avec deux doigts.

— Vous devez me croire, Edith. Je n'ai pas rompu la trêve. Je ne ferais jamais une chose pareille. Et aucun guerrier digne de ce nom ne l'oserait. Sans son code de conduite, un guerrier ne vaut guère mieux qu'une bête sauvage.

Edith hocha la tête. Le fait qu'elle veuille à tout prix le croire la contrariait. Quand il était près d'elle, son désir pour lui prenait le pas sur tous ses doutes.

— Il ne sert à rien de fouiller le passé, mais je vous crois. Je sais de quoi mon mari était capable.

— Qu'est-ce qui vous a poussée à m'interroger à ce sujet ?

— Une rumeur qu'a entendue la mère de Godwin. Elle en a été bouleversée.

— Que lui avez-vous dit ?

— Que je vous poserais la question ; je ne pouvais guère faire plus. Elle acceptera ce que je lui rapporterai.

— Elle ne voulait donc pas que son fils soit élevé par un monstre ? ironisa-t-il avec un rictus.

— Votre nom n'a pas bonne réputation, et Godwin est son fils unique.

Edith respira un peu mieux, car elle réussissait à ne pas mentionner Athlestan et ses accusations.

— Elle devrait me faire confiance, tout comme le garçon, répliqua-t-il. Je lui ressemblais, quand j'avais son âge. Je veux être un bon seigneur pour tous ceux qui vivent sur mes terres et se conforment aux lois du roi. Mais le choix lui appartient. Je fais l'offre une fois, et une fois seulement. Cela dépend du genre de vie qu'elle veut pour son fils.

— Je le lui ferai savoir, dit Edith.

— Bien, mais cela peut attendre une journée encore, dit-il en lui passant le bras autour des épaules. Je voudrais d'abord vous montrer quelque chose, la raison pour laquelle je vous cherchais.

— Qu'est-ce que c'est ? Qu'avez-vous trouvé ? demanda-t-elle sans broncher.

Allait-il lui parler de l'argent et des bijoux de la cachette, puis la tourmenter avec cela ?

Il l'embrassa sur le front.

— Nos nouveaux bains. C'est un énorme progrès. J'avais raison, et votre prêtre avait tort.

— Et vous aimez avoir raison ?

— C'est ce qu'il y a de mieux, répliqua-t-il en la conduisant vers une construction en pierre. Jetez un coup d'œil à l'intérieur. Vous n'avez pas besoin d'entrer.

Edith regarda dans la pièce. Une bouffée de chaleur lui sauta au visage. C'était exquis.

— Voulez-vous l'utiliser maintenant ?

Elle hésita. La coupe pesait à sa taille. Il fallait qu'elle la mette en lieu sûr. Athlestan ne la voulait peut-être pas maintenant, mais un jour… Et il restait la question des bijoux de sa mère. Où Brand les avait-il cachés ? Et, surtout, pourquoi avait-il laissé la coupe, si ce n'était pour la narguer ?

— Je ne sais pas trop. Les gens pourraient jaser.

Permettez-moi d'y réfléchir. Prendre un bain de cette manière, c'est un grand pas à franchir.

Elle s'écarta de la porte avec précaution. La coupe cliquetait à chacun de ses pas. Elle ne pouvait qu'espérer qu'il ne l'avait pas remarqué, ou soupçonné. Il lui serait impossible de s'en sortir par des explications, et elle savait que la mort d'Athlestan pèserait ensuite toujours sur sa conscience.

— Alors peut-être voudrez-vous remettre la coupe à sa place, avant que je ne m'aperçoive qu'elle a disparu ?

Chapitre 11

Brand savait que la coupe avait disparu, et qu'elle l'avait en sa possession ! Edith avait du mal à respirer dans la chaleur moite des bains. Avait-il aussi deviné pourquoi elle était allée voir Mary ?

Elle fit un effort pour contrôler la peur qui était montée en elle. Il ne pouvait pas savoir pour Athlestan, sans cela elle ne serait pas là en cet instant. Elle serait dans la cour, tremblante et battue jusqu'au sang.

Brand aurait rassemblé tous ses gens pour assister à son châtiment, et aurait découvert Athlestan.

Par bonheur, celui-ci était en sécurité, et elle devait faire tout son possible pour ne pas le trahir. Pour rien au monde elle ne serait celle qui l'enverrait à la mort.

Pour le moment, il fallait qu'elle trouve le temps et l'occasion de s'entretenir de nouveau avec lui. Après ce qu'elle venait d'apprendre sur la mort d'Egbert, elle réussirait à le convaincre de fuir avant qu'il ne soit trop tard. Mais elle ne devait surtout pas oublier que Brand était un bon joueur de *tafl*, qui concevait plusieurs coups d'avance.

— Avez-vous une réponse à me donner, Edith ? Pourquoi la coupe est-elle accrochée à votre ceinture, au lieu d'être à sa place, en sécurité dans ma chambre ?

Il plongea son regard dans le sien, tel un chat observant une souris.

— Vous savez que j'ai la coupe, murmura-t-elle.

— Oui. Vous l'avez prise hier soir après que nous nous sommes disputés.

— Comment avez-vous donc pu le savoir ?

En dépit de la chaleur qui émanait des bains, elle se sentait glacée. Elle avait pourtant été très prudente !

— J'ai trouvé la cachette peu après mon arrivée ici, expliqua-t-il avec un sourire supérieur. Il était logique qu'il en existe une, dans un domaine de cette envergure. J'ai cherché, et laissé une marque, au cas où vous décideriez de l'ouvrir.

— Une marque ? Mais je n'ai rien vu de tel !

— C'était là tout le propos de mon plan, ma chère Edith. Vous n'étiez pas censée remarquer quoi que ce soit. Le petit morceau de tissu que j'avais coincé dans l'interstice était tombé par terre, et vous n'avez pas remis la pierre en place exactement comme elle l'était. Le grain de la pierre n'était pas dans le même sens que les autres… Les petites choses peuvent sauver des vies, Edith. Cela paie, d'être prévoyant.

Edith tressaillit. C'était si simple, si évident de coincer un fragment de tissu dans un interstice, et d'étudier le sens du grain de la pierre ! Elle aurait dû penser qu'elle allait se faire piéger ! Quand elle avait découvert que les bijoux et les pièces d'argent avaient disparu, elle aurait dû laisser la coupe. Ou du moins réfléchir au fait que Brand avait certainement envisagé qu'elle pourrait la prendre. Dieu merci, il ignorait toujours pourquoi elle l'avait fait.

— La coupe appartenait à mon grand-père. Elle est à moi. Tout ce qui était dans cette cache m'appartenait.

Vous n'aviez aucun droit ! s'exclama-t-elle en relevant fièrement la tête.

— Et vous, aucun droit de me dissimuler tout cela.

— Vous auriez préféré que je mendie ?

— Je ne vous la prendrai pas. Vous pourrez l'emporter quand vous partirez, dit Brand en soupirant. Et ouvertement, pas comme une voleuse dans la nuit. Vous méritez rétribution, et le domaine pourra fort bien se passer d'une coupe en argent.

— Votre charité me bouleverse, ironisa Edith en levant les yeux au ciel.

— Le sarcasme ne vous sied pas, répliqua-t-il en posant la main sur son épaule, et ce simple geste la bouleversa. Je sais à quel point votre famille comptait pour vous. Si vous pensez ne pas pouvoir vous passer de cette coupe, qu'il en soit ainsi. Certaines choses sont précieuses pour ce qu'elles représentent, et non pour leur poids de métal.

Les paroles de Brand firent mouche. Il fallait qu'elle pose la question.

— Et où est le reste ?

— Le reste ? répéta-t-il en reculant d'un pas, l'air sincèrement étonné. Cette cachette ne contenait que la coupe, poussée tout au fond. J'ai d'abord cru qu'elle était vide mais, quand je me suis assuré qu'il n'y avait pas d'autre compartiment secret dans la cavité, la coupe a roulé vers l'ouverture.

Le cœur d'Edith s'emballa. Vide ? C'était impossible !

— Les bijoux de ma mère y étaient, ainsi que des pièces d'argent. Je les y avais déposés après le départ d'Egbert. J'ai eu du mal à replacer la pierre tant la cachette était remplie. Cela m'a paru l'endroit le plus sûr au cas où… où nous serions envahis par les Vikings.

Il secoua la tête en signe de dénégation.

— Il n'y avait ni montagne de bijoux ni tas d'argent. Seulement cette coupe. Je suis désolé. Et je n'ai vu aucune raison valable de la prendre. Je ne voulais pas que vous sachiez que j'avais découvert l'un de vos trésors. Cela aurait contrarié mes plans.

Edith ne douta pas de sa sincérité. S'il avait voulu savoir, il l'aurait convoquée sur les lieux, devant la cache secrète après l'avoir ouverte, comme avec la morue salée.

Elle ferma les yeux et repensa au départ d'Egbert. Cacher les bijoux et l'argent avait été son premier geste. Et elle n'avait pas dormi dans cette chambre jusqu'à l'arrivée de Brand. Il était possible qu'Egbert soit revenu, et qu'il ait tout pris. Trois jours s'étaient écoulés avant qu'elle pense à faire bloquer le passage. Comme Egbert avait dû se réjouir que les bijoux et l'argent qu'elle avait toujours refusé de lui donner soient utilisés pour financer sa rébellion ! Elle s'était toujours demandé où il avait trouvé les moyens nécessaires… Désormais, elle avait la réponse. Comme elle avait été naïve !

— Je pensais qu'ils étaient vraiment à l'abri, reprit-elle en serrant ses bras contre sa poitrine, furieuse qu'Egbert l'ait trompée une ultime fois. J'avais placé tout ce qui m'était précieux dans cette cavité. Je me suis dit que dans ce mur, si le pire se produisait et que le donjon brûlait… tout serait protégé… En vain.

— Qui d'autre connaissait cette cache ? lui demanda-t-il. Etiez-vous la seule ? Et vous a-t-on aidée pendant que vous la remplissiez ?

— Je suppose qu'Egbert devait la connaître. Mon père s'était assuré de lui transmettre tous les secrets du donjon. Mais je n'y avais jamais rien déposé avant son départ, dit-elle tout en réfléchissant. Ces secrets étaient transmis chez nous de père en fils, et mon père ne me l'avait révélé que parce que j'étais sa fille unique.

— C'est donc un mystère… Mais je vous jure sur tout ce que vous voudrez qu'il n'y avait que la coupe, quand je l'ai ouverte.

— Egbert aurait pu revenir… C'est peu probable, mais pas impossible. Quelques jours après son départ, Godwin m'a raconté une histoire de méchants hommes qui entraient par le tunnel. J'ai pensé qu'il l'avait inventée, mais j'ai tout de même fait bloquer le passage ensuite.

— Godwin est très perspicace. Vous auriez dû vérifier vos richesses cachées à ce moment-là.

Edith s'assit lourdement sur un banc en pierre.

— Ce n'est pas tant pour la richesse que pour ce que cela représente. Les bijoux appartenaient à ma mère, à sa mère avant elle, et ce depuis des générations. C'était mon lien avec le passé, l'une des raisons pour lesquelles j'avais refusé de les donner à Egbert. J'aurais voulu qu'il me reste quelque chose, n'eût-ce été qu'une infime babiole.

Brand plongea la main dans sa pochette et en tira le trousseau de clés.

— Je vous ai causé du tort. Vous devriez porter ceci, tant que vous serez ici. Vous êtes bien plus habilitée à veiller sur cette demeure que je le serai jamais.

Edith contempla le trousseau, sans le prendre. Il le lui rendait donc ! Il ne l'épouserait peut-être jamais, mais il lui permettait d'être de nouveau la maîtresse des lieux. L'aurait-il fait, s'il avait su d'où elle venait à l'instant ?

— Ma mère le portait en permanence.

— Prenez-le, dit-il en le déposant dans sa main. A moins qu'il y ait une raison qui vous en empêche.

Torturée, elle suivit du doigt l'emblème de lièvre qui décorait le trousseau. Impossible d'avouer maintenant !

Elle laisserait plus de temps à Athlestan pour qu'il se rétablisse. C'était ce que sa mère aurait fait.

— Vous voyez, c'est le blason de ma mère. Mais je ne devrais pas accepter.

— Je vous fais confiance, Edith.

— Je m'efforcerai de la mériter, dit-elle, une boule dans la gorge.

— Bien. Ne disparaissez plus comme vous venez de le faire. Quand vous partez, dites-le-moi. Je me suis inquiété.

— Comment avez-vous deviné que je reviendrais ?

— Vous n'auriez jamais laissé Hilda affronter mon courroux. Elle ne vous mérite pas en tant que cousine, mais vous êtes loyale.

— Vous avez raison, concéda Edith en refermant la main sur le trousseau. Je ne la laisserais jamais seule face à vous.

Elle s'obligea à ne pas repenser à sa mère portant la broche au motif de lièvre. Elle lui répétait souvent qu'en voir un était un bon présage. Allons, tout finirait par s'arranger ! Elle accomplirait son devoir, puis aurait droit au bonheur.

— Merci, murmura-t-elle, consciente de la pauvreté de sa réponse.

— Je vous en prie, dit-il en s'approchant d'elle. Je veux vous donner du plaisir, Edith, souvenez-vous en.

Elle se leva et regarda autour d'elle, en songeant à ce que sa mère aurait pensé si elle l'avait vue là.

— Je ferais mieux d'y aller. Il y a des choses à faire, et remettre la coupe à sa place n'est pas la moindre. Ne vous inquiétez pas, je ne la reprendrai pas sans votre permission. Je ne suis pas une voleuse.

Il posa les mains sur la taille d'Edith et défit doucement sa ceinture, pour la décharger du sac qui contenait la coupe. Il le déposa sur le banc.

— Je vais la garder, en sécurité, et quand vous en aurez besoin, vous pourrez la récupérer. J'espère que vous me faites confiance autant que je vous fais confiance.

Malgré elle, une larme roula sur sa joue. Elle avait été furieuse contre lui, et voilà qu'il faisait la chose la plus inattendue : il lui rendait une partie de son héritage. Il ne cherchait pas à tout s'approprier.

— Ces bijoux faisaient partie de ma dot, ils étaient ce qu'il me restait de ma mère. Ainsi que mon miroir. Mais ne vous inquiétez pas pour moi. Je suis juste un peu fatiguée, et il reste tant à faire ! Cette période de l'année demande beaucoup de travail, et je n'ai déjà que trop pris de temps pour moi aujourd'hui.

Il l'attira contre lui, et passa la main dans ses cheveux pour en ôter les épingles, afin de les libérer sur ses épaules.

— Cela va aller malgré tout ?

Edith sentit une douce chaleur envahir son ventre et chasser toutes ses réflexions sur les tâches qui l'attendaient. Cela lui avait manqué de dormir entre ses bras, et de se réveiller en faisant l'amour.

— La nuit dernière a été pénible.

— Vous n'avez pas à vous expliquer. Un jour vous aurez d'autres bijoux. Promettez-moi que vous ne vous enfuirez pas.

— Quand je partirai, répondit-elle, la gorge serrée, ce sera par la grande porte, et vous pourrez voyager avec moi jusqu'à ma destination, quelle qu'elle soit. Mais je n'ai pas le projet de partir. Je tiendrai parole, Brand, et je préfère vivre au jour le jour pour le moment. Mon avenir se dessinera bien par lui-même.

— Je suis désolé, dit-il en lui effleurant le front des lèvres.

Ce geste la fit fondre, et elle voulut continuer à s'expliquer.

— Pour ce qui est des bijoux… il ne s'agit pas de leur valeur à proprement parler, ni de ce que l'on pourrait acheter avec, mais de ce qu'ils représentaient. Ma mère me racontait comment chacun d'entre eux était entré en possession de sa famille. Quand j'ai grandi je n'ai plus cru à toutes ses histoires, mais quand j'étais petite, je les trouvais merveilleuses.

— Je suis désolé de cette perte, et plus encore que nous nous soyons disputés à propos de quelque chose qu'aucun de nous ne peut changer.

Quand elle leva les yeux vers lui, elle comprit que vouloir préserver son cœur était une illusion. Elle avait des sentiments pour ce Viking. Et elle s'était tellement trompée en le prenant pour un Barbare ! Il faisait preuve d'une délicatesse qu'elle n'avait connue chez aucun homme, et le jour où il sortirait de sa vie, elle aurait le cœur brisé. Elle chassa ces pensées et soupira.

— Ma mère me disait toujours de concentrer mes efforts sur ce que je pouvais changer, mais j'avais du mal à l'écouter, à l'époque. Je suis également désolée que nous nous soyons disputés, admit-elle.

— La mienne me racontait des histoires sur son enfance en Irlande. Elle disait être d'origine noble, et avoir épousé un noble là-bas. Jusqu'où cela était vrai, je ne le saurai jamais. Mais elle me le répétait chaque fois que j'avais des ennuis, m'assurait que j'avais des raisons d'être fier, murmura-t-il en faisant courir ses lèvres sur son visage. Vous devriez savoir que j'ai l'intention de veiller sur vous. Je n'abandonnerais aucune femme à un destin tel que celui qu'a connu ma mère. Je m'assurerai que vous soyez en sécurité, toujours.

Edith était trop lasse pour argumenter. Elle voulait sentir les bras de Brand autour d'elle, et sa peau sous la caresse de sa main. Ses sentiments pour lui étaient bien trop nouveaux et trop profonds.

— Vous m'avez manqué…, chuchota-t-elle.

Elle se haussa sur la pointe des pieds pour l'embrasser sur la bouche. Le baiser devint vite profond, et elle frémit de tout son être. Lorsque la langue de Brand se mit à jouer avec la sienne, elle se pressa contre lui, pour laisser libre cours à son désir. Le souffle court, elle s'arracha à son étreinte. Elle voulait bien plus.

— Etes-vous fatigué ? murmura-t-elle quand elle put de nouveau respirer.

Les yeux de Brand étincelèrent.

— Un peu. J'avoue avoir un peu trop bu hier soir et m'être réveillé sur le sol de l'écurie. Ce n'est pas l'endroit le plus confortable pour passer la nuit… Vous allez probablement me dire que je l'ai mérité, étant donné la manière stupide dont je me suis comporté, mais…

— Je ne l'aurais pas dit, mais puisque *vous* le dites…, répliqua-t-elle en riant doucement.

— Je préfère de loin dormir entre vos bras.

— Je suis du même avis, dit-elle en se passant la langue sur les lèvres. Et si nous nous retirions, pour rattraper le sommeil qui nous manque ?

— J'ai une meilleure idée, répondit-il en la collant contre lui, avant de plaquer les mains sur ses fesses. Puis-je jouer à faire votre servante ? Et vous montrer comment prendre un vrai bain ? Cela vous plaira, une fois que vous aurez essayé.

— J'en suis certaine.

— Ne bougez pas, laissez-moi m'occuper de vous, murmura-t-il d'une voix douce en l'attirant dans la petite bâtisse.

Elle sut alors qu'elle devait prendre l'initiative. Jusqu'à

présent, elle avait joué le rôle de partenaire passive, le laissant maître de la situation. Aujourd'hui, il lui avait rendu quelque chose de précieux, et elle tenait à lui montrer qu'elle avait apprécié son geste. Et être son égale en ce domaine.

— Serons-nous seuls ? demanda-t-elle, faisant mine de réfléchir.

— Personne n'oserait nous déranger, mais je verrouillerai la porte, si cela vous met plus à l'aise.

Il allia aussitôt le geste à la parole.

Cela lui insuffla du courage. Ce qui se passerait ici resterait entre ces murs, et elle n'avait pas à se soucier d'une quelconque interruption.

— Bien. C'est nouveau pour moi, mais je suis désireuse d'apprendre, continua-t-elle en faisant toujours mine de réfléchir. J'imagine qu'il faut d'abord se dévêtir, avant de profiter des bienfaits du bain.

— C'est exact.

Elle saisit la tunique de Brand et la releva centimètre par centimètre, exposant peu à peu sa peau nue. Elle se pencha et en explora la saveur.

— Patience..., grogna-t-il. Je suis le seul à savoir comment faire.

— J'apprends vite, répliqua-t-elle en reprenant son exploration.

En dépit de ses nombreuses marques et cicatrices, sa peau était d'une douceur de soie, et exhalait une agréable odeur de propre.

— Que fait-on ensuite ?

— Comme vous l'avez dit, il faut se dévêtir...

Il lui ôta son châle et délaça rapidement sa robe, puis la fit glisser à ses pieds où elle forma un petit tas. Elle l'enjamba, et s'approcha de Brand, désormais vêtue de sa seule chemise. Il baissa la tête et commença à lui sucer le bout des seins à travers l'étoffe, qui devint transparente et en révéla les aréoles rose foncé.

Edith sentit sa poitrine se contracter, et gémit doucement sous la délicieuse torture, tandis qu'il se consacrait à un sein, puis à l'autre, et que la tension se déplaçait vers son bas-ventre. Il finit par lui enlever sa chemise et, lorsqu'elle fut nue devant lui, il commença à lui caresser les fesses.

— C'est ainsi que l'on prépare quelqu'un à prendre un bain, chuchota-t-il à son oreille. Vous alliez trop vite.

— Je veux essayer, dit-elle en posant la main sur la poitrine de Brand, pour le faire asseoir sur le banc qui courait tout le long du mur.

L'imitant, elle laissa sa bouche errer sur son torse, s'arrêtant pour lécher ses tétons, puis continua plus bas jusqu'à ses braies. Elle en effleura le devant, et sentit le membre durci en dessous. Son corps se tendit de manière presque douloureuse quand elle se rendit compte qu'il la désirait autant qu'elle le désirait.

Elle défit les liens de cuir de ses braies, libérant alors toute la puissance virile de Brand. Elle l'enserra dans sa main, et en éprouva la chaleur soyeuse, puis caressa ses bourses. Il gémit et lui agrippa les épaules.

Comme il l'attirait à lui pour l'allonger sur le banc, elle secoua la tête. Cette fois elle voulait être au-dessus, et lui donner du plaisir par elle-même. A cette perspective, elle éprouva une grisante sensation de pouvoir. Ce guerrier Viking était à elle. Il la voulait, il était prêt pour elle, et pour elle seule.

— Il faut vous laver partout, dit-elle en se baissant. Je veux être sûre que c'est bien le cas.

Elle le prit dans sa bouche, et le sentit devenir plus dur encore. Levant la tête, elle vit qu'il avait les yeux mi-clos de plaisir. Il crispa tout à coup les mains sur ses épaules et la fit se redresser. Elle grimpa alors sur le banc et introduisit lentement son sexe en elle.

Son corps s'ouvrit, et elle le prit tout entier. Comme c'était devenu naturel et facile de savoir que faire ! Elle commença à bouger lentement d'avant en arrière, et chaque mouvement l'emportait toujours plus loin, jusqu'à ce que le plaisir les submerge tous deux.

Brand écrasa Edith contre lui et la sentit trembler au tréfonds d'elle-même dans les dernières vagues de son extase. Il y avait eu plus de profondeur dans leur passion aujourd'hui. Elle lui devenait rapidement aussi indispensable que l'air qu'il respirait. Il savait qu'il aspirait à la lier indissolublement à lui, et cette idée l'effrayait. D'après son expérience, la dépendance ne conduisait qu'à la souffrance d'un cœur brisé.

— Je crois que nous avons assez transpiré, dit-il en repoussant ces pensées.

Il refusait de voir plus loin que l'instant présent. Quand il avait procédé autrement par le passé, cela avait toujours mal tourné.

Elle s'appuya sur un coude, et lui caressa le torse de sa main libre. Alors que, quelques instants plus tôt, il se croyait totalement comblé et épuisé, il se rendit compte que son corps en voulait plus.

— Que se passe-t-il ensuite ? demanda-t-elle.

Tout en parlant, elle s'étira légèrement, exposant ainsi la courbe de son sein, dont le bout rosé dansa devant sa bouche d'une manière tentante, lui rappelant les délices qu'ils venaient de savourer.

S'il cédait à sa passion, il serait tenté d'aller plus loin, trop loin.

— On plonge ! répondit-il en l'écartant de lui.

L'air frais qui l'enveloppa soudain fit protester son corps.

— Dans le lac ? fit-elle, interloquée.

— Etes-vous inquiète ? la taquina-t-il.

Cela avait été l'une des plus belles découvertes qu'ils aient faites sur le domaine. Starkad n'avait pas menti en disant qu'il s'agissait de vrais bains, tels ceux de Constantinople, sans aucun rapport avec les cabanes à sudation de Norvège. Là-bas ils auraient dû plonger dans le lac. Les Byzantins cultivaient un procédé plus sophistiqué, hérité des Romains, comportant un bassin adjacent à la salle de sudation. Il en conclut que ce domaine était bien plus ancien encore que le pensait Edith.

— Je n'ai jamais essayé, avoua-t-elle, les joues écarlates. Mais je doute qu'il me reste quoi que ce soit à perdre quant à ma réputation. Alors, le faisons-nous, pour réellement finir de choquer tout le monde ?

— Venez avec moi, dit-il, plus détendu. Nous n'allons choquer personne. Mais reconnaissez que vous ne saviez pas tout au sujet de ce domaine.

— J'en suis très étonnée.

Il lui prit la main et la conduisit dans la salle suivante, où ses hommes avaient découvert le bassin et les mosaïques. L'eau scintillait doucement.

Les yeux d'Edith brillèrent de joie. Tout le temps passé et les difficultés rencontrées n'étaient rien comparés à la vision d'Edith complètement fascinée par ce qu'elle découvrait. Il se dit que toutes ses craintes étaient infondées. Edith était une femme de parole, et elle honorerait ses engagements. Il se sentit tout à coup un peu mal à l'aise. Elle avait accepté de passer une année avec lui, et ce serait tout ce qu'il aurait. Il chassa cette pensée désagréable. Il existait d'autres moyens que le mariage pour la lier à lui. Dans l'immédiat, il ne voulait pas penser à l'avenir, mais profiter du présent.

— Comment avez-vous fait cela ? Comment avez-vous pu réaliser une chose pareille aussi vite ? Je n'ai jamais rien vu de tel !

— Le bassin était rempli de gravats. Il a suffi de le vider et de le nettoyer. Les hommes ont travaillé dur, mais nous sommes les premiers à avoir l'honneur de l'utiliser.

Edith fut la première à entrer, et son exclamation de surprise résonna dans la salle.

— Cela vous plaît-il ? lui demanda-t-il.

— C'est magique ! On se croirait dans un rêve.

Elle se dirigea vers le bassin et s'y plongea.

— Après la chaleur de la première pièce, c'est divin ! Venez-vous aussi ?

Elle lui tendit les bras, ses cheveux sombres flottant autour d'elle, et il contempla la pâleur de sa peau à travers les reflets de l'eau.

— Etes-vous une sirène maintenant, qui cherche à me faire oublier mes devoirs ?

— Les sirènes sont des créatures dangereuses, qui charment les hommes pour les conduire à la mort, dit-elle en riant. Je n'essaye pas de vous attirer dans de quelconques abîmes, mais dans ce bassin. Venez me rejoindre. Vous ne vous en sentirez que mieux.

— C'est tout ce que vous voulez ?

— Oui, c'est tout, répondit-elle en l'éclaboussant. Vous devez bien avoir le temps. Après tout, c'était votre idée de venir prendre un bain. Je n'ai fait qu'obtempérer.

Il sourit, en se disant qu'il était heureux qu'elle soit

inconsciente de son pouvoir. Si elle lui avait demandé de l'épouser en cet instant, ou demandé quoi que ce soit d'autre, d'ailleurs, il aurait cédé.

— En certaines occasions, je suis heureux d'obéir.

Chapitre 12

— Que puis-je faire pour vous, père Wilfrid ? demanda Edith au prêtre, un peu plus tard dans l'après-midi.

Le soleil de printemps avait séché ses cheveux, et la sensation d'être propre des pieds à la tête allégeait ses soucis. Il y aurait une solution à chaque problème. Elle se sentait même assez forte pour affronter le prêtre.

Les lèvres fines du religieux se pincèrent.

— Il n'y a rien qu'une femme telle que vous puisse faire pour moi, si ce n'est vous repentir. Je cherche le païen qui se fait appeler le seigneur de ces lieux.

— Comment savez-vous que c'est un païen ? s'indigna Edith.

— Tous les Vikings le sont, et il me provoque délibérément.

— Brand Bjornson a servi l'empereur très chrétien de Constantinople à Constantinople. Lui avez-vous déjà demandé comment il prie ? Ou pour quelle raison il porte une croix byzantine autour du cou ?

— Alors pourquoi ne s'est-il pas montré dans mon église ?

— Vous a-t-il jamais interdit de prêcher ?

— Vous ne devriez pas me parler sur ce ton.

— Ou sinon ? fit-elle en croisant les bras.

Elle avait toujours respecté le droit du prêtre de s'exprimer, mais depuis quelque temps elle avait compris qu'il aimait envenimer les choses.

— Que me ferez-vous ? Il y a un nouveau maître, ici. Je vous suggérerais de trouver un terrain d'entente avec lui, au lieu de chercher les ennuis.

Le prêtre la dévisagea, bouche ouverte.

— Il vaut mieux que j'aille visiter mes paroissiens. Vous avez changé, lady Edith. Je pensais que vous vous souciiez de leurs âmes au plus haut point, mais aujourd'hui je vois que vous ne songez qu'à votre orgueil. Je prierai pour vous.

Il s'éclipsa furtivement.

Edith s'affaissa sur son siège et plongea son visage dans ses mains. La femme qu'elle était en train de devenir lui était inconnue. Elle avait envie de souffler un peu, et de retrouver ses anciennes certitudes.

Elle avait fait l'amour avec Brand en plein jour dans la maison de bains, puis ils s'étaient baignés et avaient refait l'amour. Quand ils étaient ressortis, quelques hommes de Brand se trouvaient dans les parages, arborant de grands sourires. Et Brand l'avait embrassée sans discrétion avant de la quitter.

Elle tripota son trousseau de clés. Oh ! que lui aurait dit sa mère ? Elle qui, au grand jamais, n'aurait embrassé son père en public ! Edith voulait se persuader qu'elle agissait pour le domaine, pour ses gens, mais c'était aussi pour elle-même, et pour ce que Brand suscitait chez elle. Elle aimait se sentir désirable et choyée, plutôt qu'avoir l'impression de ne jamais être à sa place, et de n'être à l'aise que plongée dans un registre ou occupée à inventorier les réserves.

Un petit soupir lui échappa. L'ancienne Edith ne se serait jamais laissé embrasser en public. Et elle s'inquiétait de savoir combien de temps elle resterait ainsi, avant de retrouver son personnage d'avant.

— Ah, tu es là, Edith ! s'exclama Hilda. Je me demandais si tu étais allée chez Godwin.

Edith reprit aussitôt contenance.

— Non, mais j'irai les voir demain et leur expliquerai la situation.

— Tu es bien plus jolie quand tu souris, le sais-tu ? En cet instant, tu as l'air assez farouche pour changer les gens en pierre.

Edith se leva. Sa cousine avait un don pour la rappeler aux dures réalités.

— Je vais prendre cela comme un compliment. Parfois je dois me montrer farouche, mais je préfère sourire. J'imagine quc tu n'as pas d'autre problème à m'exposer ?

— As-tu appris ce que voulait l'envoyé de Halfdan ?

— J'ai oublié de demander.

— Halfdan a publié un décret, expliqua Hilda. Quiconque hébergerait ou aiderait les rebelles sera sévèrement puni. Tu sais ce que cela signifie. Si on nous prend, nous serons châtiées toutes les deux. Tu dois abandonner Athlestan.

— Comment as-tu appris cela ?

— On en parlait aux cuisines. J'y étais allée pour surveiller la préparation du pain. Je commence à avoir un mauvais pressentiment, ajouta-t-elle avec un frisson. Pourquoi a-t-il fallu qu'il revienne ?

— La proclamation ne change rien. Elle ne fait que confirmer ce que je soupçonnais. Le roi ne pardonnera pas facilement, et Brand n'aura pas d'autre choix que suivre les ordres. Il doit tout à son roi, conclut-elle.

— Mais nous ? fit Hilda en haussant le ton. Que se passera-t-il ? Cela va forcément se savoir. Tu dois me protéger, Edith !

— Ton rôle est terminé, répondit Edith en recouvrant sa main de la sienne. Je ne t'en demanderai pas plus.

Hilda croisa les bras, puis pencha la tête sur le côté.

— Tu t'es lavé les cheveux, fit-elle remarquer.

— Le soleil me les a séchés. J'ai pris un bain.

— S'il y a une chose à porter au crédit des Vikings, c'est qu'ils sentent meilleur que les Northumbriens ! s'exclama Hilda, avant de s'esclaffer un peu trop fort.

Une ombre se dessina devant Edith qui ressentit aussitôt un très net picotement sur la nuque. Brand. Il posa une main possessive sur son épaule. Hilda prit congé, et partit en hâte.

— Elle semblait terriblement nerveuse à propos de quelque chose, dit-il.

— Elle veut paraître à son avantage au banquet ce soir, expliqua-t-elle en baissant la voix. Je la soupçonne de vouloir prendre un bain.

— Il n'y aura pas de fête ce soir. Le messager du roi est reparti à Jorvik. Je lui ai rapporté en détail ce qui s'est passé avec Hrearek.

— Ce sera sans doute au roi de décider, maintenant ?

— Hrearek s'est enfui, pour ne pas être confronté à Halfdan, révéla Brand d'une voix pleine d'amertume.

Edith sentit un frisson courir le long de son dos. Hrearek s'était échappé, et la tenait probablement pour responsable de ce qui lui était arrivé.

— Mais il n'y a pas de danger ici ? demanda-t-elle.

— Il serait peu avisé de rester dans les parages. Les hommes savent de quoi il est capable. Je pense qu'il va se rendre en Irlande, et essayer d'y trouver une position. Ses talents à l'épée sont incomparables. Vous n'avez rien à craindre, si c'est ce qui vous préoccupe.

Edith s'obligea à rire, et à ignorer son estomac noué. Hrearek l'avait dévisagée d'une telle façon avant de partir !

— Ai-je l'air inquiet ?

— Vous aviez ce même air préoccupé, sourcils froncés, quand je vous ai observée en train de parler à votre cousine. Je me demandais si vous évoquiez les commérages, selon lesquels il chercherait vengeance. Ce n'est pas le genre de Hrearek.

— Hilda craignait que vous soyez encore fâché contre moi. Je lui ai assuré que notre différend était réglé, expliqua Edith en veillant à reprendre contenance.

Chaque fois qu'elle pensait à son devoir vis-à-vis d'Athlestan son cœur s'emballait, mais elle savait que ce qu'elle faisait était dans l'intérêt de tous. Quand le temps serait venu, elle lui avouerait tout.

— Y a-t-il autre chose ? s'enquit-il.

— Hilda m'a rapporté que toute personne aidant les rebelles serait punie. Mais la rébellion est terminée ! Tous les rebelles sont morts, en tout cas ceux originaires d'ici le sont.

Edith serra les poings. Athlestan avait suivi son mari parce qu'elle avait insisté. Il ne s'était pas précisément rebellé contre le roi, il avait obéi aux ordres d'Edith.

— C'était une formalité. J'ai assuré au messager que tous les rebelles d'ici étaient morts.

— Vous étiez sur les lieux, c'est vrai, ajouta Edith sur un ton soulagé.

Elle aurait dû se sentir plus légère, mais cela ne faisait que retourner le couteau dans la plaie. Brand ne se mettrait pas à la recherche de rebelles, mais elle devrait inéluctablement avouer un jour.

— En effet, j'y étais, dit-il en la regardant avec une curieuse expression. Sachant cela, Edith, si Halfdan n'avait pas publié ce décret, j'agirais exactement de la même façon. Nous partageons les mêmes vues à ce sujet. Les rebelles ont trahi notre confiance. Des hommes de valeur sont morts ce jour-là à cause de feu votre mari et de ses hommes.

— Votre monde est-il toujours aussi nettement tranché, noir ou blanc, rien entre les deux ?

— Que voulez-vous dire ?

— Bien des hommes qui sont morts étaient de braves gens. Ils ont eu le seul tort d'avoir un mauvais chef. Cela fait une différence, expliqua-t-elle en se concentrant pour choisir ses mots. Je ne cherche pas à excuser Egbert, mais pensez-vous vraiment que les hommes qui l'ont suivi ont eu le choix, quand il a décidé d'agir par traîtrise ?

— Je ne vois pas la différence, répondit-il en secouant la tête. Ils l'ont soutenu, et lui ont permis de vous traiter d'une manière horrible.

— Ce que vous ne feriez pas.

Elle se leva, rassérénée de le savoir indigné de la manière dont elle avait été traitée. Mais quel genre d'homme interviendrait quand un mari bat sa femme, en particulier quand le mari en question est le maître ?

— Rien ne sert de s'appesantir sur ce sujet. Ils sont tous morts. La réputation d'un cadavre n'a plus aucune importance, affirma Brand.

— C'est évident.

Réalisant soudain qu'elle avait peut-être trouvé la solution à son problème, elle se figea. C'était si simple ! Si tout le monde croyait qu'Athlestan était mort, il lui suffirait de prendre un autre nom ! Elle rejeta cette idée aussi vite qu'elle lui était venue. Non, c'était trop dangereux. Ce genre de subterfuge finissait toujours par être éventé. Le mieux à faire restait de convaincre Athlestan de partir avant d'être découvert.

— Chercher des morts est une perte de temps, reprit-elle.

— Etes-vous en train d'essayer de me dire quelque chose ? demanda Brand en se frottant le menton. Devrais-je chasser des fantômes ?

— Non ! s'exclama Edith, en regardant ses mains.

C'était bien plus difficile que de jouer au *tafl*. Des vies bien réelles étaient en jeu.

— Je me demandais simplement pourquoi Halfdan a fait parvenir ce message, ajouta-t-elle.

— Sans doute préfère-t-il tout envisager, et se couvrir sur tous les plans. Après la rébellion de votre mari, il refuse de courir le moindre risque. Il requiert également ma présence à Jorvik.

— Ainsi, vous allez donc partir.

Il lui posa la main sur l'épaule.

— Je pensais vous emmener. Vous devriez voir la ville, maintenant qu'elle a été reconstruite.

Edith sentit son cœur se mettre à battre plus vite. Il voulait qu'elle aille à Jorvik avec lui !

— Vous souhaitez que je vienne ?

— Je peux laisser Starkad gérer les affaires courantes pendant les quelques semaines que durera notre absence.

— Quand voulez vous partir ?

— Dans quelques jours, quand les semailles auront bien avancé. Halfdan peut attendre un peu, mais les rois prennent vite ombrage s'ils s'imaginent qu'on ne répond pas à leurs désirs. Je vous veux à mes côtés, Edith. Prenez-le comme un ordre ou une invitation, selon votre inclination, mais vous viendrez avec moi.

Elle fronça les sourcils. Cette fois, elle n'allait pas échafauder de rêves. Il ne lui proposait pas le mariage ni quoi que ce soit de permanent, mais un voyage à Jorvik. Pourtant, il lui était difficile de ralentir son cœur emballé.

Il la voulait avec lui, sans chercher de prétexte pour l'abandonner derrière lui. Elle aurait simplement préféré que cette proposition vienne une fois le sort d'Athlestan réglé, plutôt qu'avant. Sans sa présence au domaine, l'éventualité qu'il soit découvert était plus grande. Elle ne disposait que de quelques jours pour résoudre le problème.

— Pourquoi me dites-vous cela maintenant, plutôt que quand nous prenions le bain ? demanda-t-elle.

— J'avais d'autres choses en tête à ce moment-là, se justifia-t-il en lui caressant le dos. Est-ce si mal de ma part, de vous désirer à mes côtés ? Vous êtes loin d'être indispensable, ici.

— Vous me le répétez sans cesse ! répliqua-t-elle.

Elle leva les yeux vers lui, et repoussa tous ses soucis. Elle finirait bien par tout débrouiller et, pour le moment, elle avait envie d'être avec lui.

— Je suis ravie d'être invitée, et serai heureuse d'y retourner. La dernière fois que je suis allée à Jorvik, c'était avant l'arrivée des Vikings.

Il eut un rire amusé.

— Qu'y a-t-il de si drôle ?

— Vous avez dit Jorvik. C'est un progrès, ajouta-t-il avec un sourire malicieux.

— J'ai l'esprit pratique. Le nom a changé. Tout a changé. Il ne sert à rien de vivre dans le passé.

Il lui restait à espérer que les ombres de ce passé ne reviendraient pas pour lui gâcher son bonheur.

— Le roi a-t-il dit pourquoi il désirait vous voir ?

Brand appuya le menton sur le haut de son crâne.

— Il me le fera savoir en temps voulu, mais il n'est jamais bon de faire attendre un roi.

La gorge d'Edith se serra. Elle aurait voulu demander si la raison de cette convocation était son état de célibataire, mais elle se souvint aussi de leur dispute. Elle avait accepté l'idée qu'il ne l'épouserait pas, mais s'il devait se marier avec quelqu'un d'autre, elle en serait bouleversée. Elle n'était pas prête pour la fin de leur histoire.

— A-t-il mentionné mon nom ? demanda-t-elle.

— Pourquoi l'aurait-il fait ?

— Oh ! je pose simplement la question, c'est tout ! répondit-elle d'un ton qu'elle voulut léger.

Brand plissa les yeux pour mieux la scruter.

— Halfdan a des idées bien arrêtées. Je doute que vos chemins se croisent.

— Je connais ma place, Brand. Il est inutile de me la rappeler. J'étais juste curieuse de savoir, insista-t-elle avec un petit sourire pour cacher l'affront. Et la curiosité peut faire souffrir. J'ai appris ma leçon, ce n'est pas nécessaire de la répéter.

— J'ai toujours su que vous appreniez vite, dit-il en portant la main d'Edith à ses lèvres. Je vous veux à mes côtés, Edith, je veux votre compagnie.

Ces paroles auraient dû lui suffire, certes, mais elle se languissait d'obtenir plus.

— Tout ira bien, Hilda, assura Edith une semaine plus tard.

Brand avait décidé de leur départ pour le lendemain. Edith avait passé la majeure partie de la journée aux préparatifs, et à vérifier que la carriole était bien chargée, tandis que Brand était allé à la chasse, comme elle le lui avait suggéré. Elle aurait de loin préféré monter Meera, mais elle s'était dit qu'il valait mieux ne pas choquer les gens et voyager en carriole. Brand avait été de son avis.

— Qui essayes-tu de convaincre ? Le domaine sera toujours là à ton retour ! Et ton petit problème aussi. Y as-tu pensé ? Chaque jour supplémentaire qu'Athlestan passe ici met tout le monde en danger.

— Je ne serai pas absente longtemps, et Mary est très avisée, répondit Edith tout en tapotant son trousseau de clés. Les choses sont plus faciles quand Brand n'est pas là pour superviser les préparatifs de départ, ajouta-t-elle pour changer de sujet. J'aime que tout soit rangé à ma façon, et tel que je le connais, Brand me conseillerait sur ce qu'il considère comme la meilleure manière de procéder.

— Et cela t'ennuie ?

— La plupart du temps, non. Mais je ne voulais pas qu'il s'occupe des bagages.

Au cours des derniers jours, elle avait remarqué qu'il écoutait ses idées, et y apportait toujours une amélioration. En général cela lui convenait, mais elle voulait être sûre que cette fois il n'y aurait ni questions incongrues ni interventions serviables. Il fallait que tout soit parfait dans ce voyage. Elle voulait démontrer à Halfdan qu'il n'avait nul besoin de suggérer à Brand de prendre une épouse. Elle n'était pas prête à rompre, mais elle y serait obligée si le roi insistait.

— Je suis inquiète, Edith. Tu joues un jeu dangereux. Songe aux conséquences ! Beaucoup de gens dépendent de toi.

Edith prit les mains glacées de sa cousine entre les siennes.

— Personne ne chasse les fantômes pour le moment. Si Athlestan voyageait maintenant, ça le tuerait. Et je ne veux pas avoir sa mort sur la conscience.

— Veux-tu que je fasse quoi que ce soit pour toi ?

Edith fit un signe de dénégation.

— Je crois que tout est sous contrôle. Aimerais-tu que je te rapporte un cadeau ? Un ruban, ou un ornement pour ta coiffure ? Les marchands sont bien considérés par les Vikings, c'est l'un de leurs avantages. Ils offrent plus de choix aujourd'hui, d'après ce que l'on m'a raconté.

Un soupir d'envie échappa à Hilda.

— On m'a dit que le travail du métal à Jorvik est magnifique. Mais j'aimerais un ruban. Bien joli, rouge si tu trouves, cela me flatte le teint.

Edith haussa un sourcil et observa Hilda qui semblait s'être donné beaucoup de mal pour arranger sa mise.

— Les Vikings ne te répugnent donc plus ? Est-ce une nouvelle coiffure, que je vois là ?

— Avec mon ancienne coiffure j'avais toujours des cheveux qui me gênaient quand je filais. Je trouve celle-ci plus pratique.

La tentation fut grande pour Edith de lui demander comment les mèches bouclées élaborées qui auréolaient son visage et folâtraient partout allaient l'aider à mieux filer, mais elle se contenta d'un grommellement indistinct.

— Et les Vikings ? insista-t-elle. Dois-je redouter de nouveaux incidents de ta part, ou as-tu appris ta leçon sur le fait de ne pas encourager les hommes ?

Hilda baissa la tête, et ses joues devinrent écarlates.

— Starkad est très plaisant. Nous bavardons de temps à autre. Il a voyagé dans le monde entier. Un jour j'aimerais voir le monde au-delà de la Northumbrie.

Edith éclata de rire, en essayant de se représenter le géant Viking face aux minauderies de sa cousine.

— Et tu penses l'intéresser ?

— Il n'a encore rien dit, répondit Hilda en haussant les épaules. Je lui ai fait savoir qu'un baiser ou deux ne me déplairaient pas, mais il ne fait rien. C'est extrêmement exaspérant.

— Cela nous change ! Je croyais que tous les hommes tombaient amoureux de toi au premier regard.

— Voilà que tu me taquines, maintenant ! Je sais qu'il m'apprécie. J'aimerais seulement qu'il arrête de me traiter comme si j'allais me briser au moindre contact.

— Lady Edith ! Lady Edith ! cria Godwin qui venait en courant vers elles. Ma mère m'a demandé de venir vous trouver. C'est important. Vous devez venir tout de suite !

— Lady Edith est occupée, répondit Hilda à l'enfant tout en saisissant la main d'Edith. Tu n'auras pas le temps d'y aller, lui dit-elle. Il y a des choses plus importantes. Tu dois terminer tes bagages. Ton séjour à Jorvik pourrait arranger tout le monde. Tu pourrais voir le roi, même peut-être le convaincre que Brand doit t'épouser. Le roi a le pouvoir de lui faire épouser n'importe qui, Starkad me l'a dit. Pense à ce que tu pourrais réussir, Edith, avant de tout faire rater !

— Qui prend ses rêves pour la réalité ? répliqua Edith tout bas, en dégageant sa main de celle de Hilda. Godwin, que se passe-t-il ? demanda-t-elle à l'enfant en s'agenouillant devant lui. Doucement. Compte jusqu'à dix dans ta tête, ensuite raconte-moi. Pourquoi dois-je aller au cottage ?

L'enfant reprit son souffle et, visiblement, compta mentalement comme elle le lui avait ordonné.

Il allait parler lorsque la voix de Brand s'éleva.

— Godwin ! Je suis content de te voir ! J'imagine que la santé de ta sœur s'est améliorée.

Edith se crispa aussitôt.

— Brand ! Je ne m'attendais pas à vous voir. Je croyais que vous étiez parti à la chasse.

— Le gibier s'est montré rare, et j'ai un millier de choses à faire ici. Vous ne pensiez quand même pas que j'allais vous laisser vous charger seule des bagages ?

— Je l'espérais.

Brand posa les mains sur les épaules de Godwin.

— Ta mère a-t-elle décidé de te laisser faire ton apprentissage avec nous ?

Godwin devint cramoisi.

— Ma mère… a été très occupée ces derniers temps. Nous avons… une malade à la maison. Nous n'en avons pas parlé, mais moi j'aimerais bien devenir un guerrier.

— Lady Edith me l'a dit, dit Brand en la regardant par-dessus la tête de Godwin. J'aimerais aller voir sa mère, Edith.

— Tout de suite ? demanda Edith en portant sa main à sa gorge, tout en évitant de croiser le regard de Hilda.

Mais le léger hoquet de celle-ci lui apprit ce qu'elle voulait savoir : Hilda était terrifiée.

— Oui, fit Brand. Personne d'autre n'est tombé malade au village. Nous pouvons donc en déduire que cette maladie n'est pas contagieuse.

— Je suis certaine que Mary viendra vous voir dès qu'elle le pourra.

— Nous allons être à Jorvik pendant quelque temps. Je voudrais que cette affaire soit conclue. Godwin devrait pouvoir venir sans plus attendre s'installer au donjon, et commencer sa formation.

Godwin rayonna à ces mots, puis s'assombrit aussitôt.

— Ma mère ne le permettra jamais.

— Tu crois qu'elle s'opposera à son seigneur ? s'exclama Brand. Pour qui se prend-elle ?

— Nous allons aller tous ensemble voir ta mère, intervint vivement Edith. Voudrais-tu courir au-devant de nous, et la prévenir de notre arrivée ?

— Ce n'est pas la peine, intervint Brand. Je ne veux

pas qu'elle m'attende avec cérémonie, et j'aime beaucoup bavarder avec Godwin.

— Oui, moi aussi, dit Edith.

Elle sentit un nœud se former dans son estomac ; elle ne pouvait rien faire pour empêcher le désastre… Lançant un dernier un regard vers la carriole où s'empilaient les coffres, elle fit des adieux silencieux à son rêve de Jorvik. Elle ne pouvait plus que prier pour qu'un miracle se produise, mais ils étaient rares, ces derniers temps.

— Allons-y, voulez-vous ? Mieux vaut que je vous accompagne, décréta Brand.

Le cottage se trouvait un peu à l'écart des autres maisons du village. Le jardin avait été bien bêché, et les jeunes pousses commençaient à sortir de terre. La cicatrice de Brand le démangea soudain, et il porta instinctivement la main à son épée.

Que lui cachait Edith ? Elle avait pris un air de plus en plus pincé au fur et à mesure qu'ils approchaient du cottage, et sa cousine était devenue blême à l'idée qu'ils s'y rendent ensemble. Mais peut-être y avait-il une autre raison, comme une querelle entre elles, parce qu'Edith partait pour Jorvik…

— Tout va bien, Edith ? demanda-t-il. Que voulez-vous me dire ? Vous faites toujours cette tête quand vous avez peur de perdre au *tafl*.

Elle s'arrêta brusquement.

— Godwin, pars devant et préviens ta mère que Brand Bjornson nous accompagne.

— Ce n'est pas la peine. Pourquoi ne pas lui faire la surprise ?

— Je doute qu'elle goûte les surprises. C'est un grand honneur que le seigneur vous rende visite.

— Telle est ma volonté, répliqua Brand en posant une main sur l'épaule de Godwin pour l'empêcher de détaler. Je veux découvrir la vraie raison pour laquelle la mère de Godwin ne me l'envoie pas. Ce garçon devrait devenir un guerrier. C'est ce que tu veux, n'est-ce pas, Godwin ?

Le garçon jeta un coup d'œil à Edith, qui lui adressa un signe de tête presque imperceptible.

— Oui. Je veux porter une grosse hache et me battre contre les méchants. Ma mère a peur que je sois blessé.

— Tu es un bon garçon, fit Brand avant de se tourner vers Edith. Vous voyez, vous vous inquiétez pour rien. Le garçon et moi allons convaincre sa mère.

— Si c'est ce que vous voulez…

— N'approuvez-vous donc pas ? demanda-t-il en haussant un sourcil. Dites-moi en quoi ce projet ne vous convient pas, je vous prie ?

Elle détourna son regard, et une légère brise plaqua ses jupes contre ses jambes.

— J'aimerais que Godwin devienne un combattant, répondit-elle enfin. Il fera un bon guerrier.

— Faites-moi confiance pour cela, dit-il en se penchant vers elle pour murmurer à son oreille : Je suis un bon professeur.

Il fut récompensé en la voyant s'empourprer. Qu'elle rougisse toujours l'enchantait, et il avait l'intention de lui montrer plus tard quel enseignant talentueux il pouvait être quand on lui fournissait un élève doué. Mais, tout d'abord, il allait s'assurer que Godwin ait un bel avenir.

— Milady, milady !

La mère de Godwin sortit du cottage en courant puis s'arrêta net.

La couleur reflua de son visage, et elle plongea dans une profonde révérence.

— Votre Seigneurie, vous êtes venu aussi ! Un plaisir des plus… inattendus.

— Vous semblez être remise, fit remarquer Brand en fronçant les sourcils.

Quelque chose n'allait pas du tout. Edith était de plus en plus mal à l'aise, et la femme de plus en plus blême.

— C'est… c'est ma fille, messire. Je n'ai pas osé quitter son chevet, expliqua la femme sans le regarder dans les yeux et en tripotant son tablier.

Brand accrut sa vigilance. Quoi qu'il se passât ici, Edith était au courant. Le lui avait-elle caché, dans l'espoir de ne pas embarrasser Mary ? Il pouvait parfaitement comprendre l'appréhension de celle-ci, car un entraînement de combattant était loin d'être facile à suivre. Cependant, le garçon méritait un meilleur sort que celui de fermier laboureur.

— J'ai fait savoir que je désirais m'entretenir avec vous, dit-il.

— Je m'excuse, répondit-elle, toujours sans le regarder. Je sais le grand honneur que vous voulez faire à mon fils, mais ma fille m'accapare, et je voulais pouvoir vous consacrer toute mon attention.

— Personne n'aurait donc pu s'occuper de votre fille ? J'ai cru comprendre que les gens d'ici s'entraidaient.

— Mary est très spéciale, en ce qui concerne les soins à sa fille, intervint Edith. Ce manque de respect n'était pas intentionnel. Mary, je vous ai expliqué que lord Bjornson était plus que déterminé à distinguer Godwin. Vous seriez avisée d'y réfléchir.

— Je… je…, bégaya Mary en devenant écarlate. Je ne sais que dire. Votre venue est des plus inattendues. Nous sommes loin d'être prêts.

— Allons, allons ! Quel est le problème ? lança Brand,

agacé, en s'avançant vers la porte. Je veux faire progresser ce garçon, pas le manger pour mon dîner !

— Mary ! Lady Edith est-elle arrivée ? demanda une voix masculine depuis l'intérieur. Il faut que je la voie. Nous devons parler de certaines choses avant que… avant que je parte d'ici.

Brand porta la main à son épée.

— Qui est cet homme ? cria-t-il, tout en regardant autour de lui avec inquiétude.

Les deux femmes échangèrent un regard coupable, et Brand comprit qu'Edith jouait un rôle dans l'affaire.

Un grand vide s'ouvrit en lui. Elle l'avait trahi, alors qu'il était prêt à lui accorder une confiance aveugle.

Chapitre 13

Tout sembla soudain se ralentir. Edith entendit un rugissement et vit l'air terrible de Brand quand il saisit son épée. Il savait. La pire chose qui pouvait arriver venait de se produire. Il ne lui pardonnerait jamais, et il appliquerait à Athlestan le châtiment décrété par Halfdan. Le sang allait être versé. Au lieu de sauver Athlestan, elle l'avait conduit à la mort.

Tout le bonheur vécu cette dernière semaine ne se répéterait plus jamais. Ils étaient de nouveau ennemis ; elle le voyait dans la façon dont il la dévisageait. Ils étaient ennemis, et elle l'aimait. Il ne lui restait qu'à espérer qu'il l'écouterait avant d'agir, et qu'il comprendrait.

— Rangez votre épée, Brand. Permettez-moi de m'expliquer, commença-t-elle.

— Qui est là ? tonna-t-il en gesticulant avec son épée, son visage s'assombrissant un peu plus à chaque seconde. Qui est l'homme qui habite ici ? Dans quelle sorte de piège m'avez-vous conduit, Edith ? Répondez vite, avant que je fasse un carnage. Dites-moi la vérité, et vous serez peut-être épargnée.

Mary poussa un cri étouffé, et une larme roula sur la joue de Godwin. Edith pria silencieusement pour qu'un miracle se produise, tout en sachant qu'il n'y en aurait pas. Il n'y avait qu'elle pour empêcher qu'un enfant soit marqué à jamais.

— C'est le père de Godwin, répondit-elle d'une voix aussi ferme que possible.

— Le rebelle ?

Son cœur se mit à battre la chamade. Il avait déjà décidé de la culpabilité d'Athlestan.

— Ce n'est pas un piège, Brand, reprit-elle doucement, en tendant la main dans un geste d'apaisement. Vous êtes en sécurité, ici. Rangez votre épée, et écoutez-moi. Vous n'étiez jamais censé l'apprendre. C'est un fantôme, qui va s'évaporer dans la nature.

L'épée resta dans sa main, mais il ne fit pas mine d'avancer vers le cottage. Edith pria silencieusement pour qu'Athlestan ne bronche pas non plus de son côté. Il fallait qu'elle résolve la situation avant qu'il y ait un bain de sang. Même indemne, Athlestan n'aurait pu se mesurer à Brand.

— Allez-vous écouter, une fois pour toutes ? Ecouter, et trouver le pardon en votre cœur ? plaida-t-elle.

Il restait figé telle une statue de pierre.

— J'écoute. Mais tout ce que j'entends, c'est le bruit du vent dans les arbres. Vous ne m'avez pas tout dit, Edith. Expliquez-vous, sur-le-champ !

— Le père de Godwin est revenu, et il ne vous veut aucun mal.

Elle espéra de tout son cœur que cette dernière affirmation était vraie. Elle avait eu beau dire et répéter à Mary et Athlestan comment s'était terminée la rébellion selon la version de Brand, elle ignorait jusqu'à quel point ils y avaient cru. Athlestan s'obstinait sur la sienne, selon laquelle c'était Brand qui avait rompu la trêve, et non Egbert.

Athlestan lui avait promis de ne causer aucun tort à Brand tant que celui-ci la traiterait convenablement. Edith avait levé les yeux au ciel, Mary avait acquiescé, mais ils n'avaient pas envoyé Godwin à Brand.

— Tout ce que désire Athlestan, c'est se retrouver avec sa famille, continua Edith. Et quand il sera suffisamment rétabli, il partira.

— Vous m'aviez dit que le père de Godwin était mort au combat, rétorqua Brand. Je vous ai fait confiance. Que m'avez-vous caché d'autre, Edith ? Et qui ?

Elle se redressa de toute sa hauteur.

— Je vous ai dit ce que je croyais être la vérité à ce moment-là, mais j'avais tort. Peut-être aurais-je dû vous en parler tout de suite, mais j'avais de bonnes raisons de ne pas le faire, je vous prie de me croire. Je me porte garante pour lui, mais je me suis trompée en ce qui concerne sa mort, c'est vrai.

— Incroyable ! Vous reconnaissez vous être trompée !

— Cela peut arriver.

Ignorant le ton sarcastique, elle se concentra pour garder une voix ferme. Il devait comprendre que son devoir passait avant toute chose. Son seul crime avait été de désirer un peu de bonheur.

— Athlestan est revenu, reprit-elle. Auprès de sa famille et de ceux qu'il aime. Où est le mal ?

Elle pria une fois de plus pour que Brand comprenne le besoin de rentrer chez soi. Connaissait-il ce désir profond, et la paix que l'on retrouvait à être parmi les siens ? Il avait vécu en vagabond tant d'années ! Et sa seule demeure était le champ de bataille.

Brand restait immobile, comme planté en terre, le visage impénétrable. Il était redevenu le guerrier farouche des premiers jours. Disparu, le tendre amant qui l'avait tenue dans ses bras !

— Il voulait voir ses enfants, continua-t-elle en essayant

d'atteindre l'homme qui l'avait tant chérie, plutôt que le guerrier en lui. C'est ici que ses ancêtres sont enterrés. Vous pouvez certainement comprendre ce qui l'a motivé ! Il savait que sa tête était mise à prix, mais il fallait qu'il revienne.

— Il est incapable de comprendre ! cria soudain Athlestan en apparaissant sur le seuil du cottage. Les Vikings ne comprennent pas ce genre de choses.

— Vous ne savez rien sur ce sujet, Athlestan ! répliqua Edith, dont le sang commençait à bouillir comme s'il s'attaquait à elle aussi. Brand Bjornson n'est pas un Barbare. Combien de fois dois-je le répéter ?

— Depuis combien de temps est-il revenu ? rugit Brand, au paroxysme de la fureur.

Edith n'avait d'autre solution que rester en face de lui et l'affronter. L'homme avait disparu, seul restait le guerrier.

— Alors, Edith ? Depuis combien de temps me défiez-vous, en cachant ce rebelle ?

— Mon mari est revenu, messire. C'est pour cela que j'ai fait demander milady, intervint Mary, avec une profonde révérence. Vous devez le croire. Lady Edith n'a rien à voir avec cela. Elle est innocente de tout, elle le savait, c'est tout. Si vous devez accuser quelqu'un, c'est moi.

— Est-ce vrai, Edith ?

— Je le sais depuis une semaine, avoua Edith en baissant la tête. Depuis notre retour de chez Owen le Laboureur. Hilda m'a informée de la rumeur. Je suis venue le voir dès que j'ai pu quitter le donjon sans éveiller l'attention. Voilà pourquoi j'ai pris la coupe. Je voulais le convaincre de s'enfuir. Je me suis dit que s'il avait de l'argent il partirait, et que tout reviendrait à la normale.

Brand arbora brièvement un air extrêmement blessé,

et trahi, mais le masqua aussitôt. Ses yeux étaient plus froids que la glace.

— Alliez-vous me le dire ou espériez-vous qu'en chauffant mon lit je vous pardonnerais tout ?

— J'espérais ne jamais avoir à vous le dire, répondit Edith en serrant ses mains l'une contre l'autre.

Elle souffrait comme si elle avait été poignardée en plein cœur. Il ne comprenait pas.

— Je n'en ai pas vu la nécessité, continua-t-elle. Et cela n'avait rien à voir avec ce qui se passait dans votre lit.

Elle gardait la tête haute, et refusait de supplier. Les mots qu'il avait employés, « chauffer son lit », lui semblaient si grossiers et inappropriés pour ce qui s'était passé entre eux ! Et cela avait sans doute signifié bien plus pour elle que pour lui !

— Pour vous, cet homme n'est qu'un fantôme, insista-t-elle. Pour Godwin et sa mère, il est la personne la plus importante au monde. J'avais espéré le convaincre de s'enfuir au sud, avec ou sans sa famille, mais cela ne s'est pas fait. Ses blessures ne sont pas encore guéries. Vous devez me croire ! Son arrivée n'a rien à voir avec ce qui s'est passé entre nous.

Elle s'approcha pour lui toucher la manche, mais il se détourna.

— Etait-il seul ou y avait-il un autre plan ? Dans quel but avez-vous pris la coupe ?

Chaque mot résonnait comme un coup de fouet aux oreilles d'Edith.

— Je pensais faire aller Athlestan dans le Wessex, avec la coupe, pour qu'il ait de quoi voir venir. Il a été un loyal et fidèle serviteur de ma famille, expliqua-t-elle.

Elle avait l'impression que plus elle parlait, plus elle aggravait la situation.

— Il a refusé de prendre la coupe, arguant que j'en aurais plus besoin que lui, ajouta-t-elle.

— Et pourquoi en auriez-vous eu besoin ? Que croyait-il que vous en feriez ?

— Votre réputation vous précède, répliqua Edith. Athlestan se sentait mal à l'aise à l'idée de vous confier son fils.

— Est-ce toujours le cas ?

Edith sentit des picotements dans sa nuque, et se prépara mentalement à une scène de violence. S'il s'en prenait à Athlestan, elle s'interposerait physiquement entre eux. Elle ne pouvait pas laisser Brand commettre sous l'emprise de la colère un acte qu'il regretterait par la suite. Le connaissant comme elle le connaissait, elle devait espérer qu'il comprendrait la logique de son comportement, même s'il ne lui pardonnait pas pour autant.

— Oui, en dépit de mes assurances, répondit Edith en se forçant à sourire. La rumeur court que vous auriez tué Egbert de sang-froid. Et que c'est vous qui avez rompu la trêve. Une rumeur infondée, comme je lui ai expliqué.

— Pensez-vous que je suis capable de pareille chose ? demanda-t-il en se tournant brusquement vers elle.

— Et pourquoi le penserais-je ? Je connaissais mon mari, je savais de quoi il était capable. Il était du genre à tricher au *tafl*, même s'il n'y avait pas d'enjeu. Vous ne trichez jamais.

Elle tendit les mains, et foudroya Athlestan du regard.

— J'imagine qu'il est plus facile pour vos ennemis de croire le contraire, dit-elle.

— Je juge un homme par ses actes, rétorqua Athlestan, impassible sur le seuil de la maison.

— Je remettrais ma vie entre vos mains, Brand, continua Edith. C'est ce que j'ai dit à Athlestan. Je voulais que vous

vous occupiez de Godwin, car je savais que vous en feriez un guerrier honorable, comme le désirent ses parents.

Le silence s'abattit tandis que les deux hommes se toisaient. Edith savait que Brand gagnerait s'ils s'affrontaient. Il était dans une forme physique parfaite, mais rien n'était jamais certain.

— Vous connaissez le châtiment pour avoir aidé cet homme, tonna Brand. Il n'y a pas d'exception. Homme, femme ou enfant. Le roi l'a décrété.

— Je n'aurais pu me regarder en face si je ne l'avais pas aidé, avoua Edith en posant ses mains sur ses hanches.

Il n'avait pas été sensible à son plaidoyer ; pourtant, elle l'avait espéré.

— Qu'auriez-vous fait, si vous aviez été à ma place ? demanda-t-elle.

— J'aurais fait ce qu'il fallait faire. Et je le ferai. Le décret du roi sera respecté.

Edith sentit l'air lui manquer. Athlestan et sa famille allaient mourir. Ainsi que tous ceux qui avaient aidé, depuis le garçon de cuisine qui avait donné le pain, jusqu'à Hilda qui avait porté le panier. Ils l'avaient tous fait sur ses ordres, et c'est elle qui aurait du sang sur les mains.

— Et quelle est donc la chose à faire ? réussit-elle à demander en dépit de la grosse boule qui lui obstruait la gorge.

— Vous auriez dû m'informer sur-le-champ. C'est ce qu'aurait fait tout loyal sujet.

— Pourquoi ? Athlestan risquait de périr. J'ai cru pouvoir l'aider à fuir. Il n'allait pas vous faire de mal. Il n'a suivi Egbert que parce que je l'ai supplié de le faire.

— Vous avez agi derrière mon dos.

— Parce que j'y étais obligée ! C'est vous qui avez reçu l'ordre du roi, pas moi. Je n'aurais pas pu agir autrement.

— Cela n'entre pas en ligne de compte. Le décret couvre tout le domaine. Tout comme vous vous sentez responsable des gens qui y vivent, moi je porte la responsabilité de ce qui s'y passe. Halfdan me jugera là-dessus.

— Que va-t-il se passer maintenant ? Allez-vous prendre votre épée et appliquer la justice du roi ?

Il arbora un sourire glacial qui la pétrifia jusque dans la moelle des os.

— Je vais faire comme vous avez fait pour Hrearek. Athlestan va venir avec nous à Jorvik en tant que mon prisonnier. Le roi pourra statuer sur son cas.

Mary tomba à genoux et tendit les bras en un geste de supplication.

— Vous ne prendrez pas mon père ! s'écria Godwin en faisant mine de s'élancer vers Brand.

— Il le doit, Godwin, dit Edith en saisissant l'enfant par la taille, et en le maintenant très fort contre elle. Ne vois-tu pas ? Il n'a pas le choix. Le roi a décidé, et on doit toujours obéir à son roi.

Tandis qu'elle parlait, elle espéra de tout son cœur entendre Brand la contredire. Il allait sûrement comprendre que la mort d'Athlestan ne changerait rien ! Et Halfdan n'était pas réputé pour sa clémence. Elle frissonna en se rappelant comment Aella avait subi le supplice de l'aigle de sang après son attaque ratée pour reprendre le contrôle d'Eoferwic.

— Même s'il a tort ? gémit Godwin.

— Oui, même s'il a tort, répondit Brand, balayant tout espoir. J'ai fait serment d'allégeance à Halfdan. C'était mal de la part de lady Edith d'offrir de faux espoirs. Dans ce cas précis, je ne pense pas que Halfdan ait tort. Les gens qui se rebellent contre leur roi légitime doivent être punis.

— Je ne veux plus être un guerrier, répliqua Godwin.

Edith s'agenouilla à côté de lui

— Tu dois être brave pour ta mère et ta petite sœur.

Le garçon renifla bruyamment et hocha lentement la tête.

— Rassemblez vos affaires, ordonna Brand à Athlestan, et je vous escorterai jusqu'au donjon. Vous êtes mon prisonnier, comme vous auriez dû l'être dès votre arrivée.

— Vous laisserez ma femme et mes enfants vivre ici ?

— Je ne vois pas de raison de les impliquer. C'est vous seul que le roi réclame.

Edith laissa échapper un soupir. Godwin, sa petite sœur et sa mère seraient épargnés si Athlestan se laissait emmener sans résistance.

Celui-ci hocha la tête.

— Tout ce que je voulais, c'était m'assurer que ma famille était en sécurité, et qu'on veillerait sur elle. Me donnez-vous votre parole ?

— Je vous donne ma parole qu'ils le seront tant qu'ils vivront sur mes terres, déclara Brand en frappant le sol de son épée. Je vous en fais le serment solennel.

— Lady Edith dit grand bien de vous, et j'accepte donc votre parole, dit Athlestan avant de regarder par-dessus son épaule. Me laisserez-vous le temps de faire mes adieux en privé ?

Brand fit un signe de dénégation.

— Trop d'hommes ont utilisé cette ruse. Vous pouvez les faire en ma présence.

Athlestan pinça les lèvres, puis s'inclina profondément.

— Cela valait la peine d'essayer.

— Milady, dit Mary à Edith, il allait partir seul vers le sud aujourd'hui. Il avait décidé que son épaule était suffisamment remise. Il voulait vous le dire lui-même.

Edith serra la main de Mary.

— Je voudrais tellement trouver un moyen de le sauver !

— Il n'a fait que son devoir, se lamenta Mary.

— Ils le font tous les deux, répliqua Edith.

Elle s'approcha de Brand.

— J'imagine que vous allez désirer que je reste ici plutôt que d'aller à Jorvik.

— Vous me sous-estimez, Edith, répondit-il en haussant un sourcil. Vous allez venir à Jorvik, et vous relaterez les faits vous-même à Halfdan. C'est lui qui décidera de votre destin.

Brand fit appel à toute la force de sa volonté pour maîtriser son courroux jusqu'à leur retour au donjon. Il avait envie de se défouler et combattre, au lieu d'être embarrassé par ce dilemme.

Athlestan était venu de son propre chef, mais Brand savait qu'il avait été dupé. Edith pouvait pontifier tant qu'elle voulait sur ses devoirs, elle l'avait délibérément trompé. Pire, elle lui avait menti. Un mensonge par omission, certes, plutôt que lui servir une histoire inventée, mais un mensonge tout de même. Finalement, elle était taillée dans la même étoffe que la femme de son père. Il se fustigea d'avoir eu des sentiments pour elle.

Combien d'autres personnes y avait-il dans le secret ? Tout le donjon se gaussait-il de lui ? Le Viking crédule, trompé par une paire de beaux yeux et de jolies jambes. Si prompt à satisfaire sa lubricité qu'il n'avait pas vu ce qui se passait juste sous son nez !

Il avait donné sa parole à Halfdan, et Edith s'attendait à ce qu'il ne la respecte pas. Il s'y refusait. Athlestan était son ennemi. Les ordres de Halfdan étaient très clairs, et il savait de quel côté se situaient sa loyauté et son devoir.

Qu'Edith ait pu envisager qu'il pourrait changer d'avis

et oublier son devoir lui faisait bouillir les sangs. Il l'avait crue au-dessus de cela, et pensé qu'elle comprendrait.

— Gardez ce prisonnier dans la cour ! aboya-t-il quand ils arrivèrent aux écuries.

Deux hommes se précipitèrent aussitôt.

— L'un des rebelles s'était échappé, mais il a été retrouvé. Son cas sera vite réglé, expliqua Brand en voyant leur air interloqué.

— Et moi, que vais-je devenir ? demanda Edith d'une toute petite voix. Dois-je aussi rester dans la cour ?

— Vous allez vous retirer dans votre chambre et y attendrez mon bon plaisir, lui répondit-il en s'inclinant devant elle. Lars et Helgi vont vous y conduire, et s'assurer que vous y resterez. Je n'ai aucune envie que vous disparaissiez.

— Je n'ai jamais voulu que les choses se passent ainsi, dit-elle en blêmissant.

— Alors pourquoi l'avez-vous fait ? Pourquoi avez-vous détruit ce que nous avons partagé ? Pourquoi vous êtes-vous servie de moi ?

— Je n'avais pas le choix.

— Je me refuse à le croire. On a toujours le choix. Vous avez choisi de placer votre loyauté du côté de votre serviteur, plutôt que du mien, là où elle devait être.

— Je suis désolée, Brand, dit-elle en tendant les mains vers lui.

Brand fut envahi d'un souvenir déplaisant de Constantinople, au lendemain du complot contre l'empereur. Teresa était venue à lui les larmes aux yeux, du sang sur les mains. Il avait refusé de la croire coupable, et avait failli en mourir.

— De quoi êtes-vous désolée ? D'avoir été découverte, ou de m'avoir menti ? Vous êtes tel un voleur pris la main dans le sac et qui désire néanmoins échapper au châtiment.

Il vit un muscle se contracter sur sa joue. Il voulait qu'elle lui dise la vérité. Il se concentra pour respirer calmement et ne pas laisser libre cours à la rage qui l'habitait.

— Je vais me retirer dans ma chambre, et espérer que vous vous calmerez. Quand vous réfléchirez à ce qui s'est passé, vous verrez que j'ai agi au mieux de vos intérêts. Pensez à la façon dont les gens vont vous juger ici, ainsi que votre clémence.

— Non, vous avez suivi vos propres intérêts, répliqua-t-il en rassemblant tout ce qu'il lui restait de contrôle sur lui-même pour s'incliner très bas devant elle. Bien, allez-vous dans votre chambre, ou mes hommes doivent-ils vous y traîner de force ?

— Je peux encore marcher toute seule, répliqua-t-elle avant de tourner les talons.

Il maudit son destin en silence. Pourquoi devait-il toujours nouer des relations avec des femmes aux sombres desseins ? Quand apprendrait-il enfin ? Il souffrait plus aujourd'hui qu'il n'avait souffert à Constantinople par la faute de Teresa. Sa bouche se tordit en un rictus désabusé. Il avait cru Edith différente.

Résolument, il repoussa toutes ces réflexions. Il se lamenterait plus tard sur ce qui aurait pu se passer. Dans l'immédiat, il devait considérer toutes les implications de sa légèreté.

L'expression des serviteurs quand il convoqua toute la maisonnée pour voir le prisonnier lui indiqua que dans leur grande majorité ils ignoraient tout. Seules Edith et sa cousine étaient au courant.

Et, des deux, il tenait Edith pour responsable. La cousine s'était jetée par terre en pleurant et en gémissant. Starkad était intervenu pour elle, et Brand n'avait pas insisté.

Dans sa chambre, Edith restait pétrifiée, des larmes silencieuses roulant sur ses joues. Elle les essuya d'un geste rageur, mais elles s'obstinèrent à couler.

Tous ses vêtements avaient été emballés pour Jorvik, jusqu'au linge de lit, ce qui lui rappelait silencieusement combien sa vie avait changé en un éclair. Elle pensait s'y rendre pour en découvrir les splendeurs, peut-être même convaincre le roi qu'elle était l'épouse adéquate pour Brand, et voilà qu'elle y allait en prisonnière. Elle ne reviendrait jamais chez elle.

— J'ai fait ce que je devais faire, murmura-t-elle pour elle-même. Pourquoi ne le comprend-il pas ? Je voulais nous protéger tous les deux !

La porte s'ouvrit violemment. Brand se tenait sur le seuil, et la regardait d'un air féroce. Il fallait qu'elle lui dise tout, tout de suite.

— Ce que nous avons partagé était trop nouveau pour moi. Je voulais préserver ce bonheur. J'ai été extrêmement contrariée par le retour d'Athlestan, mais j'avais un devoir envers lui. J'ai été égoïste, mais j'espérais que vous partageriez mon désir.

— Et pourquoi aurais-je des sentiments pour vous ? demanda-t-il d'un ton amer.

Ces quelques mots la blessèrent bien plus que n'importe lequel des coups infligés par Egbert. Elle trébucha en arrière. Quoi qu'elle éprouvât pour lui, il ne la considérait que comme un corps douillet pour se réchauffer la nuit.

— Je croyais que nous partagions quelque chose d'unique, continua-t-elle. Vous m'avez donné l'impression d'être la personne la plus importante du monde. Et je voulais refaire le monde pour vous. Athlestan et sa famille n'avaient rien à voir avec notre avenir. Je pensais vous protéger.

— Quand j'aurai besoin de ce genre de protection, je

vous le demanderai, répliqua-t-il avant de lui adresser un sourire cynique. Vous avez été une partenaire agréable au lit, Edith. Novice, mais enthousiaste. Je devrais être reconnaissant que vous n'ayez pas tenté de me séduire après ces événements.

Edith sentit ses joues s'enflammer. Novice et enthousiaste ? Elle l'avait tenu en tellement plus haute estime !

— Et pourquoi l'aurais-je fait ?

— Rappelez-vous cela pour la prochaine fois, Edith : je préfère l'honnêteté. Les femmes sans parole n'ont aucun intérêt pour moi.

Il tourna les talons et s'en alla.

Brand avançait au pas, afin de rester à la hauteur de la carriole dans laquelle se trouvait Edith. Athlestan marchait attaché derrière.

— Pourquoi avez-vous fait ça, Edith ? grommela-t-il. Pourquoi avez-vous ainsi abusé de ma confiance ?

Il ne cessait de ruminer ces questions dans sa tête, encore et encore. En dépit de ce qui s'était passé entre eux, Edith voulait tout faire à son idée. Elle aurait pu avouer, et lui demander son aide quand elle avait appris le retour de son serviteur.

Il aurait écouté d'une oreille bienveillante. Cela n'aurait pas modifié la suite des événements, mais Edith se serait sauvée. Elle lui aurait ainsi montré de quel côté allait sa loyauté. Le pire était de réaliser que ce qu'ils avaient partagé avait été terni. Tout n'avait été que mensonge, du début à la fin. Il avait cru qu'elle se tournait vers lui, alors qu'elle essayait de détourner son attention de son serviteur.

Il avait rêvé qu'elle prononce ces paroles, sur ce qu'ils avaient partagé, et voilà qu'il aurait préféré qu'elle n'ait rien dit.

Les ordres de Halfdan étaient clairs. Il ne pouvait les remettre en cause. C'était d'autant plus compliqué qu'Athlestan était le père de Godwin, et sans doute un brave homme qui s'était retrouvé du côté des perdants. Mais il refusait d'éprouver la moindre pitié pour Edith. Elle avait fait son choix il y avait longtemps.

— Nous ferons halte ici pour ce soir, dit-il en arrêtant son cheval. Installez un camp ! Il y a de l'eau à proximité. J'avais bivouaqué ici quand j'étais en route pour Breckon.

Edith descendit de la carriole. Malgré les cahots du chemin, elle semblait tout droit sortie du bain. En dépit de tout, il fut envahi d'un violent désir pour elle. Il la posséderait encore, mais il saurait désormais ne plus lui faire confiance. Il y avait longuement réfléchi. Il avait envisagé le voyage à Jorvik comme un test ; il restait toujours l'infime possibilité que Halfdan ait oublié l'existence d'Edith et que, une fois qu'on la lui aurait rappelée, il ordonne à Brand de l'épouser.

Il secoua la tête. Il en avait été très proche, mais cela ne se passerait pas ainsi. Quand il serait à Jorvik il demanderait qu'on lui envoie une épouse de leur pays, dont la loyauté ne pourrait être remise en doute.

— Pourquoi nous arrêtons-nous maintenant ?

— Mieux vaut préparer le bivouac très tôt. On m'a rapporté l'existence de bandes de malandrins. Et l'endroit est convenable.

— Cela semble étrange de songer que des hors-la-loi infestent la contrée. La Northumbrie était un endroit tellement paisible quand j'étais enfant ! remarqua Edith.

— Pourquoi ? Des hommes comme Athlestan ont survécu. Ils n'ont nulle part où aller, pas d'autre possibilité que dépouiller d'innocents voyageurs. Halfdan veut que la paix règne. Ils seront traduits en justice le moment venu.

— Vous essayez de me faire peur, répliqua Edith en pinçant les lèvres.

— Au contraire. Je vous dis la vérité, au lieu de vous traiter comme un enfant à qui l'on cache tout. Vous ne devez pas vous inquiéter, vous serez protégée, ajouta-t-il quand il vit qu'elle gardait un air sombre. Je vous présenterai saine et sauve à Halfdan, pour qu'il vous juge.

— Brand, je suis désolée, dit-elle. Je n'ai jamais voulu que cela se passe ainsi. Vous devez le savoir. J'ai réfléchi dans la carriole, et je voulais vous dire que je pensais réellement ce que je vous ai dit dans la chambre. Je vous aime. Je voulais… vous protéger. Mais j'ai aussi un devoir vis-à-vis des gens qui ont servi ma famille. Ce que nous avons vécu est au-delà de tout ce que j'aurais pu imaginer, et je ne voulais pas le mettre en péril. Je crains de ne pas m'être très bien expliquée.

— Vous éprouvez des sentiments profonds pour moi ? C'est drôle que vous ne puissiez me les déclarer qu'après la découverte de votre petit secret, fit-il en s'efforçant de prendre un air cynique.

Il avait déjà entendu ce genre de discours mensonger, et commis l'erreur d'y croire à Constantinople. Il avait voulu le croire lors de leur dernier entretien, mais l'étincelle de raison qui lui restait le refusait. Il lui avait fallu faire appel à toute sa volonté pour tourner les talons et la laisser. Il remarqua cependant qu'elle semblait réellement ébranlée par ses dernières paroles.

— Je le savais déjà. J'avais simplement peur de parler. J'ai des sentiments sincères pour vous, Brand. Je veux le meilleur pour vous.

— Vous avez une étrange façon de le montrer. Vous ne m'avez jamais témoigné le moindre respect.

Il se tut et s'efforça de reprendre le contrôle sur lui-même avant de poursuivre.

— Savez-vous ce que vous m'avez fait ? Et ce qui aurait pu se produire ?

Edith s'humecta les lèvres et ondula des hanches.

— Si je pouvais faire quoi que ce soit pour me rattraper, je le ferais.

Elle se rapprocha de lui et l'effleura. Son corps répondit aussitôt, et il la repoussa. Elle lui répugnait, mais il se dégoûtait plus encore de vouloir la croire. Quand apprendrait-il enfin que chaque fois qu'une femme était dans une position difficile, elle recourait à la séduction ?

— Vous faites-vous du souci concernant votre châtiment ? demanda-t-il d'un ton qu'il voulut méprisant. Croyez-vous que je vais l'alléger ? Et peut-être vous permettre, à Athlestan et vous, de vous échapper si vous m'embrassez, ou prétendez avoir des sentiments pour moi ?

— J'avais espéré vous convaincre pour Athlestan, répondit-elle, les yeux élargis. En ce qui me concerne, je m'attendais à un châtiment. Je voulais simplement vous dire que je vous admire. J'espérais que vous ressentiez quelque chose pour moi, et que vous désireriez comprendre pourquoi je me suis sentie obligée d'agir comme je l'ai fait.

— Vous m'avez menti et vous vous attendez à ce que je croie que vous avez des sentiments profonds pour moi ? C'est bien trop facile, Edith.

— Je n'ai jamais menti, objecta-t-elle en se redressant. J'ai omis de vous parler d'Athlestan, c'est exact. Mais quel châtiment l'homme qui vous a sauvé de la pendaison en truquant l'exécution quand vous étiez jeune avait-il encouru ? A-t-il jamais avoué son acte à la femme de votre père ?

— Vous n'avez aucun droit d'évoquer ces faits.

Brand fut submergé de rage. Odd avait refusé de fuir

avec lui, et envoyé son fils Sven à sa place. Des années plus tard, Brand avait appris qu'il était mort après que la femme de son père avait dirigé sa fureur contre lui. Il l'aurait peut-être sauvé s'il était resté sur place, mais les deux situations n'étaient pas comparables. Odd n'était pas amoureux de cette femme.

— J'ai tous les droits de le faire. Votre ami a risqué sa vie pour sauver la vôtre, en désobéissant aux ordres, martela Edith en le toisant d'un air farouche. Pourquoi en ferais-je moins pour un homme qui a montré le plus grand courage et la plus grande loyauté vis-à-vis de ma famille et moi-même ?

Brand se sentit bouillir. Comment osait-elle utiliser des événements aussi personnels ? Il connaissait le sacrifice d'Odd.

— Ne comparez pas ! Ce n'est pas la même chose !

— Pourquoi ? insista-t-elle.

— Parce que ce n'est pas la même chose, je vous le dis.

Brand regarda le ciel et contempla les nuages en essayant de se contrôler. Elle l'avait trompé parce qu'elle avait toujours pensé aux autres, ni à elle-même ou à lui.

— Vous aimez proclamer que vous agissez pour le bien des autres. En réalité, c'est pour être considérée comme une personne faisant le bien. Pourquoi la vie d'un homme devrait-elle être plus importante qu'une autre ? Vous avez tout détruit entre nous.

— Si je l'ai fait, alors c'est qu'il n'y avait pas grand-chose à détruire, répliqua-t-elle en tendant les mains vers lui, le visage ruisselant de larmes. Je vous en prie, dites-moi qu'il y avait entre nous plus que du simple désir !

Brand sentit un nœud se former dans son estomac. Même en cet instant Edith cherchait à le manipuler. Cela lui rappela aussitôt Teresa à Constantinople, quand il avait appris qu'elle avait comploté contre l'empereur. Il l'avait crue, et des hommes étaient morts. Il refusait de commettre à nouveau la même erreur. Cependant, il ne pouvait pas supporter l'idée que l'on touche à un seul cheveu de sa tête.

— Hors de ma vue ! Fuyez, et ne revenez jamais, si c'est ce que vous voulez. Ou faites face au châtiment que vous méritez. Mais n'attendez pas que je comprenne ce que vous avez fait. N'essayez pas de le maquiller en sentiments factices à mon égard. Vous m'avez utilisé ! Vous vous êtes servie de ce que nous avons vécu, et je ne pourrai jamais vous le pardonner.

Chapitre 14

Edith laissa libre cours à ses larmes. Une grande partie de ce qu'avait hurlé Brand était vraie, et elle n'avait aucune défense. Elle avait anéanti toutes ses chances de bonheur avec lui, tout en gardant l'infime espoir qu'il comprendrait.

Elle se rendit compte du silence autour d'eux, et des hommes qui feignaient de s'affairer plutôt que tendre l'oreille pour suivre leur discussion. Elle aurait voulu se rouler en boule et mourir. Alors qu'elle lui avait avoué ses sentiments, et pleuré en public, elle qui ne le faisait jamais, il l'avait rabrouée. Elle ne pouvait que remercier le ciel qu'il y ait eu peu de témoins mais sous peu, tout le monde serait au courant.

Sans aucun doute les plaisanteries fuseraient elles, ainsi que la condescendance. A ses dépens. Une vague de ressentiment la submergea. Elle n'avait aucune envie de les entendre ; elle allait suivre le conseil de Brand, et partir.

Elle sortit du campement en s'attendant à ce qu'on l'en empêche, mais personne n'intervint. A chacun de ses pas le calme se répandait un peu plus en elle. Il valait mieux qu'elle ait découvert l'absence de sentiments de Brand maintenant, sinon pendant combien de temps encore aurait-elle échafaudé des espoirs de toute une vie avec lui.

Elle était fatiguée de placer son devoir avant elle-même,

d'autant que personne ne lui en était reconnaissant. Elle voulait nourrir ses propres rêves, plutôt que vivre pour d'autres. Mais était-ce la bonne façon de s'y prendre ?

S'enfuir impliquait que d'autres allaient souffrir pour ce qu'elle avait fait. Elle devait assumer les conséquences de ses actes. Peut-être Halfdan écouterait-il, et épargnerait-il des vies alors que Brand ne le ferait pas. Il fallait qu'elle se batte.

Se redressant, elle repartit vers le campement, tête haute.

Quelques instants plus tard, le craquement d'une branche, non loin d'elle, la fit s'immobiliser. Plaquée contre un arbre, elle scruta les alentours et vit des hommes avancer furtivement vers le campement. Personne ne semblait les avoir repérés.

Elle sentit son estomac se nouer. Brand et ses hommes étaient en danger ! Elle essaya de crier, mais ne parvint pas à émettre le moindre son. Après un effort sur elle-même, elle réussit néanmoins.

— Brand ! Nous sommes attaqués ! Aux armes ! Aux armes !

Brand et ses hommes dégainèrent aussitôt leurs épées, tandis que les assaillants se précipitaient, hurlant des cris de bataille en norvégien. Elle vit le premier attaquant s'écrouler, et comprit que ce n'était pas là une attaque due au hasard. Tout avait été préparé.

Quand elle aperçut l'ombre d'une silhouette massive, elle comprit. Hrearek n'était pas parti en Irlande. Il avait rassemblé des hommes ici, dans l'intention de se venger. Elle se souvint de ce que Brand avait dit la première fois qu'ils avaient joué au *tafl* : Hrearek était un adversaire redoutable. Brand ne pouvait tabler sur la loyauté de tous ses hommes.

Dire qu'elle avait involontairement fourni à Hrearek

l'occasion de tenter sa chance ! Il avait dû anticiper qu'elle réagirait ainsi. Le messager de Halfdan avait-il réellement été envoyé par le roi, ou n'était-ce qu'un subterfuge de Hrearek pour les attirer loin du donjon ?

Sans se faire remarquer, elle s'approcha et s'empara du couteau du Viking terrassé. Puis elle se précipita vers Athlestan, qui avait les mains liées, et commença à trancher ses liens.

— Que faites-vous, milady ? Cachez-vous ! Sauvez votre vie !

— Je vous libère pour que vous puissiez vous battre.

— Pourquoi ? Nous devrions nous enfuir ! Le Viking s'est attiré ces ennuis lui-même.

— C'est un piège. Brand est en danger. Je connais le chef des assaillants.

— Et pourquoi lèverais-je ne serait-ce que le petit doigt pour l'aider ? Il voulait nous tuer tous les deux.

— Parce que je le demande, Athlestan.

Elle trancha le dernier lien, et essaya de trouver un argument qui toucherait Athlestan.

— C'est un homme de bien, le meilleur. S'il meurt, nous mourrons tous les deux.

— Je suis censé mourir, de toute façon. Cachez-vous, milady, et espérez que tout ira pour le mieux. Nous pouvons toujours essayer de nous échapper.

Le cri d'Edith avait fourni à Brand l'avertissement nécessaire. Il maudit sa folie en silence. C'était trop facile pour les assaillants.

Il avait été trop distrait par ses problèmes avec Edith pour percevoir les signes évidents. On lui avait tendu un piège, mais qui ? Etait-ce pour cela qu'Athlestan s'était montré si docile ? Etait-ce le début de nouvelles hostilités ?

— A moi, mes hommes ! cria-t-il.

Il dégaina son épée, qui heurta aussitôt une autre lame. Le choc se propagea jusque dans la moelle de ses os, et il comprit que les attaquants n'étaient pas des Northumbriens, mais des Vikings. Et lesquels ? Il resta bouche bée en voyant l'homme qui sortait des fourrés. Hrearek ! Il avait été joué. Le messager de Halfdan était en fait un homme envoyé par Hrearek, qui connaissait le passé de Brand, et s'en était servi. Furieux contre lui-même, il grinça des dents.

Son épée le débarrassa du premier assaillant, et il se prépara à en affronter un deuxième.

Il redoubla d'efforts pour s'approcher de Hrearek, se frayant le passage à grands coups d'épée.

Enfin il se retrouva face à lui. Le farouche guerrier était campé devant lui, le sang de ses frères vikings maculant sa hache.

— Espèce de traître ! hurla Brand. Tu me défies ?

— Au moment et à l'endroit que j'ai choisis. Tu sais que je joue toujours jusqu'au dernier coup, déclara Hrearek avec un moulinet moqueur de son épée. Tu es tellement prévisible, Brand ! Ton désir t'a aveuglé. Je savais que tu finirais par douter d'elle, et que j'aurais l'occasion de frapper.

Leurs épées se heurtèrent avec fracas, et Brand tourna autour de Hrearek, attaquant et feintant tour à tour, rendant coup pour coup.

— Pourquoi ? s'écria-t-il.

— Je veux ce que tu as, et je l'obtiendrai finalement, éructa-t-il, avec un sourire mauvais. Quand tu seras mort, je prendrai mon plaisir avec ta femme, ensuite je la tuerai lentement. Puis j'apporterai vos corps à Halfdan qui me proclamera *jaarl*, comme il aurait dû le faire après que j'avais tout arrangé pour que la trêve soit rompue. Tu étais censé mourir ce jour-là.

Brand s'arc-bouta sur son épée. Hrearek lui semblait le démon incarné.

— Tu ne réussiras pas.

— Où sont tes hommes, Brand ? Qui te sauvera, cette fois ? Tu es seul, comme tu l'as toujours été.

La sueur dégoulinait le long du dos de Brand tandis que leurs épées continuaient à s'entrechoquer. Ils tiraient tous deux parti du terrain, tantôt s'approchant des arbres, tantôt s'en éloignant. Ils étaient de force égale. Chacun connaissait les points forts de l'autre, après des années d'entraînement commun, et chacun guettait la moindre ouverture. Hrearek feinta à gauche, Brand para et attaqua à droite. Son pied gauche se prit dans une racine. Il trébucha et tomba sur un genou. Hrearek se fendit vivement, et le désarma, envoyant son épée derrière son adversaire.

— Le grand Brand Bjornson vaincu par un arbre ! s'esclaffa Hrearek en levant son épée pour le coup de grâce. Tu aurais dû savoir que je reviendrais. Je n'oublie pas ceux qui m'ont fait du tort. Regarde-moi, et salue la mort !

— Tu ne réussiras pas, Hrearek ! hurla Edith tout près de là, paralysée de peur.

L'estomac noué, elle était incapable de se détourner de l'horrible spectacle. Les hommes avaient cessé de se battre les uns après les autres, et regardaient le combat à mort des deux Vikings. Edith serra les poings. Brand devait gagner, mais comment ? Il allait mourir d'un instant à l'autre.

Elle se précipita en avant, mais Athlestan la retint par le bras.

— Ce n'est pas votre combat. Les Vikings sont tous pareils.

— Laissez-moi ! cria-t-elle en essayant de se libérer. Si, c'est mon combat ! Je refuse que Brand Bjornson soit tué. Je l'aime ! Aidez-moi, Athlestan.

Hrearek se tourna vers elle et lui adressa un petit salut de son épée. Il la leva au-dessus de sa tête et se prépara à infliger le coup fatal, mais quand il abaissa sa lame Brand l'esquiva en roulant sur le côté.

— Je vous en prie, chuchota-t-elle.

— Non, je ne peux pas vous laisser faire ! cria Athlestan en lui tordant le bras pour qu'elle lâche le couteau qu'elle avait en main.

Il se dressa soudain de toute sa hauteur.

— Je vais le faire. Je connais cet homme. Nous avons un compte à régler. C'est lui que j'ai entendu se vanter d'avoir rompu la trêve. Vous aviez raison, votre seigneur est innocent. J'aurais dû partir dès que vous me l'avez demandé, milady.

Il récupéra le couteau par terre et s'avança. Edith tomba à genoux, le poing sur la bouche, incapable de se détourner de la scène.

Tout se passa comme au ralenti : le coup d'épée de Hrearek destiné à Brand, le cri d'Athlestan quand il s'élança armé du couteau, la volte-face de Hrearek cherchant à parer l'attaque d'Athlestan, et le geste désespéré de celui-ci pour le frapper.

Hrearek bloqua l'attaque, très facilement. Dans un mouvement qui sembla presque désinvolte, il le désarma du couteau avant de lui enfoncer son épée dans le corps. Avant même qu'il ne retire la lame, Edith sut que le coup était profond, sans doute fatal. Brand profita de cette diversion pour récupérer son épée et frapper Hrearek en pleine poitrine.

Le Viking s'effondra, tué sur le coup. Brand essuya son arme sur l'herbe de printemps avant de la replacer dans son fourreau, avec le geste assuré d'un homme qui a fait cela des centaines de fois. Ses lèvres serrées indiquèrent à Edith combien il était bouleversé. Elle s'accroupit sur ses talons et attendit, comprenant qu'il avait besoin d'un moment pour lui seul.

Les autres guerriers commencèrent à rassembler le reste des assaillants, et à préparer les morts pour le bûcher traditionnel. Edith remarqua que personne ne s'occupait de Hrearek.

— Je vous dois la vie, Edith, dit Brand en venant vers elle pour la relever. Votre cri d'alarme m'a sauvé, et a sauvé la vie de bon nombre de mes hommes. Et vous avez tué Hrearek.

— Non, pas moi, répliqua Edith.

Ses jambes tremblaient tant qu'elle doutait qu'elles puissent encore la porter longtemps. Elle aurait voulu se jeter au cou de Brand et vérifier qu'il était indemne, mais après ce qui s'était passé entre eux elle n'osa pas.

— Vous la devez à Athlestan, c'est lui qui a attaqué armé du couteau.

Brand regarda l'endroit où l'homme était allongé. Du sang coulait de sa bouche, et Brand savait ce que cela signifiait. La mort était imminente. Il se tourna vers Edith. Avait-elle compris elle aussi ?

— Je lui dois ma vie, acquiesça Brand en inclinant la tête. Je l'honorerai de mon mieux.

— Allez-vous le libérer, maintenant ? demanda-t-elle, les larmes aux yeux. Il n'est qu'un fantôme pour vous. Il pourrait changer de nom, et vous servir en tant que loyal sujet.

— Hélas ! je le ferais si je le pouvais, dit-il en secouant la tête.

— Vous et votre honneur stupide ! Il y a des choses plus importantes.

— Edith, dit-il en posant la main sur son épaule.

Il ne s'était absolument pas attendu à ce qu'elle le défende ainsi. Elle était complètement différente de toutes les femmes qu'il avait connues. Il l'avait mal jugée, et ne la méritait pas.

— Il est mourant, reprit-il. Il a donné sa vie pour vous, il a fait ce que vous avez demandé.

— Pour moi ? s'étonna-t-elle. C'est vous qu'il a sauvé !

— Vous vous seriez jetée sur Hrearek vous-même, et vous seriez morte. Il le savait aussi bien que moi. Vous avez bien des qualités, Edith, mais vous n'êtes pas un guerrier. Vous n'avez jamais été entraînée, vous n'aviez aucune chance.

Elle ne répondit pas, mais se dirigea vers son serviteur, et lui releva la tête pour la faire reposer sur ses genoux.

— Lady Edith, je voulais vous dire, avant de…

— Chut ! N'essayez pas de parler, dit-elle en lui posant deux doigts sur les lèvres. Gardez vos forces. Et votre souffle. Votre famille a besoin de vous.

— Je suis mourant, milady, et je le sais depuis des jours. La blessure que j'ai à l'épaule est putréfiée.

— Athlestan, on ne peut jamais être sûr…

Il leva la main, vers l'endroit où se trouvait Brand Bjornson.

— J'ai commis une erreur. Lord Bjornson n'est pas qui je croyais. Pour moi tous les Vikings se valent. L'autre, celui qui a attaqué, était… celui qui portait la hache. Celui qui a rompu la trêve.

— Je vous remercie de me le dire, dit Edith en inclinant la tête. Je savais déjà que lord Bjornson était innocent, et je suis contente que vous le sachiez aussi. Tout cela est la faute d'un seul homme : Hrearek. Je le sais au fond de mon cœur.

— Je vous dois la vie, dit Brand en s'agenouillant à côté d'eux.

Sans les réflexes d'Edith et l'aide d'Athlestan, c'était lui qui serait étendu sans vie sur le sol. Dans son aveuglement et sa jalousie, il les avait accusés de se servir de lui. Il avait eu peur de ce qu'il ressentait pour Edith, et s'était servi des actes de celle-ci comme prétexte pour la repousser.

— Etes-vous sûr de vos informations ? demanda Brand à Athlestan.

— J'ai vu…, commença celui-ci avant d'être interrompu par une quinte de toux qui l'empêcha de continuer.

Brand sentait que la fin était proche, et qu'il y avait des choses bien plus importantes que savoir qui avait fait quoi sur un lointain champ de bataille. Pour sa famille, cet homme avait pris le risque de revenir dans la gueule du loup.

— Je vous promets de veiller sur votre fils comme si c'était le mien. Il ne manquera de rien, et je ferai de lui un valeureux guerrier.

L'ancien rebelle esquissa un sourire.

— Je ne pouvais pas demander meilleur paiement pour avoir sauvé une vie. Faites cela, et vous serez quitte.

Ses yeux se révulsèrent, puis son corps fut parcouru de violentes convulsions avant de reposer, inerte.

Brand se pencha et lui ferma les yeux.

— Edith ? dit-il en posant doucement la main sur son épaule. C'est terminé. Il vous faut aller vous nettoyer.

Une larme roula sur la joue d'Edith.

— Que va-t-il se passer maintenant ? Allons-nous pouvoir l'enterrer sur le domaine ? Athlestan devrait reposer auprès de ses ancêtres.

Brand souleva le corps, qui reposait en partie sur les genoux d'Edith, et le déposa sur le sol, bras croisés sur la poitrine. L'homme semblait étrangement paisible. Brand fut convaincu qu'en un autre temps, un autre endroit, ils auraient pu être amis.

— Retournons-nous à Breckon, Edith ? demanda-t-il doucement. Et oublions-nous tout cela ? Nous pouvons le ramener nous-mêmes.

Elle se leva et s'écarta de lui, épaules basses. Il savait qu'il fallait que ce soit elle qui décide, mais il pria silencieusement pour qu'elle comprenne ce qu'il offrait.

— Non, répondit-elle en se retournant, soudain tête haute, superbe en dépit de la boue qui la maculait. Je ne pourrai jamais oublier cette journée. Nous devons aller à Jorvik. Le roi doit savoir ce qu'il s'est passé. Mais Athlestan devrait être enterré dans le cimetière de l'église, là où son fils pourra aller se recueillir. Est-ce possible ?

Brand sentit son cœur se serrer. Elle avait choisi le chemin du combat, celui qu'il aurait emprunté aussi lui-même, mais cela ne signifiait pas que ce serait facile.

— Très bien. Il me reste assez d'hommes valides. Je vais envoyer un détachement avec la dépouille d'Athlestan à Breckon. La bande de Hrearek n'aura guère envie d'en découdre, maintenant que son chef est mort. Etes-vous sûre de vous ? Vous pourriez rentrer.

Elle fit un signe de dénégation.

— Il faut que Halfdan entende toute l'histoire, et voie la preuve de ses propres yeux. Je veux être certaine que la vérité sera connue.

— Je dirai la vérité à Halfdan, dit-il en la prenant dans ses bras.

— Et lui parlerez-vous de moi, et de mon rôle dans tout cela ? lui demanda-t-elle avec un étrange regard.

— Je pourrais difficilement mentir, avoua-t-il tout en priant pour qu'elle reste en dehors de l'affaire.

Elle leva des yeux brillants vers lui.

— Il faut qu'il sache, Brand. Vous ne pouvez pas mentir pour moi.

— Halfdan n'est pas sans cœur.

L'ordre de punir tous les rebelles transmis par le faux messager avait fort bien pu être à l'initiative de Hrearek, mais Brand savait que le roi avait exprimé semblable désir par le passé.

— Je n'ai jamais entendu dire qu'il s'en prenait aux femmes, continua-t-il. Il pourrait s'adoucir.

— Et c'est censé me réconforter ? J'ai fait mon choix il y a longtemps.

Il aurait voulu qu'elle se détende, mais elle resta raide comme un piquet. Il aurait pu tout aussi bien étreindre une statue. En soupirant, il la relâcha. Il avait eu tort d'espérer que ses sentiments allaient au-delà de son désir de sauver Athlestan. Il était désormais certain qu'il l'aimait, mais il lui avait causé du tort. Il ne lui restait plus qu'à espérer qu'elle trouverait en son cœur la force de l'aimer sans réserves. Il devait lui donner une raison pour cela, il en était conscient. Cependant, tout comme elle avait tenté de lui avouer ses sentiments pour lui et qu'il ne l'avait pas crue, il savait qu'elle ne le croirait pas à son tour. Il fallait qu'il le lui prouve. Peut-être verrait-elle avec le temps qu'il avait besoin d'elle.

— Je promets que je ne laisserai rien de néfaste vous arriver. J'ai une dette envers vous, je vous dois la vie. Est-ce mieux ainsi ?

— Il le faudra bien, dit-elle en soupirant.

Elle s'écarta de lui, et croisa les bras.

— J'aimerais retourner à la carriole. Je veux être seule pour me recueillir. Je souhaite être fixée sur mon sort le plus tôt possible. Si c'est la mort, je veux que ce soit rapide. Sachez que je n'aurais pu agir autrement, Brand.

— Je ferai tout ce qui est en mon pouvoir pour vous protéger. Croyez-moi, cherchez au fond de votre cœur.

Edith fit un signe de tête désolé.

— Vous ne vous opposerez jamais à votre roi. Vous aviez raison, Brand. Il n'y a rien d'autre que le désir entre nous, et même ce désir s'est évanoui. Je vous en prie, laissez-moi seule.

Brand s'obligea à garder les bras le long du corps. Il lui avait causé un tort terrible, et maintenant il devait en payer le prix. C'était lui, et lui seul, qui avait détruit le fragile épanouissement de leur relation. Il remercia silencieusement sa bonne étoile qu'Edith ait accepté de rester sa concubine pendant un an. Il avait le temps de s'amender, et de la lier indissolublement à lui.

— Nous n'en avons pas fini tous les deux, Edith, marmonna-t-il pour lui-même. Je trouverai un moyen de vous montrer que je suis digne de vous.

Chapitre 15

Jorvik grouillait de vie. Edith observait le spectacle par la fente étroite de la carriole bringuebalante. La prochaine fois qu'elle viendrait, ce serait à cheval. La prochaine fois ? Elle eut un petit sourire désabusé. Elle doutait d'en repartir vivante.

Au mieux elle pouvait espérer que Halfdan lui permettrait de se retirer dans un quelconque couvent plein de courants d'air. Tout son corps lui semblait engourdi, comme pris dans la glace depuis la mort d'Athlestan. Elle était reconnaissante à Brand de ne pas avoir tenté de la toucher, et de l'avoir laissée strictement seule. Elle n'avait nulle envie de se sentir vivante.

Les maisons en bois étaient plus vastes et plus nombreuses que dans ses souvenirs. Et il y avait bien plus de gens qu'elle ne l'aurait cru possible qui encombraient la rue et vaquaient à leurs affaires. Partout régnait une impression de prospérité paisible. Edith frissonna légèrement, en se rappelant la dernière fois où elle avait vu cette ville avec tous ses bâtiments incendiés. Elle n'aurait jamais cru que l'on pouvait effacer toute cette misère en quelques années à peine. Le marché semblait regorger de marchandises de toutes sortes. Elle aurait aimé pouvoir l'explorer à loisir et trouver des rubans rouges pour Hilda. Il fallait qu'elle se souvienne de demander à Brand de veiller sur elle.

— Nous sommes arrivés, lui annonça-t-il en venant à hauteur de la carriole.

Ils avaient à peine échangé quelques mots depuis l'attaque. Edith détestait que son corps se mette à frémir dès qu'elle le voyait. Elle avait envie de s'enfouir dans ses bras, et de lui demander de chasser sa peur horrible de ce qu'il allait advenir d'elle.

— Halfdan va-t-il nous recevoir aujourd'hui ? demanda-t-elle d'une toute petite voix.

— Je vais demander une audience. Il y a une procédure à respecter pour ce genre de choses. Il faudra exposer le corps de Hrearek dans la cour du palais pour qu'il en fasse l'inspection.

Edith hocha la tête. Elle avait l'impression de flotter dans un brouillard. C'était probablement la dernière fois qu'elle pourrait parler à Brand en privé.

— Quand vous serez rentré à Breckon, je vous fais confiance pour que l'on dise un nombre de messes suffisant pour Athlestan. Le père Wilfrid pourrait être tenté de ne pas s'acquitter correctement de cette tâche, mais ne le laissez pas faire. Il doit toutes les célébrer.

Sentant que sa voix allait devenir chevrotante si elle parlait de son foyer, elle prit une grande inspiration avant de poursuivre.

— Quand vous reverrez Godwin et sa mère, je sais que vous trouverez les mots pour évoquer l'héroïsme d'Athlestan. Vous avez donné votre parole.

Une partie d'elle-même attendait qu'il lui réponde d'un ton léger qu'elle rentrerait avec lui.

— Je le ferai, promit-il.

— Où sommes-nous ? demanda-t-elle en regardant au dehors.

— Devant ma maison, répondit-il en haussant un sourcil.

— Vous avez une maison ici ?

— Et où aurais-je vécu, sans cela ? dit-il en penchant la tête de côté. Je n'ai pas toujours été en campagne. Je voulais un endroit où me reposer, qui ne soit pas envahi par les intrigues de palais. Halfdan le comprend.

— Je n'y avais pas pensé, avoua Edith.

Elle devint fébrile. Ils allaient donc chez lui, elle ne partait pas en captivité ! Il tenait sa parole, mais cela créait un danger. Elle ne le supporterait pas, s'il avait des ennuis à cause d'elle.

— Je ne vois pas l'utilité d'envoyer un message au roi alors que je peux lui faire mon récit de vive voix, rafraîchi et débarrassé de la poussière de la route. Parfois certaines histoires doivent être racontées de vive voix. Quand il saura tout, vous n'aurez rien à craindre.

C'était certes facile à dire, mais cela ne changeait pas les faits. Elle se sentit flageoler.

— Pensez-vous qu'il vous croira ?

— Oui. Le défi de Hrearek à mon égard en était également un à l'autorité du roi. Halfdan est désormais plus en sécurité que jamais sur son trône. Je présenterai les choses de la bonne manière. Quand j'en aurai terminé, on vous acclamera dans la rue.

— Vous allez mentir.

— Je préfère dire « raconter l'histoire de la manière adéquate », répondit-il avec un petit sourire.

— Je vous prends au mot.

— C'est un bon début.

— Pardon ?

— Que vous me croyiez, murmura-t-il en lui prenant le menton pour la regarder dans les yeux.

La glace qui entourait le cœur d'Edith fondit aussitôt, et tout le désir qu'elle avait cru ne plus jamais éprouver la submergea de nouveau.

— Après la journée de demain, j'espère que vous croirez que j'ai l'intention de vous protéger aussi longtemps que je le pourrai.

Edith mourait d'envie de se blottir dans ses bras et de poser la tête contre sa poitrine. Et ce serait la pire chose à faire. Il ne se sentait d'obligation envers elle que parce qu'elle lui avait sauvé la vie, ce n'était pas un besoin impérieux d'être avec elle. Il avait été très clair là-dessus.

— J'ai fait du bon travail, jusqu'ici, dit-elle.

— Et je ne vous ai pas assez appréciée, déplora-t-il en l'attirant dans ses bras.

Il posa sa bouche sur la sienne et Edith se laissa aller à l'étreinte. C'était une erreur, elle en était consciente, mais elle avait besoin de la passion, pour oublier l'avenir.

— Je ne regretterai pas, murmura-t-elle contre lui. Jamais. Vous m'avez appris qu'il y a plus dans la vie que le devoir.

— Ne parlez plus, Edith, embrassez-moi, répondit-il en capturant de nouveau ses lèvres.

Des Vikings vêtus de fourrures somptueuses, ainsi que quelques femmes d'allure exotique, se pressaient dans la salle du trône. Il semblait que les rumeurs avaient déjà couru dans Jorvik, et que tout le monde voulait voir la femme qui avait défié le roi.

Edith ne regardait ni à droite ni à gauche, et garda les yeux braqués sur l'homme aux cheveux gris assis sur le trône. Il rayonnait d'importance, jusqu'à sa barbe taillée en pointe. C'était là l'homme qui déciderait de son destin.

Elle s'étonna d'être aussi calme. La paix était descendue sur elle au milieu de la nuit. Elle l'avait passée entre les bras de Brand, et savait que quoi qu'il puisse arriver, elle avait découvert qu'il y avait plus dans la vie que servir les autres.

— Qui nous avez-vous amené, Brand Bjornson ? tonna le roi.

— Lady Edith de Breckon. Je crois que vous connaissiez son père. Son mari était l'un des chefs de la récente rébellion.

— Je croyais que lady Edith était morte en couches il y a deux ans. J'ai envoyé de l'argent, ainsi que mes condoléances. Et j'étais persuadé que son mari avait été trop affecté pour se remarier.

Edith le regarda, stupéfaite. Egbert avait menti ! Elle comprenait maintenant pourquoi il refusait de la laisser aller à Jorvik avec lui. Quelle idiote elle avait été de ne pas s'opposer à cet ordre ! Il lui semblait alors bien plus facile de rester sur le domaine et tout superviser.

— Je suis Lady Edith de Breckon, et bien vivante. Nous nous sommes rencontrés il y a des années, quand vous avez accédé au trône. Vous m'aviez dit que j'avais un menton têtu.

— Ah, oui ! Je me rappelle notre rencontre, dit le roi en tirant sur sa barbe. Je reconnais des traits de votre père en vous. Vous avez son nez, et son menton, qui reste d'ailleurs aussi têtu aujourd'hui.

Edith inclina la tête.

— Je prends cela comme un compliment, car mon père était considéré comme séduisant, dans sa jeunesse.

— Qu'est-ce qui vous amène à Jorvik, après tout ce temps ? demanda-t-il en s'assombrissant. Il est hors de question de vous rendre vos terres. Elles appartiennent à Brand Bjornson.

— Je le sais, dit-elle en regardant Brand.

— Lady Edith est ici pour étayer mon accusation, selon laquelle Hrearek a comploté contre moi. Il a été tué lors d'un combat légitime quand il m'a défié pour le commandement du *felag*. On ne doit aucune compensation à sa famille, car il est mort en traître et en lâche.

— J'ai vu le corps de Hrearek, déclara le roi, dont les yeux bleus semblaient sonder le fond de son âme. Je vais demander à lady Edith de nous faire le récit des événements. Je souhaite tout vérifier. Ensuite, je prononcerai mon jugement, Brand Bjornson.

Brand fronça les sourcils, mais resta silencieux.

Edith expliqua rapidement ce qui s'était passé, sans omettre comment elle avait essayé d'aider Athlestan, et la décision de Brand de les conduire tous deux à Jorvik. Brand se mit à bredouiller à ces mots, mais Halfdan le fit taire d'un regard. Brand avait raison, quand il avait dit que le roi méritait de connaître toute la vérité. Elle conclut son récit sur la mort d'Athlestan, et la promesse de Brand de veiller sur Godwin.

Halfdan resta longtemps silencieux, mais Edith garda la tête haute. Elle n'avait rien à craindre. Brand lui posa la main sur l'épaule, et la serra très fort.

— Laissez-nous, Brand Bjornson, ordonna le roi en tapant dans ses mains. Vous tous, laissez-nous. J'aimerais m'entretenir en tête à tête avec lady Edith avant de rendre mon jugement.

Brand lança un rapide coup d'œil à Edith.

— Je m'en irai, si lady Edith le souhaite.

— Je n'oserais vous demander de défier votre roi, répliqua Edith d'une voix blanche.

— Vous auriez dû me laisser parler. Vous n'aviez pas besoin de raconter la moitié des choses que vous avez dites. Mais je suis fier de vous, Edith.

— Non, vous aviez raison, répliqua-t-elle en posant les doigts sur la bouche de Brand pour l'empêcher de continuer. Halfdan doit connaître toute la vérité. Maintenant, obéissez à votre roi, et sortez.

Brand eut l'air contrarié, mais obéit à sa requête.

— Que vais-je faire de vous, lady Edith ? demanda le roi quand ils se retrouvèrent seuls.

— Je vous demande pardon, sire ? s'exclama-t-elle.

— Certains diraient que je devrais vous punir, puisque vous avez aidé un rebelle.

— C'était mon serviteur. Je l'ai caché aux yeux de tous, mais je n'avais pas l'intention de le laisser rester dans ce royaume.

— Je comprends pourquoi vous l'avez aidé. Je ne peux pas dire que je l'approuve en tant que roi, mais en tant qu'homme doté d'un cœur, je sais pourquoi vous l'avez fait.

Edith fronça les sourcils.

— Alors j'en appelle à l'homme, non au roi. Soyez clément pour mon châtiment, je vous en prie. Je promets d'être un fidèle sujet, autant que je le pourrai.

— Bien dit, approuva le roi en souriant. Votre père a bien maintenu la paix. Si j'avais su que vous étiez vivante, j'aurais ordonné à Brand de vous épouser.

Edith suffoqua un instant. Ainsi, il aurait ordonné à Brand de l'épouser ! Cela se serait donc déroulé à son arrivée à Breckon comme elle en avait été persuadée tout d'abord.

— Je vous en prie, ne le lui ordonnez pas maintenant.

— J'ai cru comprendre que vous étiez sa concubine. Souhaitez-vous le rester ? demanda le roi d'un air surpris. Ou vous a-t-il forcée dans cette position, et préféreriez-vous

vous retirer dans un couvent ? Votre cœur est aussi fort que celui de n'importe quel Viking. Vous devriez avoir le privilège de choisir votre amant.

— Je souhaite que Brand puisse épouser la femme qu'il choisira, sans qu'on la lui impose.

— Même si cette femme n'est pas vous ? insista Halfdan.

— Je doute qu'il veuille m'épouser.

— Alors cet homme est un idiot.

— Vous le lui direz vous-même.

Edith resta tête haute, pendant que son cœur se brisait en mille morceaux. La nuit dernière, Brand avait été très tendre, mais aucun mot d'amour n'avait été prononcé. Elle avait besoin de plus que cela. Et elle ne voulait plus échafauder de rêves inaccessibles. Mieux valait souffrir maintenant, plutôt que le voir se mettre à la haïr.

— Je sais que les terres sont en bonnes mains avec Brand Bjornson, assura-t-elle.

— Où irez-vous ?

— Je n'y ai pas encore réfléchi, avoua-t-elle en haussant les épaules. Peut-être devrais-je me retirer dans un couvent.

— Vous pourrez rester à la cour jusqu'à ce que je vous y autorise, dit le roi en hochant la tête. C'est le meilleur endroit pour vous. Maintenant, laissez-moi m'entretenir avec Brand Bjornson. Seul.

La gorge serrée, Edith ne put qu'incliner la tête avant de se retirer.

— Où allez-vous rester ? cria Brand en faisant irruption dans la pièce.

Il avait les yeux fous, les cheveux en désordre. Il n'avait plus grand-chose du courtisan raffiné qui l'avait accompagnée au palais. Le guerrier avait repris ses droits.

— Le roi vous a donc informé ? demanda Edith en

reposant le livre qu'elle avait fait semblant de lire pendant qu'elle attendait dans l'antichambre, avant de croiser les doigts sur ses genoux.

L'attente était terminée. Elle n'avait plus qu'un désir, que cet entretien se termine vite lui aussi. Mieux valait rompre rapidement, et nettement.

— Vous allez habiter à la cour sous la protection du roi. Pourquoi est-ce nécessaire ? l'interrogea-t-il, les yeux lançant des éclairs. Comment vous imaginez-vous pouvoir prendre soin de vos gens ici, plutôt que chez vous ? Vous appartenez à Breckon, Edith.

Le cœur d'Edith tressauta dans sa poitrine. Il avait parlé du domaine comme si c'était son foyer. Il le serait toujours pour elle, quand bien même elle ne s'y rendrait plus que dans ses rêves.

— Le roi m'a demandé de rester à la cour, dit-elle avec un rire léger, où se perçurent de fausses notes. Il semblerait que je l'aie impressionné. Je n'ai nul besoin de revenir à Breckon. Je peux vivre dans cette ville animée et apprendre réellement ce que c'est que d'être au centre de la vie politique. Le roi m'a promis une position, au nom du respect qu'il avait pour mon père.

Elle espérait qu'il ne la questionnerait pas davantage. De seconde en seconde, sa comédie devenait de plus en plus difficile à jouer. Elle sentait déjà les larmes lui monter aux yeux.

Il prit un air sinistre.

— Vous avez promis d'être ma concubine pendant un an. Vous ne rompez jamais vos promesses, Edith. Jamais.

La gorge d'Edith se serra à un point qui lui parut inimaginable, et elle chercha sa respiration. Tout ce qu'il voulait, c'était satisfaire sa lubricité. Cette intimité qu'elle avait éprouvée après leur nuit d'amour était illusoire. Il lui avait déjà dit cela, et la nuit dernière ne faisait aucune différence pour lui. Brand ne devait surtout pas deviner à quel point elle avait envie d'être dans ses bras. Il y avait tant de raisons de ne pas le faire ! Aujourd'hui elle était sur le point de retrouver sa vie, son indépendance. Pourtant, elle avait l'impression qu'on la condamnait à être malheureuse à perpétuité. C'était de bien des manières un châtiment pire que si on lui avait ôté la vie.

— Allez-vous m'obliger à tenir ma promesse ? murmura-t-elle, poings serrés.

Brand éructa de dégoût.

— Je n'aurais jamais cru que vous reviendriez sur votre parole. Je ne vous ai jamais prise pour une lâche.

— Le roi pense que c'est la meilleure solution. Cela pourrait créer des difficultés, si je restais votre concubine attitrée. Il souhaite que ses vassaux se marient.

Elle sentit ses ongles s'enfoncer dans ses paumes. Il fallait qu'il comprenne pourquoi elle lui disait cela ! Mieux valait trancher tout de suite. Attendre qu'il fasse venir une quelconque dame de Norvège était une perspective trop épouvantable. Et elle ne voulait pas que le roi oblige Brand à l'épouser. Elle avait sa fierté, et déjà l'expérience d'un mariage arrangé. C'était donc la meilleure solution, même si elle souffrait telle une damnée.

— Vouliez-vous que je contrarie le roi ? Il a déjà été très charitable envers moi.

— Non, répondit Brand en soupirant.

Il se retint de la prendre dans ses bras. Il avait envie de l'enlever, et de la garder captive jusqu'à ce qu'elle consente à l'épouser, mais il savait aussi qu'elle devait être heureuse. Il avait là une dernière chance, et il comptait bien la saisir. De toutes les femmes qu'il avait rencontrées, Edith était celle qui méritait que l'on se batte pour elle. Cependant, il était déconcerté par la décision qu'elle venait de prendre.

Il avait prévu de consacrer le temps qu'il leur restait à la convaincre de revenir avec lui à Breckon, et voilà qu'elle s'était ménagé avec habileté une porte de sortie. Une fois encore, il se retrouverait seul. Mais cette fois c'était pire, car la seule personne qu'il désirait lui était interdite. Au moins, la certitude que l'on prendrait soin d'elle, quoi qu'il arrive, le rassérénait-elle.

Le visage d'Edith se ferma, et elle arbora un air buté.

— Je suis contente que vous soyez aussi compréhensif, dit-elle.

— J'ai eu moi aussi une conversation avec le roi.

— Vraiment ? ironisa-t-elle en haussant un sourcil. Je suis certaine que vous avez été soulagé d'être débarrassé du problème que je suis. Il vous faut remettre votre vie en ordre.

— Il est d'accord avec moi sur le fait que, pour le bien du domaine, l'idéal serait que nous nous mariions.

Elle le dévisagea, bouche bée.

— Et pourquoi ? Vous voulez une femme qui soit d'origine viking.

Il fit un geste de la main, comme pour chasser cet argument.

— Vous avez des devoirs envers vos gens. Je vais vous permettre de les remplir.

— Vous n'en éprouviez nul besoin jusqu'à maintenant.

— Mais je ne vous connaissais pas assez bien. Et j'ignorais à quel point ils dépendent de vous, ajouta-t-il en lui prenant la main. Ce mariage est la chose à faire.

— Ainsi vous avez manigancé pour que le roi m'oblige à vous épouser..., fit-elle en retirant sa main. Je ne veux pas de ce genre de mariage.

— Halfdan décidera ce que bon lui semble, répliqua-t-il en se renfrognant.

Il n'avait plus qu'à espérer que son plan fonctionne. Quand il avait appris de la bouche de Halfdan qu'en récompense il pouvait épouser la femme de son choix, il n'avait pas hésité. Il avait sollicité l'aide du roi pour épouser celle qu'il aimait.

— Pour le moment, il souhaite que vous ayez le domaine en dot, afin d'attirer un mari convenable.

— Je ne veux pas d'un mari qui ne s'intéresse qu'à ma dot, et qui m'épouserait par devoir. J'ai déjà vécu cette situation. Cela ne fonctionne pas. Il n'en résulte que froideur, et aucune vraie relation.

— Ah bon ? s'exclama-t-il. Comment un mariage avec vous pourrait-il être froid et sans vie ? Vous avez plus de cœur que quiconque j'aie déjà rencontré, et vous avez montré à un guerrier endurci le vrai sens de la loyauté. Vous avez prouvé ce que c'était que se dévouer à ses gens.

— Je n'ai aucun désir de prendre un mari simplement parce que les gens disent que je dois le faire, répondit Edith avec précaution.

Son cœur commença à battre la chamade. Elle n'osait pas penser aux conséquences de ses paroles ; elle s'était déjà tellement trompée !

— Que voulez-vous, Edith ? demanda-t-il d'un ton posé.

— Je ne sais plus trop ce que je veux. Je croyais le savoir, mais ces derniers temps tout a été remis en question.

Elle résista à l'envie de se cramponner à lui.

— Je veux que vous soyez heureux, continua-t-elle, et que vous réalisiez vos rêves les plus chers.

— Je connais ce sentiment. Laissez-moi m'en occuper.

— Comment ?

Il mit un genou à terre devant elle.

— Edith, je veux passer le reste de ma vie avec vous. Je veux vous épouser. Je veux que vous portiez mes enfants si le ciel nous accorde ce bonheur. Et si tel n'est pas le cas, je veux de toute façon vieillir à vos côtés.

Edith se mit à trembler. Brand était agenouillé, et lui faisait sa demande ! Il avait convaincu Halfdan de lui rendre son domaine, mais elle voulait plus.

— Pourquoi ?

— Parce que je vous aime de toute mon âme. Je vous veux dans ma vie, et dans mon lit. Je ne désire aucune autre femme. Je veux savoir que vous me désirerez pour moi-même, et pas parce que je suis propriétaire du domaine. Egoïstement, au plus haut point, et totalement.

Le cœur d'Edith bondissait à chacune de ses paroles.

— Je veux que vous soyez heureux, Brand. Je vous aime. Pas parce que vous êtes un vassal haut placé, ni parce que vous détenez le pouvoir de vie ou de mort sur les gens dont je me soucie, mais parce que vous êtes qui vous êtes.

— Je ne désire aucune épouse venue de l'autre côté de la mer. Tout ce que je veux est déjà là, à portée de mes bras. Votre amour est le rêve que je caresse le plus. Voulez-vous m'épouser ?

Edith se jeta à son cou.

— Oui, je le veux !

— Je suis enfin chez moi..., murmura-t-il dans ses cheveux.

— Tout comme moi..., dit-elle en un souffle avant de l'embrasser avec abandon.

Les Historiques

HARLEQUIN

Retrouvez prochainement, dans votre collection

Les Historiques

Sous la protection du Viking, de Michelle Styles - N°906

SÉRIE : LES GUERRIERS D'ODIN - TOME 3

Royaume de Maerr, Norvège, IXe siècle

Depuis qu'il a assisté au massacre de son clan et à l'assassinat de son père, le roi Sigurd, Sandulf n'a de cesse de traquer tous les coupables, à l'instar de ses frères. Il a beau être le cadet de sa fratrie, il n'en est pas moins déterminé à venger sa famille ! Aussi s'empresse-t-il de quitter la Norvège pour rejoindre les terres sauvages de l'Écosse lorsqu'il est averti de la présence d'un des meurtriers dans un monastère isolé. La vengeance n'est plus très loin, Sandulf en est persuadé. C'était compter sans l'intrusion de Ceanna, une lady écossaise à la recherche d'un protecteur. Pour la première fois de sa vie, Sandulf hésite à se détourner de sa mission principale, car la belle Ceanna a emprisonné son cœur à l'instant même où il a posé les yeux sur elle…

Le chevalier aux yeux sombres, d'Ella Matthews - N°907

Pays de Galle, Moyen Âge

C'est le cœur serré qu'Ellena accepte de retourner vivre dans le château de son père, le compte d'Ogmore. Depuis la mort de son mari, un homme violent qui ne lui témoignait aucune tendresse, elle se retrouve à la merci d'individus malintentionnés, déterminés à faire main basse sur son héritage. Au château de Swein, elle sera au moins en sécurité, à défaut d'être libre… Car son père a exigé qu'elle soit escortée jour et nuit par le chef de sa garde, le chevalier Braedan Leofric, que tous surnomment « La Bête » pour sa férocité au combat. Une promiscuité dont Ellena se passerait volontiers, tant Braedan lui inspire des sentiments contradictoires. Un mélange de peur et d'attirance qui la trouble au plus haut point…

Au secours d'une damoiselle, de Meriel Fuller - N°908

Angleterre, XIIIe siècle

Désormais veuve, Lady Cecily est prête à tout pour protéger son héritage, y compris à fomenter le plan le plus dangereux. Un plan qui aurait fonctionné, si elle n'avait pas été démasquée par le chevalier Lachlan de Drummuir. Ce fidèle sujet du roi ne manquera pas de la dénoncer, elle en est persuadée. Pourtant, alors qu'elle s'apprête à se rendre à la cour pour accepter son jugement, Lachlan lui fait la plus surprenante des propositions : il la protégera elle et son héritage si elle l'épouse. Dès lors, les questions se bousculent dans la tête de Cecily. Pour quelle raison Lachlan lui soumettrait-il un tel marché ? Et, surtout, serait-elle prête à accepter, alors même que tous ses sens s'embrasent chaque fois que son protecteur pose les yeux sur elle ?

La promise de lord Trevethow, de Bronwyn Scott - N°909

SÉRIE : SEIGNEURS DE CORNOUAILLES- TOME 2

Cornouailles, 1 824

Si vous prenez ma fille, Penrose, pour épouse, alors j'accepterai de vous vendre mes terres. À ces mots, Cassian Trevethow sent une rage sourde s'emparer de lui. Le dernier obstacle qui se dresse entre lui et l'accomplissement de son projet de toute une vie se présente sous les traits d'une lady à la moue boudeuse ! Une lady qu'il se voit contraint d'épouser, même si cela signifie renoncer à un mariage d'amour. Qu'à cela ne tienne, Cassian compte bien profiter de ses derniers instants de liberté avant de s'unir à cette Penrose. Une résolution qu'il ne met guère de temps à oublier dès qu'il pose les yeux sur sa future promise. Car en plus d'être d'une beauté exceptionnelle, Pen ne semble pas insensible à ses charmes...

Les noces écossaises, de Sophia James - N°910

Écosse, 1 360

En arrivant à Belridden, Grâce nourrit le secret espoir que son nouveau et séduisant mari, Lachlan Kerr, le seigneur des lieux, saura l'apprécier pour ses qualités, et non pour sa fortune. Hélas, elle déchante bientôt, car non seulement Lachlan ne voit en elle qu'une indésirable Anglaise mais, pire encore, il a une maîtresse attitrée ! Une situation insupportable pour Grâce qui doit affronter à la fois sa rivale, le mépris de son mari et de ses sujets. Malgré tout, elle décide de relever la tête : pour conquérir sa place dans le lit et dans le cœur de son époux, elle est prête à tenter l'impossible...

La comtesse sans nom, de Carol Townend - N°911

SÉRIE : CHEVALIERS DES TERRES DE CHAMPAGNE - TOME 5

Champagne, 1 173

Francesca n'est pas dupe. Si sa dame de compagnie l'a entraînée dans cette fête costumée, sous prétexte de lui changer les idées, c'est pour qu'elle se trouve un nouveau mari. Mais comment pourrait-elle oublier Tristan, l'homme qu'elle a épousé avant d'apprendre qu'elle n'était pas la fille d'un noble, comme elle l'avait toujours cru ? Tristan était en mission lorsque la vérité a éclaté et, depuis, il n'a répondu à aucune de ses lettres. Francesca sait parfaitement que son mariage va être annulé – car pourquoi un comte resterait-il marié à une roturière ? – et que Tristan ne reviendra pas. Alors, pourquoi le regard de l'homme masqué qui l'invite à danser lui semble-t-il si familier ?